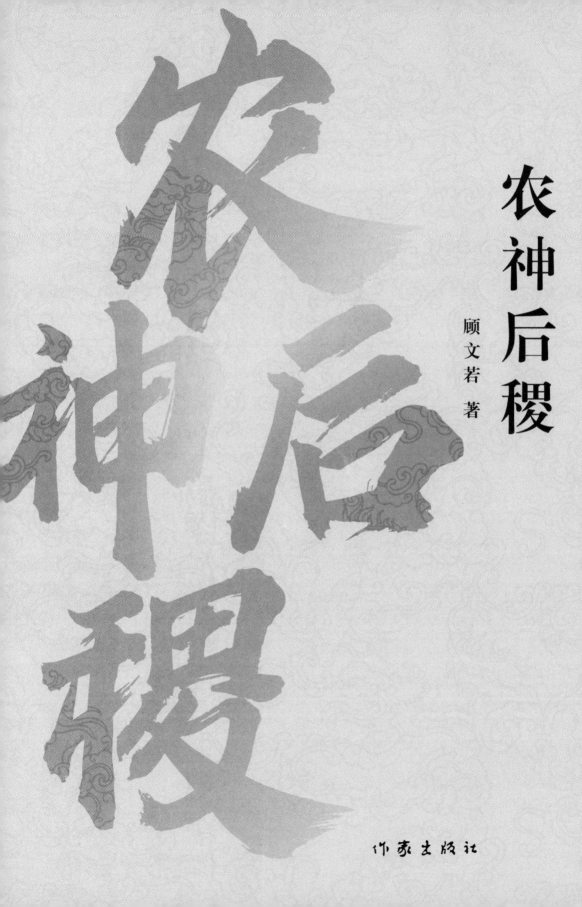

农神后稷

顾文若 著

作家出版社

序 一

张 平

为了深入贯彻落实习近平总书记视察山西重要讲话和重要指示精神，山西省运城市委宣传部策划编撰了"典藏古河东丛书"，共十一本。本丛书旨在反映河东的悠久历史和文化底蕴，传承和弘扬河东优秀传统文化，为推动经济社会发展提供强大的价值引导力、文化凝聚力和精神推动力，提升运城的知名度、美誉度。

运城，位于黄河之东，又称"河东"。河东是一片古老而神奇的土地，数千年来，大河滔滔，汹涌奔腾，物华天宝，钟灵毓秀，人杰辈出，群星灿烂，孕育了悠久而灿烂的历史文化，具有厚重的人文历史积淀，构成了中国传统文化的重要基因，植根于中国人的血脉，不愧为中华文明的摇篮。

关于"河东"的说法，最早来源于《尚书·禹贡》的记载。《禹贡》划分天下为九州，首先是冀州，其次分别为兖州、青州、徐州、扬州、荆州、豫州、梁州、雍州，皆以冀州为中心。冀州，即古代所谓的"河东"。当时的河东是华夏文明的轴心地带。河东，在战国、秦汉时指今山西西南部，后泛指今山西省，因黄河经此由北向南流，这一带位于黄河以东而得名。战国中期，秦国夺取了魏国的西河和韩国的上党以后，魏国为加强防守，遂置河东郡，国都在今运城市安邑镇。公元前290年，秦昭王在兼并战争中迫使魏国献出河东地四百里给秦。秦沿袭魏河东郡旧名不变，治所在安邑（今山西夏县西北禹王城）。秦始皇统一六国，设三十六郡，运城属河东郡，治所安邑。汉代的河东，辖今山西阳城、沁水、浮山以西，永和、隰县、霍州市以南地区。东晋义熙十四年（418年），河东郡移治蒲坂（今山西永济市蒲州镇），辖境缩小至今山西西南汾河下游至王屋山以西一角。隋废，寻复置。唐改河东郡为蒲州，复改为河中府。唐天宝、至德时又曾改蒲州为河东郡。宋为河东路，辖山西大部、河北及河南部分地区，至金朝未变。元、明、清与临汾同为平阳府，治所平阳（今临汾尧都区）。民国三年至十九年，运城、临汾及石楼、灵石、交口同属河东道。古代，由于河东位于两大名都长安和洛阳之间，其他州郡对其形成众星捧月之势，因此，河东无论在政治、经济、文化上都具有重要的地位。河东所辖的地区范围不断发生变化，但其疆界基本上以现代的山西运城市为中心。今天的河东地区，特指山西运城市。

河东，位于山西西南部，是中国两河交汇的风水佳地。黄河滔滔，流金溢银，纵横晋陕峡谷；汾水漫漫，飞珠溅玉，沃育河东厚土。在今天之运城，黄河从河津寺塔西侧入境，沿秦晋峡谷自北向南，出禹门口后，一泻千里，由北向南经河津、万荣、临猗、永济，在芮城县的风陵渡曲折向东，过平陆、夏县，到垣曲县的碾盘沟出境，共流经运城市八个县（市）。汾河是山西的母亲河，发源于宁武管涔山脉，从南至北流经河东大地。汾河自新绛县南梁村入境，经新绛、稷山、河津、万荣四县（市），由万荣县庙前汇入黄河，灌溉着河东万顷良田。华夏民族的始祖在河东繁衍生息，中国古代第一部诗歌总集《诗经》里的许多诗篇歌吟过河东大地。黄河和汾河交汇之处——山西运城市，吸吮黄河和汾河两大母亲河的乳汁，滋生了悠久灿烂的华夏文明，源远流长。在朝代的兴替与岁月的更迭中，河东大地描绘了多少华夏儿女的动人画卷，道尽多少人间的沧桑变化！

河东，地处晋、豫、陕交会的金三角地区。山西省运城市、河南省三门峡市、陕西省渭南市，区域总面积约五万二千平方公里，总人口约一千七百余万，共同形成了晋陕豫三省边缘"黄河金三角区域"，构成了以运城市为核心的文化经济圈。这个区域，位于我国中、西部交界地带，接通华北，连接西北，笼罩中原，位置优越，不仅是华夏文明的发祥地，而且在全国经济发展中具有承东启西、贯通南北的作用。该区域的历史文化、资源禀赋、旅游优势、经济协作，可以发挥重要的经济文化互相促进的平台效应，具有"以东带西、东中西共同发展"的战略价值。研究河东历史文化，对于繁荣黄河金三角地区的文化，打造区域经济圈，都具有非常重要的现实意义。

河东，是"古中国"的发祥地。河东地区，属于人类最早活动的区域之一。这片美丽富饶的大地上，远古时期气候温和，土地肥沃，山脉起伏，河汉纵横，绿草丰茂，森林覆盖，飞鸟鸣啾，走兽徜徉，是人类栖息的理想地方。著名考古学家苏秉琦教授在其《华人·龙的传人·中国人》一文中指出："晋南地区是当时的'帝王所都'。帝王所都为'中'，故曰'中国'。而'中国'一词的出现正在此时。'帝王所都'，意味着古河东地区曾经是华夏民族的先祖创建和发展华夏文明的活动中心。"自从盘古开天地、三皇五帝到今天，从远古文明到石器时代，从类人猿到原始人、智人的进化，河东这块土地都充当了亲历者和见证者。

人类的远祖起源于河东。1995年5月，中美科学家在山西省垣曲县寨里村，发现了世界上最早的具有高等灵长类动物特征的猿类化石，命名为"世纪曙猿"。它生活在距今四千五百万年以前，比非洲古猿早了一千多万年。中美科学家在英国权威科学期刊《自然》杂志上联合发表论文，证实了人类的远祖起源于山西垣曲县寨里村，推翻了"人类起源于非洲"的论断。

人类文明的第一把圣火燃烧于河东。西侯度遗址位于山西省芮城县西侯度村，考古学家发掘出土的石器有石核、石片、砍斫器、刮削器和三棱大尖状器，动物化石有巨河狸、山西披毛犀、中国野牛、晋南麋鹿、步氏羚羊、李氏野猪、纳玛象等，尤其在文化层中发现了带切痕的鹿角和动物烧骨，这是中国最早的人类用火证据。证明远在二百四十三万年前，人类就在这里生活居住，并已经掌握了"火种"。

中国的蚕桑起源于河东。《史记》记载了"嫘祖始蚕"的故事。河东地区有"黄帝正妃嫘祖养蚕缫丝"的传说。西阴遗址位于山西省夏县西阴村。1926年，考古学家李济主持发掘该处遗址，出版了《西阴村史前遗存》一书。该遗址属于新石器时代，西北倚鸣条岗，南临青龙河，面积约三十万平方米。此处发掘出土了许多石器和骨器，最具震撼力的是发现了半枚经人工切割过的蚕茧壳。这为嫘祖养蚕的传说提供了有力实证。2020年，人们又在山西夏县师村遗址出土了仰韶文化早期遗物，主要有罐、盆、钵、瓶等。尤为重要的是，还出土了四枚仰韶早期的石雕蚕蛹。西阴遗址和师村遗址互相印证，意味着至迟在距今六千年以前，河东的先民们就掌握了养蚕缫丝的技术，成为中华文化的重要标识之一。

远古时代，黄帝为首的华夏族部落生活在河东一带。黄帝的元妃嫘祖是河东地区夏县人，宰相风后是河东地区芮城县风陵渡人。黄帝和蚩尤大战于河东地区的盐池一带。传说黄帝取得胜利后尸解蚩尤，蚩尤的鲜血流入河东盐池，化为卤水，因而这里被命名为"解州"。今天运城市还保存着"解州镇"的地名。盐池附近有个村庄名叫蚩尤村，相传是当年蚩尤葬身的地方。后来人们将蚩尤村改名"从善村"，寓弃恶从善之意。黄帝战胜蚩尤之后，被各诸侯推举为华夏族部落首领。《文献通考》道："建邦国，先告后土。"黄帝经过长期战争后，希望国泰民安，天下太平，得到大地之神——后土的护佑。于是，黄帝带领部落首领来到汾阴脽上，扫地为坛，祭祀后土，传为千古佳话。明代嘉靖版《山西通志》记载："轩辕扫地坛在后土祠上，相传轩辕祭后土于汾脽之上。"

河东地区是中华民族的先祖尧、舜、禹定都的地方。文献记载："尧都平阳（今临汾）、舜都蒲坂（今永济）、禹都安邑（今夏县）。"据史料记载，尧帝的都城起初设在蒲坂，后来迁至平阳。清光绪十二年（1886年）的《永济县志》记载："尧旧都在蒲。"《水经注》："雷首，俗亦谓之尧山，山上有故城，又曰尧城。"阚骃《十三州志》："蒲坂，尧都。"如今运城永济市（蒲坂）遗存有尧王台，是当年尧舜实行"禅让制"的见证地。舜亦建都于蒲坂。史籍载：舜生于诸冯，耕于历山，陶于河滨，渔于雷泽，都于蒲坂。远古时期，天地茫茫，人民饱受水灾之苦。禹的父亲鲧治水失败。禹吸取教训，从冀州开始，踏遍九州，改"堵"为"疏"，三过家门而不入，历经十三年最终治水成功。《庄子·天下》记载："昔禹之湮洪水，决江河而通四夷九州也。名山三百，支川三千，小者无数。"禹治水有功，舜把天子之位禅让给禹。禹建都安邑，其遗址在山西夏县的禹王城。《括地志》道："安邑故城在绛州夏县东北十五里，本夏之都。"禹王城遗址出土了东周至汉代的许多文物，其中有"海内皆臣，岁丰登熟，道无饥人"十二字篆书。从尧舜禹开始，河东便是帝王的建都之地。

运城盐池是中国古代重要的食盐产地，被田汉先生赞为"千古中条一池雪"。它南倚中条，北靠峨嵋，东邻夏县，西接解州，总面积一百三十二平方公里。盐湖烟波浩渺，硝田纵横交织，它与美国犹他州澳格丁盐湖、俄罗斯西伯利亚库楚克盐湖并称为世界三大硫酸钠型内陆盐湖。据《河东盐法备览》记载，五千多年前，我们的祖先在运城盐池发现并食用盐。《汉书·地理志》："河东，地平水浅，有盐铁之饶，唐尧之所都也。"黄河和汾河两河交汇的地理优势、丰富的植被和盐业资源，为古人类提供了良好的生活条件。当年，舜帝曾在盐湖之畔，抚五弦之琴，吟唱《南风歌》：

南风之薰兮，
可以解吾民之愠兮。
南风之时兮，
可以阜吾民之财兮。

运城在春秋时称"盐邑"，汉代称"司盐城"，宋元时名为"运司城""凤凰城"等。因盐运而设城，中国仅此一处。河东人民在千百年的生产实践中总结出的"五步法"产盐工艺，是全世界最早的产盐工艺，被英国科学家李约瑟称为"中国古代科技史上的活化石"。

万荣县后土祠是中华祠庙之祖。后土祠位于山西万荣县庙前镇，《水经注》道：河东汾阴"有长阜，背汾带河，长四五里，广二里有余，高十余丈，汾水历其阴，西入河"。孔尚任总纂《蒲州府志》记载："二帝八元有司，三王方泽岁举。"尧帝和舜帝时期，确定八个官员专管后土祭祀，夏商周三朝的国君每年在汾阴举行祭祀后土仪式。遥想当年，汉武帝在汾阴建立后土祠，写下了传诵千古的《秋风辞》。从汉、南北朝、隋、唐、宋至元代，先后有八位皇帝亲自到万荣祭祀后土，六位皇帝派大臣祭祀后土。万荣后土祠，堪称轩辕黄帝之坛、社稷江山之源、中华祠庙之祖、礼乐文明之本、黄河文化之魂、北京天坛之端。

河东是中国农耕文明的发祥地之一。河东地处黄河流域、黄土高原腹地，远古时代气候温润，物产丰富，具有发展农业生产的优越的自然地理环境。舜耕历山，禹凿龙门，嫘祖养蚕，后稷稼穑，这些历史传说都发生在河东大地。《晋书·天文志上》："稷，农正也，取乎百谷之长以为号也。"后稷是管理农业的长官、百谷之长。《孟子》："后稷教民稼穑，树艺五谷；五谷熟，而民人育。"意思是，后稷教民从事农业，种植五谷，五谷丰收，人民得到养育。传说后稷在稷王山麓（在今山西稷山县境）教民稼穑，播种五谷，是远古时代最善种稷和粟的人，被称之为"稷王"。人们把横跨万荣、稷山、闻喜、运城东西二十里、南北三十里的山脉，叫作"稷王山"。迄今为止，在河东已发现石器时代遗址四百余处，出土的农耕工具有石斧、石锛、石锄、石铲等；粮食加工工具有石磨盘、石磨棒、石杵等；收割工具有半月形石刀、石镰、骨铲、蚌镰等。万荣县保存有创建于北宋时期的稷王庙，是我国现存唯一一座宋代庑殿顶建筑。

大江东去，浪淘尽，千古风流人物。五千年的中华文明史，孕育了无数杰出人物，史册的每一页都有河东的亮丽身影。

荀子，名况，战国晚期赵国郇邑（故地在山西临猗、安泽和新绛一带）人，在历史上属于河东人。他一生辉煌，兼容儒法思想；贡献杰出，塑形三晋文化。中国古代社会，先秦两汉之际是一个巨大的转折点，开启了新型的大一统时代。荀子继承和发扬了孔孟以来的儒家思想，提出儒、法融合，把道德修身、道德教化、道德约束之政治结合在一起，强调以先王之道、圣人之道和仁义之道治理天下，主张思想统一、制度统一，对秦汉以后的中国古代政治制度建设起了重要作用。从对社会现实和历史进程的影响来看，荀子是中国古代最有贡献的思想家之一。

关羽，东汉末年名将，被后世崇为"武圣"，与"文圣"孔子齐名。《三国志·蜀书》道："关羽，字云长，本字长生，河东解人也。"东汉末年朝廷暗弱，军阀混战，百姓流离失所，在兵燹战火中煎熬挣扎。时天下大乱，各种政治势力分合不定，各个阵营的人物徘徊左右。选择刘备，就是选择了艰难的人生道路；忠于汉室，就意味着奋斗和牺牲。关羽一生堂堂正正，坦坦荡荡，报国以忠，为民以仁，待人以义，交友以诚，处事以信，对敌以勇，俯仰不愧天地，精诚可对苍生。关羽身上体现了中国传统道德的忠义孝悌仁爱诚信。古代以民众对关公的普遍敬仰为基础，以朝廷褒封建庙祭祀为推动，以各种艺术的传播为手段，以历史长度和地域广度为经纬，产生了体现中华传统文化核心价值和民族道德伦理的关公文化。

卢纶，字允言，河中蒲州（今山西永济市）人。唐玄宗天宝末年进士，历官秘书省校书郎、监察御史、检校户部郎中等。唐代杰出诗人。明王士祯《分甘余话》道："卢纶，大历十才子之冠冕。"卢纶存诗三百三十九首，是处于盛唐到中唐社会动乱时代的诗人。他的《送绛州郭参军》，至今读来，仍有慷慨之气：

> 炎天故绛路，
> 千里麦花香。
> 董泽雷声发，
> 汾桥水气凉。
> ……

卢纶无疑是大历时期最具有独特境界的诗人，他的骨子里流淌着盛唐的血液，积极向上，肯定人生；不屈不挠，比较豁达；关心社会民生，不斤斤计较个人得失，一生都在努力创作诗歌。卢纶的诗歌气魄宏伟，境界广阔，善于用概括的意象，描绘盛唐的风韵。他在唐诗长河中的贡献与孟郊、贾岛等相比丝毫不弱。他的诗歌不仅在大历时期，在整个唐代也具有独特的价值。

司马光，字君实，陕州夏县（今山西夏县）涑水乡人。他历仕仁宗、英宗、神宗、哲宗四朝，是北宋伟大的政治家、史学家、文学家。司马光主政期间，提出"兴教化，修政治，养百姓，利万物"的治国理念，加强道德教育，改变社会风气；严格选用人才，严明社会法治；倡导"轻租税，薄赋敛，已逋责"的民本思想，希望实现"致中和，天地位焉，万物育焉"的天下大治的理想社会。他主持编纂的中国最大的一部编年体通史《资治通鉴》，与《史记》并列为中国古代史家之绝笔。全书共二百九十四卷三百万字，上起周威烈王二十三年（前 403 年），下迄五代后周世宗显德六年（959 年），共记载了十六个朝代一千三百六十二年的历史，历经十九年编辑完成。清代学者王鸣盛评价《资治通鉴》说："此天地间必不可无之书，亦学者必不可不读之书。"司马光的著作另有《司马文正公集》《稽古录》《涑水纪闻》《独乐园集》等。

河东历史上的许多大家族，代有人杰，长盛不衰。河东的名门望族主要有裴氏家族、薛氏家族、王氏家族、柳氏家族、司马家族等。闻喜县裴氏家族为世瞩目，被誉为"宰相世家"。裴氏自汉魏，历南北朝，至隋唐、五代是其最兴盛时期。据《裴谱·官爵》载，裴氏家族在正史立传者六百余人，大小官员三千余人；有宰相五十九人，大将军五十九人，尚书五十五人。比较著名的有：西晋地理学家裴秀撰《禹贡地域图序》，提出了编绘地图的"制图六体"，在世界地图史上占有重要地位。西晋思想家裴頠著有《崇有论》，是著名的哲学家。东晋裴启的《语林》，是我国文学史上最早的一部志人小说。南北朝时的裴松之、裴骃（松之子）、裴子野（裴骃孙），被称为"史学三家"。唐代名相裴度，平息藩镇叛乱，功勋卓越，被称为"中兴宰相"。欧阳修《新唐书·宰相世系表》，将裴氏列为天下第一家族，感叹"其才子贤孙不殒其世德，或父子相继居相位，或累数世而屡显，或终唐之世不绝"。

习近平总书记在党的十九大报告中指出："深入挖掘中华优秀传统文化蕴含的思想观念、人文精神、道德规范，结合时代要求继承创新，让中华文化展现出永久魅力和时代风采。"中华优秀传统文化是"中华民族的基因""民族文化血脉"和"中华民族的精神命脉"，堪称中华民族的源头和根基。在具体撰写过程中，各位作者力求基于严谨的学术性、臻于文学的生动性，以史料和考古为基础，以学术界的共识为依据，不作歧义性研究和学术考辨，采用文化散文体裁，用清朗健爽、流畅明丽的语言，梳理河东历史文化的渊源和脉络，挖掘河东文化的深厚内涵，探寻其在华夏文明中的重要地位，弘扬民族文化的自尊和自信。希望通过这套丛书，使人们更加了解和认识河东历史文化，深化对中华文明的认知与感悟，进一步增强文化自信，推动中华民族的伟大复兴。

序　二

李敬泽

运城是山西南部的一个地级市，也是我的老家所在。

说起运城，自然会想起黄河、黄土高原和中条山、吕梁山以及汾河、涑水。黄河经壶口的喷薄，沿着吕梁山与陕北高原间逼仄的晋陕峡谷，汹涌奔腾，越过石门，冲出龙门，然后，脚步骤然放缓，犁开黄土地，绕着运城拐了个温柔的弯，将这片地方钟爱地搂抱在怀中。从青藏高原奔流数千里，黄河头一次遇到如此秀美的地方。

这里古称河东，北有吕梁之苍翠，南有中条之挺秀，两座大山一条大河，似天然屏障，将这片土地护佑起来，如此，两座大山便如运城的城垣，一条大河绕两山奔流，又如运城的城堑。两山一河之间，又有涑水与汾水两条古河自北向南流淌，中间隆起的峨嵋岭将两河分开，形成两个不同的流域——汾河谷地与涑水盆地。一片不大的土地上，各种地貌并存：山地、丘陵、平原、河谷、台地。适合早期先民生存的地理环境应有尽有，农耕民族繁衍发展的条件一应俱全，仿佛专门为中华民族诞生准备的福地吉壤。

我的祖辈、父辈都出生在这片土地上，我也多次在这片土地上行走，我热爱这片土地，即使身在异乡，这片土地上的山山水水，也经常出现在我的想象中。少年时代，我根本不会想到，这片看似寻常的土地，是中华民族最早生活的地方，山水之间，绽放过无数辉煌，生活过无数杰出人物。年龄稍长，我才发现：史书中，一件又一件的大事发生在河东；传说中，一个又一个神一般的华夏先祖出现在河东；史实中，一位又一位的名将能臣从河东走来；诗篇中，一个又一个的优秀诗人从河东奏出华章。他们峨冠博带，清癯高雅，用谋略智慧和超人才华，在中国的历史文化图景中，为河东占得一席之地。如此云蒸霞蔚般的文化气象，让我对河东、对家乡生出深厚兴趣。

这套"典藏古河东丛书"邀我作序。遍览各位学者、作家的大作，我对运城的历史文化有了更深入的了解。

华夏民族的早期历史，实际是由黄河与黄土交融积淀而成的，是一部民间传说、史实记载和考古发掘相互印证的历史。河东是早期民间传说最多的地方，司马迁《史记·五帝本纪》中提到的五帝事迹，多数都能在运城这片土地上找到佐证。尧都平阳（初都蒲坂），舜都蒲坂，禹都安邑，均为史家所公认。黄帝蚩尤之战、嫘祖养蚕、尧天舜日、舜耕历山、大禹治水、后稷教民稼穑，在别的地方也许只是传说，带着浓重的神话色彩，而在河东人看来都是有据可依、有迹可循的。运城大量的史前文化遗址，从另一方面证明了运城人的判断。也许你不能想象，这片仅一万四千平方公里的土地上，全国文物保护单位竟多达一百零三处，比许多省还多，位列全国地级市第一，其中新、旧石器时代遗址埋藏之丰富、排列之密集，被考古学家们视为史前文化考古发掘的宝地。为探寻运城的地下文化宝藏，中国田野考古发掘第一人李济先生来过这里，新中国考古发掘的标志性人物裴文中、苏秉琦、贾兰坡来过这里，参加夏商周断代工程的二百多位专家学者大部分都来过这里。西侯度、匼河、西阴、荆村、西王村、东下冯等文化遗址，都证明这里是中华民族的重要发祥地，这里的历史根须扎得格外深，枝叶散得格外开，结出的果实格外硕壮。

中条山下碧波荡漾的盐湖，同样是运城人的骄傲。白花花的池盐，不仅衍生出带着咸味儿的盐文化，还诞生了盐运之城——运城。

山西地域文化中有两个值得关注的生僻字：一个是醯（音西），一个是盬（音古）。山西人常被称作老醯儿，也自称老醯儿，但没人这样称呼运城人，运城人也从不这样称呼自己。醯即醋，运城人身上少有醋味儿，若把醯字拿来让运城人认，大部分人都弄不清读音。盬是个与醯同样生僻的字，但运城人妇孺皆识，不光能准确地读出音，还能解释字义，甚至能讲出此字的典故，"猗顿用盬盐起"，这句出自司马迁《史记·货殖列传》的话，相当多的运城人都能脱口而出。因为古色古香的盬街，是运城人休闲购物的好去处。盐池神庙里供奉的三位大神，是只有运城人才信奉的神灵。一酸一咸，两种截然不同的味道，不光滋润着不同的味蕾，也养育了两种不同的文化。作为山西的一部分，运城的文化更接近关中和中原，民俗风情、人文地理就不说了，连方言也是中原官话，语言学界称之为中原官话汾河片。

如此丰沛的源头，奔腾出波涛汹涌的历史文化长河，从春秋战国，到唐宋元明清，一路流淌不绝，汹涌澎湃。春秋战国，有白手起家的商业奇才猗顿，有集诸子大成的思想家荀况。汉代，有忠勇神武的武圣关羽。魏晋南北朝，有中国地图学之祖裴秀、才高气傲的大学者郭璞，有书圣王羲之的老师卫夫人。隋代，有杰出的外交家裴矩、诗人薛道衡。至唐代，河东的杰出人才，如繁星般数不胜数，璀璨夺目，小小的一个闻喜裴柏村，出过十七位宰相，连清代大学者顾炎武也千里跋涉，来到闻喜登陇而望；猗氏张氏祖孙三代同为宰辅，后人张彦远为中国画论之祖，世人称猗氏张家"三相盛门，四朝雅望"；唐代的河东还是一个诗的国度，自《诗经·魏风》中的"坎坎伐檀兮"在中条山下唱响，千百年间，河东弦歌不辍，至唐朝蔚为大观。龙门王氏的两位诗人，叔祖王绩诗风"如鸾凤群飞，忽逢野鹿"；侄孙王勃为"初唐四杰"之首，一句"落霞与孤鹜齐飞，秋水共长天一色"，奇思壮阔，语惊四座。王之涣篇篇皆名作，句句皆绝响，"欲穷千里目，更上一层楼"一联，足以让他跻身唐代一流诗人行列。蒲州诗人王维，诗中有画，画中有诗，田园诗的境界让人无限神往。更让人称道的是位列"唐宋八大家"的柳河东柳宗元，有他在，唐代河东文人骚客们可称得上诗文俱佳。此外，大历十才子之一的卢纶，以《二十四诗品》名世的司空图，同样为唐代河东灿烂的诗歌星空增添了光彩。至宋代，涑水先生司马光一部《资治通鉴》，与《史记》双峰并峙。元代，元曲四大家之一的关汉卿，一曲《窦娥冤》凄婉了整个元朝。明代，理学家、河东派代表人物薛瑄用理与气，辨析出天地万物之理。清代，

"戊戌六君子"之一、闻喜人杨深秀则在变法图强中，彰显出中国读书人的气节。

如此一一数来，仍不足以道尽运城历史文化底蕴的深厚，因篇幅原因，就此打住。

本丛书围绕习近平总书记 2017 年和 2020 年两次视察山西时提到的运城历史文化内容，遴选十一个主题，旨在传承弘扬河东的优秀文化传统，增强文化自信，为社会发展助力。

参与丛书写作的十一位作者，都是山西省的知名学者、作家，我读罢他们的作品，能感受到他们深厚的学术和文学功力，获益匪浅。

从这套丛书中，我读出了神之奇，人之本，天之伦，地之道，武将之勇猛，文人之风雅，仿佛看到河东先祖先贤神采奕奕，从大河岸畔、田野深处朝我走来。

好多年没回过老家了。不知读者读过这套丛书后感觉如何，反正我读后，又想念运城这片古老的土地了，说不定，因为这套丛书我会再回运城一次。

是为序。

目录

导　言

　　"遂古之初，谁传道之？"对起源的追寻一直是人类文明难以绕开的命题。当人类走出蛮荒时代，世界上不同的族群在不同的地域以他们特有的方式发展出他们的文明之时，文明的差异就得以显现。

　　对于中华文明而言，农耕文化无疑是其精神传统的主色调。中国是世界农业主要发源地之一。在绵绵不息的历史长河中，中国人植五谷，饲六畜，农桑并举，耕织结合，形成了土地上精耕细作、生产上勤俭节约、经济上富国足民、文化上天地人和的优良传统，创造了灿烂辉煌的农耕文明，为中华民族繁衍生息、发展壮大奠定了坚实的基业。而要追寻农耕文化的源头，后稷的重要性是不言而喻的。

　　但说起后稷这个人，特别是他与社稷的关系，可能很多人都不甚了解。为什么呢？后稷是一个和传说中尧舜同时代的人物，而我们今天看历史，感觉上古遥远茫昧，多半存而不论。讲思想史，也基本从春秋战国讲起，在人们的想象中那个时代粗鄙原始，没有什么实质性内容。

　　实际情况是，孔子到今天，只有两千五百年历史，仰韶文化、龙山文化在五六千年前，夏商两朝合起来也有一千多年。周文明就是在这个基础上成就其"郁郁乎文哉"的盛业。考古学家张光直先生说："就中国早期历史的研究而言，周朝统治的九百年开创了激动人心的新纪元，在此期间，在全中国的广大范围内，中华文明的诸方面都经历了一些根本性的变革，这些变革终于导致了古代中国形成期的终结，是中华文明及其持续到两千年以后的传统风范之开端。"[1] 对上古文明予以综合，起于周文王，成于周公。文王主要在精神上点出方向：畏天命，尊德性。周公则创设制度，把德治社会的理想全面体现在典章制度中，成就了文王所提点的精神。孔子以迄诸子百家，对周公无不佩服。而周公制礼作乐又是因袭而来，是依照夏商之旧制斟酌损益而成。因此，要读懂中国历史，必须观照孔子之前这段历史。在孔子之前，中华文化史上有很多文化英雄，本书将要重点介绍的后稷就是其中的一位。因为西周社会是中华文明形成、中国社会发展的重要历史阶段，传说中的后稷与周人的特殊关系决定了追溯周族的源头大都以后稷为原点。所以，后稷是研究先周史、西周史、先秦史、文明起源、三代考古等无法回避的人物。

那么，后稷是一个怎样的人物呢？

后稷是中华民族历史上一位具有特殊意义的人物。上古时期留下来的历史资料不多，就现有文献记载来看，后稷是一位兼具神、人特性的传奇人物。作为人，他被奉为周族的始祖，他祫食于周王七庙至尊的北宫太庙；他又被奉为稷神，被历代君王和庶民顶礼膜拜，成为我们这个农业民族最重要的精神寄托，成为古代政权重农悯农的启示，形成了独特的稷祀文化。对他的尊崇和研究已经构成了一种特定的文化现象——后稷文化。

上古传说中的文化英雄很多，后稷被崇拜的规格如此之高，原因难道仅仅是因为他是周族始祖的身份吗？不然！他的地位是由他在农业发展史上发挥的作用决定的。

众所周知，上古时代的中国基本上是一个古朴的农业社会，是自给自足型的经济。它的特征是全国 75% 以上的民众都居住在农村，乡村居民的主要职业为务农，他们自耕自食，自给自足，代代相因，中国人的生活方式自历史开端以来，没有农业是不可想象的。"中国文化始终在自由农村的园地上滋长"[2]，而后稷，作为中华农耕文明的标志性人物，一个不可替代的文化符号，代表了上古时期农业文明的转折，即从旧石器时代采集农业到新石

---

① 张光直:《古代中国考古学》，生活·读书·新知三联书店 2020 年。
② 钱穆:《中国文化史导论》，商务印书馆 2003 年。

器时代定居农业（生产农业）的转变。历史学家许倬云说："我界定的文明，是人类在聚居和固定食物来源的文化基础上，再迈进一步，能做抽象思考的时候。"①后稷是尧舜时代的农官，后稷及其子孙以他们的农官身份，推广他们在有邰开创的农耕文化，这对中华民族农业的革命性转向起到了重要的推动作用。

定居农业的产生是人类历史上一件意义深远的大事。它是人类经济方式由攫取经济转为生产经济的一次重大革命，这一革命最重要的结果是导致人类社会逐步脱离原始状态而进入文明时代。后稷不仅教民众如何种好庄稼，而且提出了把重视农业作为对民众进行教育的根本。这种重视农业、以农为本的思想，可以说以后稷为先导，从上古时期一直传承下来。在夏以后的商代，尽管后稷的子孙不再担任农官，但后稷却被尊为稷神予以奉祀，并继承前朝传统，继续设立农官。从商、周开始，天子每年都要行"籍田礼"，亲自耕田，以示对农业的重视。这种由帝王亲自耕田的籍田制从商、周开始，一直延续两千多年，直到清末。可以看出，由后稷开创的以农为本的农耕文化，已经成为几千年来中华民族立国之本。后稷的文化史地位是由他的功绩和影响力决定的。

原始农业与文明起源有着密切关系，主要表现在三个方面：一是原始农业的发展奠定了人类进入文明时代的物质基础；二是不同地区古代文明形成的不同途径和不同模式，相当大程度上是由该地区原始农业的特点所决定的；三是原始农业在这些文明身上打下了自己深深的印记。总之，农业塑造了文明的类型②。中国人的根深植于大地之中，所以中国文化自始即重农。四民之中，士之下即为农。社会上"民以食为天"等思想皆源于此，许多价值观念皆从农业性而来。主流价值的形成也与农业社会相配合，如敬德、保民、重孝、慎罚、协和万邦，中华文明历经夏、商、周一千多年甚至更久远发展所累积的政治智慧、道德观念、审美精神，成为此后中国文化发展的最主要的历史渊源。此外，中国传统农业所使用的方法，循环利用与可持续

① 许倬云：《万古江河》，上海文艺出版社 2006 年。
② 徐旺生等编著：《中国农业发展简史》，人民出版社 2020 年。

发展的特性，对今天的农业具有重要的指导作用。在全球环境问题突出的今天，中国传统农耕文明的许多智慧，也将会为其提供解决的良方，促成人与自然的和谐发展模式与可持续发展局面的到来。

因此，在当代研究后稷和先周农业文化有利于发现中国农业文化中的优点，使之得以继承和发扬，符合大力弘扬优秀传统文化的方针。因为"如何重新发现并光大传统文化中那些仍然具有现实意义与生命力的方法论形态、基本范畴、价值观，吸纳并融汇那些于我有益、能够解决现实问题的文明成果，实现创造性转化与创新性发展，从而构建具有民族文化传统、适应时代要求、具有现实针对性的文化形态与价值体系，是我们不可回避的历史使命"①。

从地区发展角度讲，研究后稷和先周农业文化有利于晋南地区文化产业的发展。山西南部临汾、运城一带是有名的耕读文化区域，不仅存有大量上古三代的古迹与传说，如尧、舜、禹的古都，是孕育了后稷这位传奇人物的热土，是华夏文明的摇篮，也是中国文化史的开篇之地；还有子夏墓、裴氏、文中子、司马光、薛文清等故里，西厢故事发生处、大槐树移民处等分布在各地。这些传说与遗迹突出了中国耕读文化的特色。在晋南各地随处都可看到"耕读传家"的门匾，也是这一文化主导这里民众生活的证明。

那些历代生活在这片土地上的人们，生活、生产、创造、发明，对山川的开发和对物类的化殖，无不和当时的天下息息相通，相互联系，相互促进。遍览文献史册，这里有大量丰富史料，既见于各类正史、野史，也存在于民间口头传说和风俗之中，帮助我们更全面、更深刻、更丰富具体地了解这片土地的历史与文化。

为了更深刻地理解后稷文化的内涵及其对中华文化的影响，本书将从华夏民族与最早的中国谈起，兼及三皇五帝、夏商西周的历史，并结合民间传说来谈后稷文化的历史，使我们对后稷文化的理解不那么空洞。而后稷历史，它包含两层含义，一是后稷传说本身所包含的历史因子，也就是后稷的

---

① 杜学文：《用历史文化资源讲好中国故事》，《文艺报》2020年6月5日。

时代、地望、族属、职事等关键内容。二是后稷文化演变的历史，"稷祀"文化、后稷神话，是后稷文化的重要现象，本书有专章介绍，对于它们产生的原因，本书也将作相应的探讨。

现在，就让我们坐上时光列车，穿越空间的隧道，回到那被文明曙光刚刚照耀到的中原大地上吧！

第一章　孕育后稷的地理环境与文化土壤

第一节　华夏民族与最早的中国

在上古东亚文明接近破茧的时刻，天下万国恰似满天星斗一样已经遍布此地的所有宜居地带，并且形成了几个风格鲜明的文化圈。黄河与长江是孕育这片古老大地文明的母亲之河。在北方黄河流域中部，也就是被称为"表里山河"的山西地区，由于其独特的气候地理环境，被称为华夏文明的发祥地。

今天的山西省地处中国中部，位于黄河的中游、黄土高原的东翼，其地理坐标在北纬 34°34′58″—40°43′33″、东经 110°14′42″—114°33′17″ 之间。全省版图轮廓为东北向西南倾斜的平行四边形。其地势东、西两面多山，贯通中部的河谷盆地略呈北高南低之势。南北宽度约 682 千米，东西宽度约 385 千米，总面积约为 15.67 万平方千米，约占全国陆地总面积的 1.63%。山西省的四邻：东以太行山脉与河北省、河南省相邻，南以黄河、中条山脉与河南省为界，西以黄河、吕梁山脉与陕西省相望，北以古长城与内蒙古自治区接壤。就中华版图而言，中国的地形地貌呈西北高东南低的总体走势，山西省处于中国大陆的第二级阶梯，海拔大都在 1000 米以上，形成了引领黄土高原苍山、大河，俯瞰东南广阔平原的雄浑之势。境内最高处为五台山北台顶，海拔3061米，有"华北屋脊"之称。新生代以来的造山运动，使山西地区大面积隆起，形成了东西两侧的太行山脉和吕梁山脉，南北两地的中条山和恒山，以及中部地区的五台山、云中山和太岳山。与此同时，在全省中部出现了一条纵贯南北的大裂谷，局部的横向隆起又将大裂谷分割为若干断陷地块，形成了串珠状的大同、忻定、太原、临汾、运城和上党六大盆地。大自然的造山运动和远古历史的沧桑变迁，形成了山西地区特殊的地理形势。这就是四山锁闭，境内分布的盆地又自成体系，构成一个相对封闭的系统，但中部的黄河水系（汾河、涑水河、亳清河、沁河）和海河水系（滹沱河、桑干河、漳河）又是从北部边疆通向我国中原腹地的天然走廊。前一特点造成山西地区历史文化生成有较强的地域特色，后一特点又让山西地区历史文化形成一个开放系统。这种"表里山河"、自成格局的地理环境，孕育了山西地区自远古以来就独具特色的文化形态。

山西地区，在古代仅是地理上的泛称，因其位于太行山以西黄河以东，故称"山西""河东"。按照古人坐北朝南的方位看，山西地区是在太行山右侧，故又称为"山右"。夏商时期，山西地区属于"天下九州"之一的古冀州。殷商时代，今山西南部翼城、曲沃、绛县、芮城等地有"方百里"的古唐国、古魏国。西周初年，周武王之子、周成王之弟叔虞被封于唐地，号为唐侯，叔虞之子燮父继位后改国号为晋。春秋战国之际三家分晋，建立起魏、韩、赵三个诸侯国，号称"三晋"。由于西周至战国时代晋国和三晋国家疆域的主体在今山西境内，故直至今日，人们多以"晋"或"三晋"作为山西地区或山西省的代称或简称。秦始皇统一中国后实行郡县制，今山西地区被置为太原、上党、河东、雁门、云中、代等六郡。汉武帝时实行"十三州部刺史"，今山西地区被置为并州刺史部，统辖除河东、代郡以外的其他各郡和今内蒙古自治区、河北省的一部分。唐代设河东道，所辖大体相当于今山西全境，这与秦汉时河东仅限于晋南地区大不相同。北宋时以"路"代替了"道"的建制，改唐的河东道为河东路。"山西"作为中国地方行政区建制名称始于元代。元灭南宋后实行"行中书省"制，今山西地区被置为"河东山西道宣慰使司"，直属中书省，辖今山西全境，从此有了以"山西"命名的中国地方行政区建制。明初设"山西行中书省"，不久改为"山西承宣布政使司"。清代正式设置"山西省"行政区，今沿不改。

上古山西地区，是华夏民族的先祖炎帝、黄帝重要的活动地区，也是尧、舜、禹三帝的建都之地。华夏应该是古老中国最早的称谓，我们现在所说的"中国"与"华夏"似乎没有区别，其实不然。

何尊上刻"中国"铭文

历史文献在使用"中国"一词的时候，其所指有不止一种含义。在现存文字材料里，"中国"一词最早出现在铸成于西周前期的著名青铜器"何尊"的铭文内。在其中，周成王追溯他父亲武王的话说："余其宅兹中国（且让我安顿在中国这个地方）。"成王口中的"中国"，原指洛阳及其邻近地区。它与古时候的华夏人群把今登封、洛阳一带视为"土中"（即天下中心）的观念有关。这说明至少在西周初，用"中国"来称呼今河南省洛阳市一带，已经很流行了。这是"中国"的第一层含义。

"中国"的第二层含义是关东，即函谷关或者后来潼关以东的黄河中下游平原。《荀子》说："（战国之秦）威动海内，强殆中国。"《韩非子》说："夫越虽国富兵强，中国之主皆知无益于己也。"颜师古在注释《汉书》记载刘邦左股有黑子之事时写道："今中国通呼为黡子；吴楚俗谓之志，志者记也。"照这些说法，秦、越、吴、楚都不在"中国"的范围内。可见这个中国，仅指关东。

它的第三层含义则把关中也包括进去了。《史记》曰："天下名山八，而三在蛮夷，五在中国。中国：华山、首山、太室、泰山、东莱。"华山位于关中，司马迁所说的中国，已经把北部中国的核心地区全都包含其中。

差不多与此同时,"中国"也有了第四层含义,即不仅用来指称以华北核心地区作为其统治基础的王朝,也用来指立国于南部中国的诸多中央王朝所控的全部国家版图。在"中国"被用来命名这样一个疆域范围时,它当然会远远超出汉地社会和汉文化所达到的边界。秦、汉版图已先后到达今广东、云南,但直到那时为止,淮河、汉水以南广大地区的当地居民,都还不是汉语人群。"中国"的第五层含义是随着汉语人群向华北以外地区的大规模迁徙流动而产生的。它指的是在国家版图内不断向外扩展生存空间的那个主体人群及其文化。万斯同主编的《明史》稿本在讲述西南各土司的辖区时概括说:"大抵诸夷风俗,与中国大异。"很清楚,此处的"中国",是针对汉族和汉文化而言。关于"中国"的最后那两层含义一直被沿用到近代。所以英语中的 chinese 才会既指"中国的",又指"汉族的"。所以说,"中国"既具有长期的持续不断的历时性特征,另一方面,无论作为国家版图还是作为大型人群,它的地理边界又总是处于不断变化之中[1]。何尊所说的"中国"是周建国时期的"中国",那么,更早的"中国",在什么地方呢?

要找到周之前的最早的中国,必须满足下列几个条件:一是当时已经出现了所谓的"国家",而不是简单的城堡或聚落所在地;二是"中国"所在的国家必须是帝王之国的都城,不是一般的部落性质的古国;三是这时某种文明形态已经形成。根据以前文献记载及考古发现,尧之前的所谓"国"基本是一种部落城邦,虽然有其政治经济的中心地带或共主,但社会治理及文明程度仍然比较原始。

而陶寺遗址的发掘,有了大量的考古实证,不仅证明这里是一个大型的都市城址,同时也具备国家的形态。据考古研究,很可能就是尧建都之地。

陶寺遗址,位于山西省襄汾县陶寺村南,面积 300 余万平方米。遗址发现于二十世纪五十年代,1978 年至 2002 年进行了大规模发掘,确认它是我国迄今为止所发现的史前最大的城址,其时代大体与传说中的帝尧时期相当,地理位置与文献记载的尧都基本符合。从这些材料看,尧都平阳是可信的。

---

① 姚大力:《追寻"我们"的根源》,生活·读书·新知三联书店 2018 年。

陶寺遗址

陶寺文物

　　现任中国社会科学院山西考古工作队队长何驽指出：文明形成的核心标志，体现在考古上，是证明国都的存在。国都应当具备宫殿区、王陵区、城墙、大型礼制建筑区、官营手工业作坊区、普通居民区、王权控制的大型仓储区等，而山西陶寺遗址具备了上述所有功能区划要素。也就是说，在四千多年前的陶寺，社会组织已经进入前国家的阶段。陶寺遗址因此被称为"中华文明的肇始"。在陶寺遗址发掘之前，考古界普遍认为，中国最早的都城为河南偃师二里头遗址，中华文明起源于距今三千七百年左右的夏商时期；襄汾陶寺遗址考古发现则以事实推翻了这一论断，至少将中华文明时代形成

河南二里头遗址博物馆

的起点向前推进了五百年。

《史记·五帝本纪》记载："尧崩，三年之丧毕，舜让辟丹朱于南河之南。诸侯朝觐者不之丹朱而之舜，狱讼者不之丹朱而之舜，讴歌者不讴歌丹朱而讴歌舜。舜曰：'天也'，而后之中国践天子位焉，是为帝舜。"尧舜时代万邦林立，各邦的"诉讼""朝贺"，由四面八方"之中国"，出现了最初的"中国"概念。那么，舜的所谓"之中国"就是到了当时的尧都平阳。如果陶寺古城为"尧都平阳"的话，这里就应该是最早的"中国"。

苏秉琦先生在他的《中国文明起源新探》中说，夏以前的尧舜禹，活动中心在晋南一带，"中国"一词的出现也正在此时。在中国文明发展的进程中，夏是上古中国一个非常重要的阶段。根据夏商周断代工程的结论，夏禹于公元前2070年建立了夏王朝，但作为部族名称，夏早已存在，我们可以说，尧舜都是先夏时期的帝王。而夏的分布区域，傅斯年先生在其《民族与古代中国史》也明确说："夏之区域布于今山西、河南省中，兼及陕西，而其本土在河东。"① 可以说，上古传说中的尧舜禹时代，也就是华夏族最早活动的区域，在河东地区，也就是晋南地区。具体来讲，包括了今山西省南半部，即汾水流域，河南省西部、中部，即伊洛嵩高一带，东不过平汉线，西有陕西一部分，即渭水下游。东方界线，则其盛时曾有济水上流，至于上邱。另外，据《左传》"定公四年"记载，周成王分封其弟叔虞于唐，"命以《唐诰》，而封于夏墟，启以夏政，疆以戎索"。这里叔虞被封于夏墟之地，就是今晋南翼城一带。所谓"启以夏政，疆以戎索"，杜预的解释是："因夏风俗，开用其政。太原近戎而寒，不与中国同，故自以戎法"②，就是说要顺应当地的习惯法来治理夏地。叔虞所封之唐，乃是古唐国。这个古唐国是保留夏文化传统最多的地区之一，夏时的民族风俗和典章制度，必然相当程度地存留在这块土地上。正是由于这个原因，周成王才规定给叔虞"启以夏政"的方针，以便于对这个国家进行有效的管理。"疆以戎索"即用戎人的法度去治理，这是一种因地制宜对待少数民族的做法。就是同意戎人按照自己的习惯的游牧方式、生活习惯来使用土地，而不必按照农业地区的做法以周礼规定的井田制来分配土地。"戎"是晚商时期住在唐国周围的少数民族的西北方国的统称。他们虽然世代居住在多山的偏僻之地，经济文化的发展滞后于中原地区，但是却不乏与唐人的密切交往，在这些地方，甚至出现与唐人杂居的局面。有交往就会相互影响，所以，周王便要求叔虞在唐实行"疆以戎索"的政策。《史记·晋世家》中记载："唐在河、汾之东，方百里。"河指的就是黄河，汾指汾河，这句话交代了古唐国建国时候的基本情况。古唐国一带应该就是更早的"中国"，是夏墟，也就是早期部落国家诸夏繁衍生息之地，是为当时的"中国"，也是最早的"中国"。

考古发现也基本证实了这个观点。1992 年至 2000 年，在山西曲沃发掘出赵晋侯墓地，最早的一组为晋侯燮（生卒年不详），其为周武王之孙，唐叔虞之子，西周诸侯国晋国第二任国君。唐叔虞死后，晋侯燮继任君位。晋侯燮继位后，将国号"唐"改为"晋"。根据考古学家推测，唐地也就是夏

---

① 傅斯年：《民族与古代中国史》，上海古籍出版社 2012 年。
② 阮元：《十三经注疏》，中华书局 1980 年。

墟，在曲沃、翼城及襄汾、浮山、尧都区以崇山为中心的接合部。所谓夏文化，就是史书记载的与夏部族活动密切相关的两大区域，一是河南西部颍水上游、洛阳附近的伊河、洛河下游地区，另一个则是山西南部汾河下游涑水河流域①。"华夏"一词最早见于《尚书·周书·武成》，"华夏蛮貊，罔不率俾"，意思是说无论是中原地区的民族，还是边远地区的民族，都对周武王表示顺从。可见华夏是古代居住于中原地区的汉民族的先人为区别四夷（东夷、南蛮、西戎、北狄）的自称。华夏又称"华""诸华""夏""诸夏"。而华、夏两字上古同音，本一字，相互通用。《左传》有"裔不谋夏，夷不乱华"一语，华、夏同义反复，华即是夏。"中华"又称"中夏"，孔子视"夏"与"华"为同义词。"华"与"夏"二字在甲骨文中的地位非常崇高。唐朝孔颖达所作的《春秋左传正义》解释："中国有礼仪之大，故称夏；有服章之美，谓之华。"意即因中国是礼仪之邦，故称"夏"，"夏"有高雅的意思。中国人的服饰很美，故作"华"。华夏族文明史最早可以追溯到八千年前黄河流域的大地湾文化、裴李岗文化和磁山文化。其文明传承脉络是：大地湾文化—磁山文化—裴李岗文化—仰韶文化—龙山文化—马家窑文化—齐家文化—二里头文化。

诸多专家学者认为，春秋以降，"中国"相对于"四夷"，又称"华夏"。而"华"与"夏"都是指最先在河东兴起、文明程度最高的那个或称"夏族"或称"华族"的部族。

关于华夏之"华"的得名和起源主要有这么几种说法，我们先看一看"华胥说"。诸多史料显示，华夏起源于华胥，伏羲、女娲的母亲即为华胥氏。在运城市虞乡境内有座华胥峰，以华夏民族之始祖母名字命名。华胥峰在当地又被称为华咀、华聚、华居。清代《虞乡县志·山川卷》云："石锥山，一名华胥峰，在县东南二十五里天柱峰东石华胥洞。据当地人讲，此鹿谷，林峦峭壁，川原奥衍，一峰突出，岑锐插天。"《隋书》云："虞有石锥山，即此。"华胥者，何也？唐代史学家司马贞《补史记·三皇本纪》曰："太

① 周敬飞、胡安平编：《中国地域文化通览·山西卷》，中华书局 2013 年。

皞，庖牺氏，风姓，代燧人氏，继天而王，母曰华胥，履大人迹于雷泽，而生庖牺氏于成纪。"从目前掌握的资料来分析，华胥与三皇五帝的关系大体上可以这么表述：华胥生伏羲、女娲，伏羲、女娲生少典，少典生炎帝、黄帝，黄帝生二子玄嚣、昌意，昌意生颛顼并立其为帝，颛顼崩后，玄嚣的孙子高辛立，是为帝喾，帝喾崩，帝喾的儿子挚立，挚让位给自己的异母兄弟放勋，即尧帝，尧帝让位给虞舜，虞舜是黄帝的八世孙。这也就是说，史前五帝可能都是华胥的后裔。

有资料显示，华胥降生于古虞，黄帝则三访华胥国、祭后土女娲，并指挥阪泉大战和涿鹿大战，当地人还给其盖了华神庙。从华胥到舜帝重华，完成了"华人"这一称谓的起源和定型。从此，我们就自称"华人"，世界也就随之称我们为"华人"。

从中可以知悉，华胥，就是传说中"三皇"之一的伏羲的母亲，是目前看到的唯一的史册上有记载的母系氏族社会首领，是中华民族的始祖母，理所当然是华夏之根。

关于华族发源，"古中国"研究专家王雪樵先生还归纳出"华山说""华水说""玫瑰花说"。

所谓"华山说"，认为"华族"是居住在华山附近的一个部族，以华山而得名。而古人又认为华山在远古时代是与中条山连为一体的，晋人《搜神记》称其两者为"二华之山"，而中条山至今还有"东华山"之称。故河东之运城亦是"华族"发源地。

所谓"华水说"，认为古代汾水下游有一条支流名叫"华水"，华水出自今稷山、乡宁的华谷（峪），今稷山犹有华（化）峪镇，乡宁犹有黄华峪。居住在华水流域的夏人，以其所居地之"华水"来命名自己的部族，其他人也称他们为"华人"。

所谓"玫瑰花说"，认为仰韶文化的标志是彩陶器上的大量玫瑰花图案。生活在仰韶文化地带的自关中到中条山及黄河两岸的先民，以玫瑰花图案为图腾，他们穿着带有华美图饰的衣服，因而被称作"华人"。上古炎帝与黄帝部族融合后，形成了以黄帝部族为核心的新的文化。这一历史在考古学中从"西阴之花"为代表的庙底沟文化类型到陶寺文化的发展得到了证实，也就是说，炎帝、黄帝部族融合后，在原来产生于河东地区的"华族"得到了新的发展，出现了吸纳各地文化元素的新的文化即陶寺文化，而陶寺文化又孕育发展出从尧、舜至禹的文化。所以，陶寺是华夏文明发展进程中一个非常重要的关键点。

我们再来了解一下"夏人"。"夏人"崛起于河东，"夏，中国也"。《说文》："夏，中国之人也。"《汉书·地理志》颜师古注："夏，中国。"《后汉书·班彪传》李贤注："夏，中国也。"《战国策·秦策》鲍彪注："夏，中国也。"夏人原本是黄帝族的一支，很早以前由西北高原迁至河东，并在河东崛起。历史上称夏人生活过的地方为"夏墟""大夏"或"有夏之居"。除"有夏之居"位于伊洛外，所有的"夏墟""大夏"尽在河东。

据统计，史籍中记载的"夏墟"有两个，一个在今翼城、绛县、侯马一带，即周初唐叔虞封地；一个在今夏县、平陆、安邑一带，即西周虞仲所封之地。而史称"大夏"的地方共有五处。其一在唐，即上述翼城、绛县一带；其二在平阳，即今临汾一带；其三在安邑，即今夏县、平陆、盐湖一带；其四在晋阳，即今永济、虞乡一带；其五在鄂，即今乡宁、河津一带。当然，这只是史籍中提到并被保留下来的几个称"大夏""夏墟"的地方，并不等于河东只有这几个地点是夏人居住过的。河东地区可能还有夏人聚居之地，均可称为"大夏"或"夏墟"。因为当时是方国林立时代，《史记》记载尧"协和万邦"，所以史书上也有"诸夏"的称呼。

可见作为"中国"的代称，"华""夏"之名的产生都与晋南息息相关，故晋南无愧"夏之根"美誉，亦无愧"古中国"之名。在地理位置上，中条山正处在中国文明起源的黄金地段。中国在古代习称"华夏"，而"华"与"夏"都同中条山有关。"华"字得自华山。"夫中条之山者，盖华岳之体也"，古人把中条山与华山看作一体，只是被黄河割开。华夏的"夏"，得自"大夏"、夏朝。在考古学上，代表夏朝的"二里头文化"地兼中条山的两面。历史文献中说中条山以北有"夏墟"，南面偏东一带是"有夏之居"。看来夏朝的地域，确实是跨越中条山南北的。地理学强调"人地关系"，夏族与中条山的"人山关系"也应当具有独特的内容。

史书所记尧舜的传说多在中条山以北,这或许暗示着夏族的渊源所在。因为夏朝的影响力的强大,汾运盆地便成为法统观念上的崇高区域。同时,夏的出现于"华"具有非常重要的渊源,或者可以说,它们是一脉相承的。在华族中,迁徙到其他边缘地区的族群,由于其远离当时的文明中心,发展比较缓慢,逐渐与原来没有进入中心地区的族群或融合,或分处,成为所谓的"四夷",如羌、狄、黎等。而进入文明中心地区的族群则与华族逐渐融合,不仅自身的文明程度得到提高,同时也促进了文明中心地区的发展。而夏正是从华族中逐渐发展并壮大的,以至于后人视华、夏为一,或华夏并称[1]。

总起来说,由于河东居于泱泱中华腹里之地,是"华夏文明发祥的核心地区",是尧舜禹建都兴邦的地方,故河东早在五千年前后就是当时的经济中心、政治中心、文化中心,这里是最早的中国。

第二节　运城:五千年文明"主题公园"

如今,这个"最早的中国"是一个名叫"运城"的地方。打开地图,我们看到,中华民族的母亲河——黄河,滔滔奔流到秦、晋、豫三省的交汇处,转弯向东,在山西省的西南端形成了一个金色的三角地带,这就是运城。

运城因地处黄河之东,古称河东,是华夏文明的重要源头、中华民族的根祖之地。这里钟灵毓秀,人杰地灵,集中体现了传统文化的原始基因,处处闪烁着传统文化的思想光芒。

根据于波等主编的《三晋史话》介绍,运城因盐池开发而得名。春秋战国时期,运城称为"盐邑""盐氏";汉代改为"司盐城""盐监城";宋元时期名为"凤凰城""运司城""运城"。世人称之为"盐务专城"——因盐运

---

[1]　杜学文:《我们的文明》,广西师范大学出版社 2015 年。

而设城，中国仅此一处。战国初年，魏国的都城从安邑迁到了大梁，河东地区变成了魏国的边郡，始称"河东郡"。秦汉时期，仍称"河东郡"。以后两千多年，这里一直被惯称为"河东"。

中华人民共和国成立后，设立运城专署。1954年，运城、临汾两专署合并为晋南专区。1970年，晋南专区撤销，分为临汾地区和运城地区。2000年，经国务院批准，撤销运城地区和县级运城市，设立地级运城市。

现今的运城市位于山西省西南端，处于晋、陕、豫三省交界处的黄河金三角中心地带。北起吕梁山南麓，与临汾市接壤；东以中条山为界，与晋城市相邻；西、南隔黄河，分别与陕西省、河南省相望。运城市是山西省下辖的十一个地级市之一，下辖一区二市十县五个省级经济开发区，即盐湖区、永济市、河津市、绛县、夏县、新绛县、稷山县、芮城县、临猗县、万荣县、闻喜县、垣曲县、平陆县、运城经济开发区、风陵渡经济开发区、绛县经济开发区、空港经济开发区及盐湖工业园。

运城市面积约为14000平方千米，有平原、山地、丘陵、盆地、台地等多种地貌类型。其中平原面积约占六成，山地和丘陵约占四成。主要山脉有中条山、吕梁山、稷王山、孤峰山等，主要河流有黄河、汾河、涑水河与姚暹渠等，主要湖泊有伍姓湖、盐池、硝池、汤里滩、鸭子池、北门滩等天然湖泊和上马水库、苦池水库等人工湖泊。地形是东北向西南倾斜，最高点在中条山核桃凹南峰，海拔1494.7米，最低点在盐池，海拔324.5米。运城年平均气温13.3℃，年平均降雨量387.9毫米。每年日照时长2039.5小时，无霜期达二百一十二天。农业生产条件相对比较优越，长期以来一直是山西省的农业大市和粮棉基地。《汉书·地理志下》记载"河东土地平易，有盐铁之饶"。运城盐池的食盐开采历史有数千年之久，其经营利润有力支持了历代王朝的财政，在现代则发展成具有相当规模的盐化工业。现代的地质勘探结果表明，运城矿产资源丰富，列入山西省矿产储量表的有煤、铁、金、银、铜、铝、锌、铅、钴、钼、芒硝、岩盐、白钠镁矾、卤水、熔剂灰岩、灰岩、黏土、磷、长石、玻璃石英砂岩、重晶石等。其中，具有开采价值的五十余种，具有优势的矿产资源为铜、铅、镁（镁盐、白云岩）、芒硝、石灰岩、

运城盐池

大理石、硅石等，而铜矿是运城第一大矿业支柱。

上溯运城的历史，人们一向有"五千年文明看运城"的说法。垣曲发现的"世纪曙猿"化石，距今约四千五百万年，推翻了人类起源于非洲的论断，把人类起源的时间向前推进了一千万年；西侯度遗址发现了人类用火遗迹，距今约一百八十万年，把人类用火的时间向前推进了一百多万年。

运城遍布着中国上古传说时代的遗迹，处处散落着具有"古中国"标识的文化遗存。风陵渡的地名，和伏羲、女娲的风姓部落密切相关；万荣后土祠，留有黄帝祭祀后土的遗迹。这里还有我国开发利用最早的内陆盐池。盐池周边有蚩尤村、解州城，有黄帝、炎帝、蚩尤等部落发生大战的地点阪泉、涿鹿；夏县的西阴遗址，据考与黄帝的妃子嫘祖养蚕有关。另外，舜都蒲坂、禹都安邑，均在运城辖区内。如果把尧舜禹时期称为国家形成前的雏形，那尧舜禹建都的地区，就是最早叫中国的地方。

东周时期，位于今运城、临汾一带的晋国逐渐崛起，成为春秋五霸之一，其霸业持续百余年。三家分晋之后，魏国占据包括运城在内的原晋国核心地带，魏文侯变法图强，把魏国建设成为战国初年的第一强国，其强势也持续了近百年。秦汉时期，运城所在的河东郡，距离咸阳、长安、洛阳等地都很近，地理位置重要，是京师的屏藩。农业发达，粮食充足，又有盐铁之利，被誉为朝廷的"股肱郡"。太平盛世为朝廷提供物资和财赋，到了乱世，又成为兵家争夺之地。直到隋唐时期，河东仍然是"股肱郡"，位置非常重要。

运城的风土气候，虽然稍显干旱，但农业发展比较早。上古时候嫘祖养蚕、舜耕历山、大禹治水、后稷稼穑，历来就有精耕细作、重视农业的传统。粮食充足，因而也人口众多，到现在仍然是山西省人口最密集的地方。加上有盐池这个财赋之源，历代经济比较发达，也促进了文化教育的发展。春秋战国之际，卜子夏设教西河；隋朝末年，文中子王通绛帐授徒，皆培养出一大批人才；明朝中期，理学家薛瑄罢官家居，在河津兴办教育，培养人才，更是繁衍出一个河东学派。历史上运城人才辈出，仅河东闻喜裴氏，就涌现过五十九位宰相和五十九位将军。除裴氏之外，尚有柳氏、薛氏、卫氏、王氏等彪炳史册的名门望族。中国封建时代民间信仰最盛的是观音、关公、吕洞宾，后二位的籍贯都在运城，一个被尊为关圣、关帝；一个被尊为道教领袖、八仙之一。运城代有才人出，各领风骚数百年。王勃、王维、王之涣、柳宗元、司马光等在中华文明史册上曾留下灿烂的一页。特别是辛亥革命以来，运城英才辈出，活跃在各个历史时期的舞台，其事迹可圈可点、可歌可泣。

运城市有全国重点文物保护单位九十处，位居全国地级市之首。这里的名胜古迹在人类文明史上多属根祖孤品，无与伦比。正如 2007 年运城获得中国十佳魅力城市颁奖词中所说：关公的忠义诚信就是这座城市源远流长的人文精神。华夏之根、诚信之都——山西运城。中华文化从这里一路摇曳而来，这里是中华五千年文明的主题公园。

第三节　稷山县：天下粮仓之源

运城市稷山县是后稷的故乡，位于山西西南部，运城市正北端，距太原市 410 千米，距运城市 85 千米。东靠新绛，西临河津，南以稷王山和闻喜、万荣县接壤，北为吕梁山与乡宁县相连。处在东经 110°48′18″—111°15′41″，北纬 35°22′48″—35°48′32″ 的位置。稷山县地势南北高中间低。北部为吕梁山南麓，山势陡峻，主要山峰有文中子洞、玉皇顶、马头山等，海拔均在 1300 米以上，其中以玉皇顶为最高，海拔 1618 米。
南部为稷王山，海拔 1279 米。峨嵋台地横贯南部翟店、太阳等乡镇，海拔
在 500 米上下，是临汾盆地的一部分。汾河是稷山县主要河流，自东向西
流经 35 个自然村，境内长 25 千米，水宽 20 至 80 米，水深 0.5 至 1.5 米。
稷山县属暖温带大陆性季风气候，年均气温 13℃，1 月 -4℃，7 月 27℃。
年平均降雨量 483 毫米，霜冻期在 10 月中旬至次年 4 月中旬，无霜期 220
多天。

　　稷山地处汾河下游，土地肥沃，水源充足，为古人类栖息之理想场所。
早在新石器时代，就有人类栖息。经 1977 年、1979 年、1981 年、1983 年、
1985 年、2006 年六次考古调查，全县已发现史前文化遗址十七处。其中著
名的有：武城仰韶文化遗址、东段仰韶文化遗址、马家巷仰韶文化遗址、西
社仰韶文化遗址、桐上仰韶文化遗址、贾峪村东仰韶文化遗址、化峪龙山文
化遗址、上费龙山文化遗址、柴村龙山文化遗址、底史龙山文化遗址、吴嘱
龙山文化遗址。这些遗址作为稷山新石器时代各个阶段的代表地点，已经构
成了稷山新石器时代文化序列的基本框架。截至目前，稷山境内共发现仰韶
文化遗址十处、龙山文化遗址七处。从整体分布看，各遗址有一共同点，它
们大都集中在汾河两岸的高崖地带及离水源近的地域。足见一是免于水灾；
二是便于取水。细石器的大量出现说明，当时已较普遍地使用了复合工具，
生产力由此得到进一步提高，农业生产开始了新的飞跃。这些考古遗址的发
现，和《史记》中后稷教民稼穑、源开粒食的年代和地点相吻合，进一步夯
实了后稷兴起于稷山的史实。

　　稷山，春秋称"稷"，属晋国；战国时属魏国；秦朝时为河东郡皮氏县地；
西汉时汾南为左邑县地，汾北为长修县地；东汉汾南为河东郡闻喜县稷山亭，
汾北为冀亭。北魏太和十一年（487 年）置高凉县，县治在今城东南 15 千米
的阳城，同时作为新设的高凉郡治所。王思政筑玉壁城，西魏、北周迁高凉
县、高凉郡于此，并在这里先后设东雍州、南汾州、勋州，这成为稷山历史
上建制最高的时期。隋朝初年改勋州为绛州，迁往正平县（今新绛）。隋开

皇十八年（598年）改高凉县为稷山县，废玉壁城，迁往今县城。从此历经唐、五代、宋、金、元、明、清、中华民国、中华人民共和国1400多年而不改。唐朝时设万泉县（含万泉乡所在地），明嘉靖三十四年（1555年）地震，稷山城破坏严重。隆庆元年（1567年）重修，城厚1.8丈，设敌台25个，雉堞1400个。全城开五个城门，东为望尧门、西为思禹门、南为带汾门、北为引泉门、屏射门。1914年县属河东道，1932年属山西省第七行政专员公署。1947年4月解放，1958年稷山、河津、万荣大部分、乡宁县西坡、尉庄两公社合为稷山县，这是稷山历史上面积最大的时候。1959年7月万荣分出，1961年2月河津、乡宁两公社分出，稷山恢复原建制。1962年丈八、吴吕、瓮村、坡底、屯元、南邢家庄、张才岭等沿山7个村庄划归闻喜县。1971年西村公社划归万荣县，1984年改公社为乡镇。2001年以前，稷山县下辖6镇6乡：城关镇、化峪镇、翟店镇、西社镇、杨赵镇、清河镇、太阳乡、下迪乡、管村乡、路村乡、修善乡、蔡村乡。2001年全省撤乡并镇后，稷山县乡镇区划调整为现在格局。县政府现驻稷峰镇，全县总面积686.28平方千米。2021年年末全县常住人口31.6万人，其中，城镇人口125181人，乡村人口184966人，男性156666人，女性153481人，人口性别比102.08（以女性为100，男性与女性的比例）。城镇化率40.36%。人口自然增长率为−1.49‰，现辖镇、乡为：蔡村乡、化峪镇、西社镇、太阳乡、翟店镇、清河镇、稷峰镇。

至2016年，全县有耕地面积57万亩[①]，粮食作物以小麦、谷子、玉米为主，经济作物以棉花、豆类为主。林地面积7.8万多亩，树种有杨、桐、椿、槐等。枣林15.3万亩，约50多万株，年产4000万斤左右，稷山是全国第一红枣大县，稷山县板枣肉厚、皮薄、核小、糖分高，出口北美、日本和东南亚等国，颇享盛誉。素有"枣乡"之称，距今已有上千年的栽培历史。2017年1月24日，原国家林业局批准在稷山建立国家板枣公园。稷山国家板枣公园位于山西省稷山县稷峰镇，地处晋南根祖文化森林旅游区，这是山西省

---

① 亩，中国市制土地面积单位，15亩=1公顷。

唯一的国家林木（花卉）专类公园。公园总面积1056.69公顷，板枣栽培面积974.58公顷，板枣林覆盖率高达92.23%。园内保存着千年左右树龄的古稀枣树1.7万余株，是全国唯一的"万株千年"板枣古稀树群；分布有五百年左右树龄枣树约5万多株，是中国最古老、最名贵的板枣园区。红枣加工已成为特色产业，研制开发出金丝蜜枣、参苓药枣、港式蜜枣、酒枣、玉枣和枣茶、枣汁等20多种系列产品。

稷山麻花和烧饼是名特小吃。稷山麻花是咸的，一尺左右长（有大小几十种），有普通的和油酥的，每根都经多次扭转抻拉折叠而成，色香味诱人，做主食和零食都可。从前只有在过年时家家户户才准备一点麻花，现在常年四季都有。稷山烧饼有半圆的和三角的，半圆的又叫锅盔。好烧饼香酥可口，是出门在外的旅行佳品。

稷山麻花

稷山县2021全年全县蛋鸡存栏增至1098.8万只，连续十六年保持全省首位，是华北地区最大的蛋鸡规模化养殖基地。山西晋龙集团作为农业产业化国家重点龙头企业和山西省高新技术企业，生产的"晋龙牌"无公害鸡蛋远销欧美，赢得了市场青睐，晋龙集团位列全球顶尖蛋品企业第16名。2021年，在北京成功举办了"稷山四宝"四大区域公用品牌推介会和现代农业高质量发展高端智库咨询会，成功推出麻花、饼子、鸡蛋、枣"稷山四宝"。

稷山县是农业农村部命名的"全国农副产品深加工十强县"，全省首批、全市首家农业机械化示范县，山西省休闲农业和乡村旅游示范县，全省粮食、畜牧生产先进县。2021年，稷山县成功入选全国农业社会化服务创新试点县，被评为全国农情基点县优秀单位。稷山葡萄、稷山柴胡获批"国家地理标志证明商标"。山西集福食品有限公司被认定为农业产业化省级重点龙头企业，集福食品、阳润宝兴被认定为省级标准化屠宰企业，泽丰园、王路、璐琪3个家庭农场被评为省级示范家庭农场。

境内矿产资源主要有铁矿石、钾长石、钠长石、石灰石、石英石、磷矿石、铝矾土、云母等。稷山这方土地生机勃勃，民营经济迅速崛起，产业链条不断延伸，生态农业特色鲜明，第三产业稳步发展，城市建设日新月异。以工促农，以城带乡，工农互补，城乡互动，共同发展。根据《稷山县2021年国民经济和社会发展统计公报》，2021年稷山县全县国民生产总值1139009万元，财政收入完成95575万元。全年全县共引进各类项目31个，到位资金34.75亿元，签约项目31个，已开工29个，开工率达93.5%，签约资金253.79亿元。

近年来，稷山县强力实施工业强县战略，举全县之力全力发展工业企业。2021年全年全县33家规模以上工业企业产值1981550万元，增长38.4%；增加值399712万元，增长22.3%。从类别看：重工业实现增加值388568万元，增长27.9%；轻工业实现增加值11145万元，增长16.5%。从行业看：煤炭开采和洗选业增加值41529万元，增长1.9%；非金属矿采选业增加值1731万元，增长54.9%；农副食品加工业增加值4654万元，增长34.1%；纺织业增加值1032万元，增长1.2%；造纸和纸制品业增加值1411万元，增长22.9%；医药制造业增加值1131万元，下降8.6%；专用设备制造业增加值962万元，增长6.3%；汽车制造业增加值279万元，下降18.9%；废弃资源综合利用业增加值122893万元，增长277.8%；燃气生产和供应业增加值4267万元，增长4.7%。六大高耗能行业中，非金属矿物制品业增加值10196万元，增长27.9%；石油、煤炭及其他燃料加工业增加值27940万元，下降40.9%；化学原料和化学制品制造业增加值70395万元，增长18.7%；黑色金属冶炼和压延加工业增加值104640万元，下降5.4%；电力、热力生产和供应业增加值6653万元，增长4.3%。从效益看：2021年全年规模以上工业实现营业收入2102464万元，增长51.2%；实现销售产值

1988792 万元，增长 44.9%；实现利税 103565 万元，增长 78.4%。其中，利润总额 60262 万元，增长 79.0%；税金总额 43304 万元，增长 77.6%；产品产销率为 100.37%，比去年提升 4.5 个百分点。

经济开发区工业循环经济标准化试点和科技企业孵化器分别通过省级认定。铭福钢铁、东方资源、永东化工三家企业入选 2021 年山西省民企百强。

2021 年全年新增各类市场主体 3945 户，孵化小微企业 784 家，新增"四上"企业 36 家，"专精特新"企业 2 家，"晋兴板"挂牌企业 2 家，市场活力不断增强。

稷山全县地势平坦，交通方便，侯马至西安的高速公路横穿县境东西，运城至稷山的一级公路直达县城。108 国道自东向西横穿县境，太运线省道 51.9 千米，纵贯南北，侯（马）西（安）铁路过境稷山。运城机场近在咫尺，可直飞北京、上海、西安、太原等地。全县交通四通八达，基本实现村村通油路、乡乡通二级公路，形成三桥六路大循环的格局。2021 年全年全县公路总里程 923.271 千米。其中，高速公路 35.025 千米，一级公路 35.38 千米，国道 59.027 千米，省道 54.244 千米，县道 151.096 千米，乡道 320.755 千米，村道 338.149 千米。

稷山县历史悠久，曾涌现出华夏民族农耕始祖后稷、唐朝名相裴耀卿、金末著名谏官陈规、元初名臣姚天福、明代书法家"神笔"梁纲、清代钦点"探花"王文在、国学大师姚奠中等，各领风骚，众口皆碑。作为历史见证的名胜古迹更是弥足珍贵，县域内有大佛寺、稷王庙、青龙寺、宋金墓、法王庙、玉壁城遗址、北阳城砖塔等七处国保文化单位。有传承上百年的高跷走兽、高台花鼓、赵氏四味坊麻花、金银细工制作技艺、螺钿漆器髹饰技艺等五项国家级非物质文化遗产，有马跑泉、北阳城、西位等三个中国传统古村落。其中，稷王庙是全国祭祀后稷最大的庙宇，大佛寺有全国最大的土雕大佛。近年来以大佛文化园建设、汾河生态休闲农业产业园（汾河公园）建设和圣王山景区开发作为推进文旅产业的重点龙头，精心打造特色文旅品牌，高台花鼓、高跷走兽、螺钿漆器、金银铜器等独具地方特色的文化遗产，多次在国家重要活动中亮相，部分文化产品走出国门，走进"一带一路"，成为代表中国的文化名片。

这一方水土，养育了这一方人。四千多年前，一代农耕始祖后稷就在这里出生和成长。他发明和开创的中国农业生产，就是从这里起步，推广到四方，五谷栽培遍天下，稷山县因此成为天下粮仓之源。

第二章 前后稷时代的农业传说

第一节 早期黄河流域旱作农业的发展

农业是文明产生的物质基础，那么农业是如何产生的呢？考古资料显示，我国农业产生于旧石器时代晚期与新石器时代早期的交替阶段，距今有一万多年的历史。古人是在狩猎和采集活动中逐渐学会种植作物和驯养动物的。而原始人为什么在经历了数百万年的狩猎和采集生活之后，选择了种植作物和驯养动物来谋生呢？古人为什么最终形成了"农业"这种生产方式？学术界对这个问题做了长期的研究，提出了很多学术观点。目前比较有影响的观点是"气候灾变说"。

距今约一万两千年前，出现了一次全球性暖流。随着气候变暖，大片草地变成了森林。原始人习惯捕杀且赖以为生的许多大中型食草动物突然减少了，迫使原始人转向平原谋生。他们在漫长的采集实践中，逐渐认识和熟悉了可食用植物的种类及其生长习性，便开始尝试种植植物。这就是原始农业的萌芽。农业产生的另外一种可能是，在这次自然环境的巨变中，原先以狩猎为生的原始人，不得不改进和提高捕猎技术，长矛、掷器、标枪和弓箭的发明，就是例证。捕猎技术的提高加速了捕猎物种的减少甚至灭绝，迫使人类从渔猎为主转向以采食野生植物为主，并在实践中逐渐懂得了如何培植、储藏可食植物。距今大约一万年前，人类终于发明了自己种植作物和饲养动物的生存方式，于是我们今天称为"农业"的生产方式就应运而生了。

在东亚大陆，据地质学家研究，现今的青藏高原在人类产生以前基本上是不存在的。第三纪末期，这里海拔只有一两千米。气候温湿，到处生长着温带阔叶林。从那以后，这个地方因为受到印度板块的挤压而不断升高，形成面积达 220 万平方千米、海拔 4000 米以上的巨大高原，号称世界屋脊。不但如此，它的西南还耸立起一座世界最高的山脉——喜马拉雅山，加上从帕米尔高原发端的各大山系，严重阻隔了旧大陆东西两边的交通，同时也影响了行星风系，造成强烈的环境效应。这也使得地球东西两边的气候环境大不相同：东亚成为最大的季风区，夏季炎热多雨而冬季寒冷干燥；西亚、北非和南欧则为地中海气候，夏季炎热干旱而冬季冷凉多雨。在这种情况下，东西两边的人类分别经历了漫长时期的独立发展，自然会形成许多不同的特质。这就是学者们为什么常常将东西方的历史和文化进行对比研究的原因。

单就东方的自然地理环境来说也是有很大差别的。中国的青藏高原是高寒区，蒙新高原是内陆干旱区，人类的活动受到很大限制。不但史前文化不甚发达，人口稀少；就是到很晚的时期也是如此，因而难以成为文明起源的核心地区。东部的大片陆地和岛屿是最大的季风区，夏季因受海洋暖湿气流的影响，雨量较多，动植物生长繁茂，生活资源比较丰富，是人类活动的主要地区。不过由于这片地方南北纬度跨度极大，地形又十分复杂，各地的情况自然会有很大的差别。大致说来，中国的东北及其以北的地区纬度较高，年平均气温偏低，无霜期短，不大可能成为农业的起源地，只是到较晚的时期才从别的地方传入农业，也仅限于比较靠南的部分。所以在新石器时代和以后的一个时期内，这个地区的经济文化发展是相对滞后的。中国的华南和东南亚等地属于热带季风气候，长夏无冬，雨量甚多且年分布比较均匀，植物繁茂。在人口不太多的情况下，人类通过采集和渔猎完全可以获得比较充足的生活资料，所以这里尽管有不少可能被栽培的植物，却没有主动地发展农业。再说这个地区多山地和岛屿，平地很少又不相连续，交通有所不便，也在一定程度上限制了人类经济文化的发展。同样的原因也制约了日本群岛农业的发生。

剩下的就只有黄河流域和长江流域了。这两大河流域位于东亚的核心地区，一个属暖温带半干旱至半湿润气候，并且有较大的平原；一个属亚热带湿润气候，也有较大的平原和湖沼，都是有可能发展农业，并且在农业发展的基础上较早地进入文明社会的。由此可见，东亚自然地理环境的特点，为黄河、长江流域文明摇篮的形成提供了客观的物质基础。

黄河流域和长江流域是东亚大陆农业起源的大温床。黄河全长 5464 千米，流域面积 752443 平方千米，是中国的第二大河。不过黄河的水量甚小，年径流量仅 480 亿立方米，还不及小小闽江的水量。原因是它的流域范围是著名的黄土地带，是干旱、半干旱和半湿润地区。黄土堆积本身就是干燥气候的产物。每年冬春季节，强劲而干燥的西北风吹扬起蒙古高原的黄沙，大量降落到黄河流域的中上游一带，造成了面积达 50 万平方千米的黄土高原。其黄土的厚度一般为 100 米左右，最厚处可达 200 米。黄土高原属暖温带大陆性季风气候，年降水量多在 400—500 毫米之间，虽然不多却非常集中，变率也很大。冬春长期干旱，夏季常降暴雨。特别是山西、陕西之间的黄河峡谷一带，两岸的支流短，比降大，黄土深，植被少。一遇暴雨，冲刷大量泥沙急速入河，泥浆似的洪水猛涨。到下游地势平缓，洪水像脱缰的烈马四处奔跑，泥沙沉淀下来淤塞河道，形成周期性的决口改道。在有记载的两千多年中，黄河决口泛滥达一千五百九十三次，大的改道有二十六次：一会儿夺海河经天津入海，一会儿夺淮河经淮阴入海，一会儿夺清河经利津入海，整个华北大平原几乎都成了黄河摆动的范围。所以整个黄河流域主要由两部分组成，中上游是黄土高原，下游主要是由黄土淤积而成的华北大平原，只是在山东半岛还有一片丘陵即山东丘陵，那里也是有黄土覆盖的。

黄土具有土层深厚、质地均一、结构疏松等特点，因而易于耕作。土中含钙、磷、钾等矿物，养分比较丰富，矿物表面裹有钙质胶膜，有利于土壤结构的发育和植物的吸收。不过由于黄土质地疏松，极易被水流冲刷，所以黄土高原形成了千沟万壑、墚峁相间的十分破碎的地貌。加以黄土持水力弱，植被发育不好。

而渭河、汾河、洛河等河谷和山前地带的水肥条件都比较好，具有发展旱地农业的基本条件。华北平原和山东半岛因为距海较近，雨量稍稍多一些。尽管河流时常泛滥，但在一些较高而近水的地方和山前地带，同样有发展旱地农业的基本条件。

早在旧石器时代晚期，黄河流域已有许多居民，他们过着采集和渔猎的生活。到了新世代气候回暖，生产发展，人口增加，对食物的需求也迅速增加，而原先的生产方式难以满足这种不断增长的需求。黄河流域冬季较长且气温偏低，日平均温度在0℃以下的时间在三个月以上，整个冬季长约五个月。最低气温可达 −20℃—−30℃，远低于同纬度的其他地区的温度，从而加剧了食物的匮乏。人们不得不寻求各种可储藏到冬季的食物。某些干果是可以储藏的，但自然界产量有限，且因植株结果期晚而不利于人工繁殖。某些禾本科的种子是可食又可以长期储藏的，而且较短的生长周期为人工培育提供良好条件。

在黄河流域可供栽培的禾本科植物主要是狗尾草和野生黍，二者十分耐旱，对土壤肥力的要求也不高。它们的生长习性特别适应黄河流域的气候条件。因为黄河流域春季干旱多风，别的作物种下后难以发芽，出苗后又容易被干风吹死。这两种植物的种子对水分要求不高，黄土的毛细作用提供的少量水分就足以使它发芽。出苗后即使被干风吹了叶子也不会枯死，雨季到来时正是它们需要大量水分的生长旺盛季节，如果没有特殊的情况，总是可以获得一定的收成。这样，黄河流域便成了最早栽培粟（它的野生祖本就是狗尾草）和黍的地方，成为种植这两种作物的旱地农业起源的大温床。考古发现表明，早在新石器时代中期（前7000—前5000年）的遗址中便已广泛发现有粟和黍的遗存。例如在河北南部的磁山文化中发现了粟，河南的裴李岗文化中发现了粟和黍，甘肃秦安大地湾和辽宁沈阳新乐也都发现了黍。

根据考古发现，上古黄河流域农业区大体经历了以下几个阶段：

磁山文化时期，已有一系列农村，但规模较小；种植的谷物有粟和黍，饲养的家畜家禽有猪、狗、鸡；翻地用农具主要是舌形石铲，收割用农具主要是石镰，其中不少是有齿石镰；谷物加工工具主要是大型石磨盘和石磨棒。磁山文化中有乳状足的鞋底形石磨盘，是这个阶段的代表性器物。

仰韶文化时期，农业村落遗址显著增多，规模扩大；种植的谷物除粟、黍外，还从南方引进了水稻；饲养的家畜中增加了少量绵羊、山羊和黄牛；翻地用农具仍是石铲，但形态明显复杂化了，有舌形、心形、梯形、双肩形和鞋底形等，主要分布于燕山及其以北的红山文化范围内，有人称之为耜或犁；收割用农具大量增加，但形态已变为两侧带缺口的或长方形的爪镰；石磨盘和石磨棒显著减少，且个体变小，也许这时随稻谷的引进而将加工稻谷的杵臼同时引入华北，部分地代替了磨盘和磨棒的功能。

龙山文化时期，此时作物种类和家畜品种虽无多大变化，农具却有明显的进步，翻地农具已规范化为梯形或有肩石铲，后者实为商代青铜铲的祖型；收割用农具主要是石质或蚌质的镰和爪镰，且全为磨制，质量较差的陶质或打制石爪镰都被淘汰了；用碳 -13 方法测定古代人的食谱，得知仰韶文化时期粟、黍类食物只占 50%，龙山文化时期则为 70%，说明此时粟作农业得到了进一步的发展[①]。中国农业文明还存在中心迁移现象，与中心地区的土壤特点密切相关。有学者认为，如果回顾一下最近四千年的历史，就会发现，黄土高原首先成为早期的文明繁荣地，支持了最初的一千五百年左右；后来中心向华北平原转移，繁荣了长达一千年；到了隋唐以后，南方的低湿地区成为中心，支持中国文明后期的大约一千五百年。也就是说，华北旱作农业支持了前两千五百年，而南方的水田稻作支持了后面的一千五百年。这些变化受当地的土壤特性所支配。

在早期，北方的黄土高原的特殊土壤性能支撑了农业文明的发展及繁荣。黄土生成于更新世，当时中亚内陆沙漠的粉尘被上升气流输送到 2000

---

① 苏秉琦主编：《中国远古时代》，上海人民出版社 2010 年。

米以上的高空，被大量的雨水、河水和湖水不断地冲刷，形成的黄土，沉积在沿河地区和较低的平原地区。黄土区的总面积要超过 100 万平方千米。在黄土化过程中，发生了次生碳酸盐化并使土壤呈疏松多孔的状态，并具有大孔隙的结构，特别细腻而疏松、肥沃。土壤类型对农业生产影响非常大，这在早期农业上表现得尤为突出。

黄土高原上的黄土非常适合农业的发展，这是由它的"自我加肥"的生物化学特性所决定的。黄土高原为旱作农业、为早期人类生活和生产提供了比较优越的地理条件和比较稳定的生态环境，为中国文明的起源、发展和形成提供了坚实的物质基础[1]。在黄河流域厚重的黄土地带，华夏先民辛勤耕耘，确立了黄河流域在中国历史早期的领先地位。如此，上古有关农业的神话多出现在黄河流域就容易理解了。

第二节　神农氏：神话与历史

中国是人类的发祥地之一。距今一百七十万至一万年前，已有脱离动物界的原始人类生活在这片辽阔的大地上。当时尚未产生农业，原始人类依靠采集和渔猎为生，史称旧石器时代，相当于中国古代传说中的有巢氏"构木为巢"、燧人氏"钻燧取火"和伏羲氏"做网以渔"的时代。然而，随着人口的增长和采集渔猎的强化，人类常常面临饥饿的威胁。如何获得稳定而可靠的食物来源成了农业起源的动力。距今一万至四千年前，也就是史称的新石器时代，生活在这片土地上的先人们开创了农业。一般认为，采集活动孕育了原始的种植业，狩猎活动孕育了原始的畜牧业。中国古代有关"神农氏"的传说就反映了原始农业发生的那个时代的情况。

在我国的神话系统中，神农氏的传说是影响深远的一个神话。西周时期

---

① 　徐旺生等编著：《中国农业发展简史》，人民出版社 2021 年。

《逸周书》中有载："神农之时，天雨粟，神农耕而种之。作陶冶斤斧，破木为耜，锄耨以垦草莽，然后五谷兴，以助果蓏之实。"战国时的《周易·系辞》亦云："庖牺氏没，神农氏作。斫木为耜，揉木为耒，耒耨之利，以教天下，盖取诸益。日中为市，致天下之民，聚天下之货，交易而退，各得其所，盖取诸噬嗑。"《淮南子》《新书》等都有类似的说法。神农氏种植五谷的原因在《白虎通义》中有详细记载："古之人民，皆食禽兽肉，至于神农，人民众多，禽兽不足。于是神农因天之时，分地之利，制耒耜，教民劳作。神而化之，使民宜之，故谓神农也。"这说明神农氏所处的时代是中国从原始畜牧业向原始农业发展的转变关头。要大量种植农作物，首先要选择合适的植物种类并驯化使之成为作物品种，比如稻、黍、稷、麦、菽五谷；其次要有农具，比如耒耜；三是要掌握农时。这些都需要长期的技术进步和知识积累，绝不是一朝一夕能做到的，即使一个人终其一生也不可能完成。所以说神农代表了一个相当漫长的时代。

在农业发展的早期，主要技术进步表现在驯化野生植物上，经过尝百草和试种，古人们初步确定了适合栽培的几种主要野草，野草种类因地区而不同，收获的种子除一部分被食用外，人们会选择饱满的籽粒留作种子。经过对野生动植物驯化，栽培植物和养殖动物与其野生原种的差异越来越大，而分别成为农作物和家畜。中国人非常重视留种工作，总是千方百计地保护作物种子，甚至有"死不吃种子"的说法。这一习俗更加有利于农作物品种的选育工作。可以推测，到了神农氏中期，中国就已经培育出了各种主要的农作物品种，即五谷。人口增多、食物稀少是当时必须面对的一大难题，而农业的出现则为人类生存问题的解决开创了一条关键的道路。在原始农业阶段，最早被培育的作物有粟、黍、稻、菽、麦及果菜类作物，饲养的"六畜"有猪、鸡、马、牛、羊、犬等，养蚕缫丝技术也在此时得到发展。原始农业的萌芽，是远古文明的一次巨大飞跃。不过，那时的农业还只是一种附属性生产活动，人们的生活资料很大程度上还是依靠原始采集狩猎来获得。由石头、骨头、木头等材质做成的农具，是这一时期生产力的标志。

在这一转折过程中被当作农业神的，可以说无论指谁，都是古代先民们的一种崇拜和信仰，而不是专指某一个具体的人。事实上，上古时期的众多发明不可能仅由几位圣人来完成，而是无数先人摸索和躬身实践的结果。

神农氏显然是指上古一个善于农耕生产的部落。这样看，神农氏并不是专指一个人，而应该是一个大型部落联盟或王朝之名，比如"神农氏朝"，神农氏是这个具有农耕技能人群的统称，也应该是领导者（统治者）的称号。传说神农氏传了十七个世代，假设一个世代按照三十年计算，十七个世代就是五百多年，就是说神农氏统治的时期大约为五百年。因此，神农氏较为真实的面目，应该是掌握相对丰富农业技术的一个氏族或部落联盟的名称，他的首领也以神农氏为尊称；在作为天下共主后，神农氏也成为最高统治者的称号。

炎帝、神农氏合在一起称为"炎帝神农氏"，谓炎帝即神农氏的说法始自西汉，《钦定四库全书·汉官旧仪》中讲道："先农，神农炎帝也。祠以太牢，百官皆从，皇帝亲执耒耜而耕，天子三推、三公五、孤卿十、大夫十二，庶人终亩。乃致籍田仓，置令丞，以给祭天地宗庙，以为粢盛。""炎帝神农氏"的称呼被西汉官方正式加以确定，炎帝神农氏的祭祀也被正式列为国家祭典开始在国家政治生活中发挥作用。

炎帝神农氏，因其为天下人之先掌握农业技术，于是被后人尊称先农。他的主要丰功伟绩为后人假托，体现在各行各业，比如农业、医药、手工业、音乐艺术、历法、商业等（除农业、医药外，其他神农伟业的传说均出现于唐代以后，不太为人采用），其中最令人称道的是炎帝神农氏制耒耜，植五谷，奠定了农业生产基础；尝百草，辨识草药，为民解病危之困。耒耜的使用和五谷的选育、种植，解决了民以食为天的大事，促进了以种植为代表的农耕农业的发展。炎帝神农氏辨识草药，则开中医药之先，使后世得以用本草以解百病，故后世多有假托神农氏所作的药书，如《神农本草经》等。

神农教稼（汉代画像石）

　　那么神农氏地望在何处呢？流传至今的先农炎帝神农氏圣迹、久负盛名的地点有：湖南炎陵县炎帝陵、陕西宝鸡炎帝圣迹、山西高平炎帝陵、湖北随州厉山神农洞、河南淮阳五谷台，以及山东曲阜犁铧店的炎帝试耕处。

　　根据刘毓庆先生《上党神农氏传说与华夏文明起源》、侯文宜先生《炎帝文化田野考察与阐释》等著作考察研究，从历史文献、建筑碑刻、民俗和地理生态环境四个方面令人信服地论证了神农氏起源于太行山区的说法。

　　农业革命是"文明之母"。因此就人类文明的发生而言，其首要条件，就是必须具备良好的植物生长和可供农耕的环境。其次，一个非常值得重视的问题是，文明的发生、培育，必须在稳定的环境中进行。文明的萌芽只有在稳定的环境中才能生长。上党盆地，像一个鸟巢，可谓中华文明最理想的孵化场。外围大山像高大无比的城墙，将这里保护起来，一方面使生活在这里的先民免除了游牧民族及其他狩猎集团的侵扰；另一方面丰富的自然资源，又为这里的先民准备了安定发展的必要的物质条件。

　　文明的启动也是靠食物做支撑的——在华北地区植物物种分布最丰富的就是太行山地区。传说神农氏植百谷、艺百蔬、尝百草，这"百"的概念自然是由极多的物种存在才能形成的，而现在的太行山地区，不仅是全国杂粮最丰富的地方，也是中药材最多的地方。明清时代全国最大的中药材交易就在这里进行，药材也成了潞商的支柱性产业。每年交易期间，四川、云南、西藏、青海、贵州、安徽、广州、福建、北京、天津以及山西本省各地的药商，都会云集此地，多达数万人。

食物是文明大厦的基石，上古三代华北地区先民最主要的食物是黍、稷，传说中神农氏最突出的发明也是黍稷。黍是黄米，稷是小米。从逻辑上说，只有在黍稷能够表现出生长优势的地方，人类才能发现它。而太行山地区小米又大又黄，至今名冠天下。小米的优秀品种"沁州黄""泽州香"，几百年来一直是贡品。这说明，上党一带自古就适宜黍稷生长。在黍稷尚未从野生植物中分化出来之前，也必然能从百草中显示出它们的优势来，所以炎帝才有可能在此发现它们。也正因为它们丰产，先民才能于此完成启动文明之车的物质积累。

另外，考古证实中国是粟（小米）的起源地，数量多、时代早。因为黄河中下游地区属温带季风气候，年雨量约500—800毫米，集中在夏季高温的7、8月份。春秋冬三季都很干旱，且冬季严寒，1月平均气温比地球上同纬度的其他地区低10℃以上。这个地区普遍存在的黄土持水和保肥能力都比较低，但有较好的毛细作用。这两个条件制约了农业起源过程中选择培育作物品种的方向，即对肥、水要求不高，在幼苗期特别能耐旱而在速生期需要高温多雨的作物。粟和黍正是符合这些条件的作物，它们在中原又有大量的野生祖本。在当地史前文化发展到一定阶段时，人们自然选择了这两种作物进行培植。而且在整个史前时期，二者都是华北地区的主要农作物。确实，大约在公元前6500年至公元前5000年，中国北方已出现一系列发达的新石器文化，其中有不少遗址发现了栽培谷物的遗存。其中又以磁山文化所在的中原地区最为发达。由此可见中国北方农业的起源还可以追溯到更早的年代，而中原应是旱地农业起源的核心地区[①]。

考古还证实最早的粟作农业几乎都集中在太行山周围。最早的是位于太

---

① 苏秉琦主编：《中国远古时代》，上海人民出版社2010年。

行、太岳之间的下川遗址，年代为距今两万四千年至一万六千年前。其中发现了三件残缺的石磨盘残片和石锛。磨盘是加工谷物种子的工具，石锛可用于开垦土地时砍伐树木。这是目前发现的最早的与农业有关的用具。另外，在太行山东麓西距太行山余脉仅 15 千米的河北省保定市徐水区高林村镇南庄头村，发现了一万年前的新石器时代遗址，遗址中出土了磨盘、磨棒、陶片等。太行山东侧河北省南部武安市磁山村，发现了距今约七千三百年的新石器时代遗址，考古学上定名为"磁山文化"。在这里发现了腐烂的谷子多达十几吨，还有磨盘、磨棒、斧、铲、凿、锛、镰等农业用具。这是目前在我国北方发现的最早的农业文化。磁山遗址在漳河流域，逆漳河而上约 100 千米，深入到太行山中的武乡，这里也发现了属于磁山文化的磨盘和磨棒。在太行山东麓淇水之畔的淇县花窝，也发现有距今约七千年的新石器遗址，出土了石锛、石棒、石铲等可用于农业的工具。大量的考古资料表明，太行山地区是粟作物农业的发源地。

文明的"孵化"需要封闭与安定，而发展则需要开放。文明之鸟破壳而出，一旦羽翼丰满，必然要弃巢远飞，寻求新的发展空间。而在上党这一巨大的"文明之巢"周围，便有适宜文明之鸟结巢而生的丰茂之林。走出上党盆地的大山，向西不到 100 千米，便是尧都平阳，即临汾；向西南不到 100 千米，便是舜所都之蒲坂与禹所都之安邑，即永济；向南不到 100 千米，便是夏后氏所都之阳城与周之东都洛阳；向东不到 100 千米，便是殷人之都城安阳。如果以上党为中心，以百余千米为半径，由西向南向东画一个半圆，尧、舜、禹、夏、商、周等古都，皆围绕上党地区旋转，且相距不过百余千米，这绝对不是巧合，而只能说明上党作为"文明之巢"对于先民情感牵系的意义。

古典文献、方志碑刻、民间传说、民俗祭拜、地理生态、考古发现，共同指向了一个方向，诉说着一个主题：神农氏起源于太行山地区[①]。侯文宜先生在她的著作《炎帝文化田野考察与阐释》中，通过田野考察和民间实地调

---

① 刘毓庆：《上党神农氏传说与华夏文明起源》，人民文学出版社 2008 年。

研，对山西古上党高平地区炎帝历史遗存进行了深入稽考，为炎帝发祥地的辨析提供了真实依据。

根据刘毓庆先生的研究，上古炎黄大战，是农业民族与游牧民族的一场大冲突，冲突的结果是草原民族战胜农耕民族，入主中土，由游牧转为农业生活。炎黄二帝两族通婚，大大促进了文化的融合。

炎帝神农氏应该是与黄帝同时期，而后稷与尧舜禹同时期。后稷是中国原始社会向奴隶社会过渡时期，中国农业已经进入新石器定居农业阶段的英雄人物。正如前面所说，中国农业孕育于神农而定型于后稷，后稷又担任了尧舜时代的第一任农业主管官员，更表明了中国农业的发展在后稷所处的时代已经走向了正规化。

记得法国学者让·布兰曾说："神话是一种手段，通过这种手段，无时间性的东西变成了从人的口中讲出的故事。这就是一定位于言语范围的方式，这就是人被赋予的使不可见事物变为可理解事物的方式，通过这种方式，不可见世界如果还谈不上清晰可见的话，至少也是隐约可辨了。由于有了神话，不可言传的东西可以讲述出来，不可交流的东西可以相互交流。……神话是一条奥秘解说之路，它试图引起我们的某种回忆，把我们再度载向'彼岸'，那里有我们曾经失去的渊源。神话是一种由逻各斯引导的追根溯源的手段。"[1] 现代人认为神话是不可思议的，但在人类童年时期产生的神话蕴含着早期人类活动的信息，是我们打开远古历史之门的钥匙。

第三节　炎黄蚩尤：游牧与农耕文明的冲突

黄帝故事是中国传说系统中的一个重要成分。至今中国人大都奉黄帝为华夏民族的共同始祖。

---

[1]　［法］让·布兰：《柏拉图及其学园》，商务印书馆 1999 年。

黄帝之前，历史似乎还处于一片黑暗之中，人类只是在忙于应付自然环境，谈不上什么文化。黄帝的出现代表了东亚地区已经被文化的曙光照耀，意味着东亚历史舞台上出现了第一位主角。他是华夏文明的第一位伟人。

　　上古时期，东亚地区各民族呈现散居状态，形成许多部族，当时有两个部族最有名：一个是姜姓部族，炎帝是他们的首领；一个就是姬姓部族，黄帝是首领。据说黄帝和炎帝同是少典的子孙，同出于一族，后来分散迁徙，一个住在姬水附近，一个住在姜水附近。日久年远，两部风俗习惯的差异越来越大，变成两个族类。

　　传说中黄帝与炎帝两大部落集团活动区域西起陇山，东至太行山东麓，南至伏牛山以南，北达燕山，这些地区，在新石器时代是前仰韶—仰韶—中原龙山文化的起源、形成和发展地区。根据刘毓庆先生的研究，黄帝集团最早活动于大西北和大北方，即青海、甘肃、宁夏、内蒙古及晋冀的北部。而炎帝的地望，根据刘毓庆先生和侯文宜先生的研究，是在太行山古上党郡一带。

　　根据传说描绘神农"三岁知稼穑"。炎帝神农氏这一族开始发展农业，他们开辟山林，多半利用火，放火烧山，烧出一片平地，草木灰就是天然肥料，所以神农又叫烈山氏。他们开始吃大量植物的种子，有了疾病，自然也容易想起吃某几种植物或者可以治疗，后来就推神农为草药的发明者。"炎帝神农氏所处的时代大约为新石器时代中晚期，也就是上自伏羲氏下至黄帝这段历史时期。新石器时期是中华民族跨入文明的前奏，从伏羲氏—炎帝—黄帝，在这个东方大陆板块上人类文明迅速发展。到新石器晚期，母系氏族社会逐渐解体，父系氏族社会逐渐确立，炎帝神农氏成为华夏各氏族部落的首领。"[1] 农业生活一般比较稳定，他们慢慢地扩展。当时自河南中部以东有很多沼泽，不适合农耕，这一族顺着豫西群山向北分布直到山西的南部。这一带地势较高，便于耕种，他们大概安居的时间比较久（有的传说说神农传七十世）。

---

[1]　侯文宜：《炎帝文化田野考察与阐释》，山西人民出版社 2020 年。

古史上对于黄帝的称谓，种种不一。他的姓氏，因为居"轩辕之丘"，称轩辕氏。《史记》说他"迁徙往来无常处，以师兵为营卫"，这自然是游牧部落的常态。

当时各部落纷起争夺，里面最强暴的是三苗，又叫"九黎之民"，首领叫蚩尤。在中国传说系统中，蚩尤列于反派人物，但是根据牛贵琥先生考证，蚩尤一族是铜的发现者和铜兵器的首次使用者，也是早期进入文明时

黄帝画像

代的先行者，是具有先进的社会制度的农业部族。他们兼并了很多地方。蚩尤成为共主，在"涿鹿之阿"与炎帝部落发生战争，把炎帝的地方都占领了。炎帝知道自己不是蚩尤的对手，就去联合黄帝。黄帝有这种力量，在"阪泉之野"经过三次大战，才获得胜利，剪掉蚩尤的羽翼，收服了姜姓部族，炎帝从此失掉了共主的地位。

阪泉、涿鹿两地，有人认为两地都在以前的察哈尔省南部。其实这两地都在现在的山西解县盐池附近，阪泉有时候写作版泉，是流入盐池的一个泉水。解县西南 25 里有浊泽，一名涿泽，就是古时的涿鹿。盐池附近还有许多蚩尤的古迹，后来盐池晒盐，崇奉蚩尤神，还有种种神话传说都显示盐池和他有一定关系。那么，这场战争是上古部落集团争夺资源的一场战争。"如果以此划分，结合最早黍粟农业遗址在磁山、裴李岗，以及接续红山文化的夏家店下层文化广布于河北地区，于是考古学家郭大顺即主张炎、黄的接触与对抗，反映仰韶文化与红山文化的长期竞争，而胜利者黄帝一系，移入农

业地区，也一变其师兵营卫的生活，改为种植五谷的农业了。"①牛贵琥先生在他的《蚩尤、九黎、三苗与太岳之野》一文中指出："黄炎之争和黄炎蚩尤之争是我国古代社会形态的一大转变，是由原始社会的神农之世转向私有制产生之后的文明社会的标志。在此之后，社会的争夺战愈演愈烈。正如钱穆先生在《史记地名考》所言，'黄帝与蚩尤，虞夏之与三苗，疑所争皆在今西南境。'因为这一地区正是太岳之野，是原始文明的孵化器。有盐池又有上党盆地等农业发达区域之优越条件，自然成为各部族间争夺的地方。黄帝这一东部部族之所以要联合炎帝部族攻打蚩尤，也是因为炎帝部族同在这一地区的缘故。黄帝之臣风后本在海隅，死后葬于山西南部之风陵渡，就是占领这一地区的证明。"

从游牧慢慢走上农业是一个大转变，划定界线更不可缓，黄帝是共主，据说黄帝"命风后方割万里，画野分疆，得小大之国万区"。当时部落很多，黄帝威势盛极一时，大家相安无事，生活固定下来，就开辟农田，建筑房舍。黄帝发明了舟车，道路平治，交通方便，部族中间来往渐多。

传说黄帝的贤臣很多，对于农业人才尤其注意，据说他四季都有专门指导农事的官。官吏都以云为名号，恐怕和农业有关。北方雨量少的地方常闹旱灾，望云占雨，成了那时候的重要职掌，就衍变成官名，便传说成以云名官了。《史记》记载黄帝说："于是有天、地、神、祇、物类之官，是谓五官。各司其序，不相乱也。"除了治理人事的官以外，另有司天地、祭奉神祇的官。

司天的官是观察天文制作历法的，在那时特别重要，为农耕的指导者，为自然的控制者，后来流传的有黄帝历法。祭祀神祇属于先民宗教方面的事，祭祀神祇有专官，是行政的一部分，这些官不能干涉民事，这种观念起源很早。共主是政治的领袖，是全民的代表，他可以祭天求福，求农事的丰年，不关其他私人的事。

黄帝劳心力，用耳目，节省水火财物。上知天文，推测日月星辰的运

---

① 许倬云:《万古江河》，上海文艺出版社 2006 年。

行，预知四时季节的转换。中知人事，别男女，异雌雄；制作用具，建造房屋；畜牧鸟兽，化野为驯。下知地利，播百谷，植草木；利用土、石、金、玉。后世传说纷纭，把他那时候说成理想世界。后来道家除了推尊他的政治是清静无为的理想政治以外，还和老子并称为道家之祖。

黄帝死后，颛顼为一时共主，颛顼是黄帝的孙子，被屈原尊为楚的祖先，颛顼部与南方祝融八姓有关，也就是古籍中的苗蛮部落，在江汉流域。颛顼在位时，最著名的事件就是禁止各地巫觋擅自与神明沟通，称作"绝地天通"。

五帝的时代，是一个以宗教活动为引导的民族初步凝聚的时代。多种族群向黄帝族聚拢的原因，一方面是战争，另一方面是精神活动，其作用更持久和深远。《史记》记载黄帝战胜蚩尤之后，"置左右大监，监于万国，万国和而鬼神山川封禅与为多焉"，在"左右大监"设立的同时则是"鬼神山川"的"封禅"，实际是以宗教的精神活动凝聚人群。到颛顼时代，

颛顼画像

则进行更深刻的宗教革命。颛顼的这场"绝地天通"的运动，实质上是一场远古时期的宗教改革，颛顼下令取缔私人的祭祀，普通人没有权利和天地沟通，只有统治者才能利用一些法器来和天地交流。通过这样的宗教改革，颛顼确立了自己以及后来的统治者享有的崇高权力，那就是只有统治者才可以代表大地与民众和上天沟通。

学者陈来注意到，这场宗教改革是由当时的经济危机所触发的，由于原始祭祀泛滥，导致社会财富的匮乏，"礼"的制度和宗教的改革正由此决定

性地产生或形成①。学者李零认为，"绝地天通"的意思是"天""地"两官的分工，礼仪宗教归"天官"（"祝""宗""卜""史"）管，土地民人归"地官"（如"司土""司马""司工""司寇"）管，不但人事和神事分为两个系统，就是人事和神事本身也各有分工。因为有这么多分工，"家为巫史"的局面才被打破，这是中国古代精神世界最重要的一次"突破"与"超越"。②

尧舜时期的传说，人们多注意他们的"禅让"；实际上，另一件事情同样重要，那就是《尧典》和《史记》所说的"乃命羲和，敬顺昊天，数法日月星辰"，就是派人到四方去测量一年四季的至点，将一年确定为三百六十六日，并"以闰月正四时"，以便"敬授民时"。"帝王之事莫大于承天之序"，古人的天文历法活动不会像我们今天一样，是科学和理性的，远古的科学活动是包含在宗教行为中的。人们总说中国古代的宗教是上天信仰，这不准确，准确地说上古时是按着时节的序列敬奉上天。史书中，日月

帝喾

星辰运行的任何反常现象，都会引起恐慌，就是明显的证据。然而就是在对"天序"的近乎狂热的尊奉、恭敬中，自觉不自觉地进行着古代天文学科学实践。虔诚的宗教心态下，包含的是把握农时的努力。这才是"敬授民时"的本质。从黄帝时代的"封禅""鬼神"，到颛顼的"绝地天通"，再到尧舜时代的"敬顺昊天"，线索清晰地展示着宗教从低级向高级的发展历程。

五帝时期的历史，实际

① 陈来:《古代宗教与伦理》，生活·读书·新知三联书店2017年。
② 李零:《中国方术考》，东方出版社2001年。

是宗教中心的形成和文化发展的历史。对天文历法的追求，意味着农业昌达，文明提高。这正是五帝的人群所以能够吸引更多人群的决定性力量。据各种传说记载，恰在颛顼"绝地天通"的宗教革新之后，也就是颛顼之后的帝喾高辛时代，族群凝聚倾向更加明显。商朝和周人的祖先都出现了。《史记·五帝本纪》记载，帝喾高辛是黄帝的曾孙，高辛的父亲名蟜极，蟜极的父亲名玄嚣，玄嚣的父亲名黄帝。帝喾的子孙有四支：留居东方的一支是帝挚，是他的正支；一支是商部族，一支是山西南部的唐族，一支是后来迁徙到陕西的周部族。帝喾去世，帝挚即位。帝挚在位，治理得不好，他的弟弟放勋即位，就是帝尧。

第三章　后稷：农业之师

第一节　尧舜禹时代

后稷的族属与事功与五帝中的四位有关联。黄帝生玄嚣与昌意，玄嚣生蟜极，蟜极生帝喾，后稷是帝喾之妃姜嫄所生。颛顼又是昌意所生。帝尧是帝喾之妃陈峰氏所生。帝尧禅位舜帝，舜帝又禅位大禹，大禹是颛顼之孙，为夏朝开国君王。后稷为周族始祖，商族始祖契也是帝喾之子，是其妃子简狄所生。

继帝喾以后，尧、舜、禹成为传说中上古时期的三位圣人。其所处时代与历史时期较为接近。

帝尧定都平阳，在现在的山西临汾县（古时地名是随人迁移的。陶唐和平阳，在山东、山西都有传说的遗址），他的事迹大半发生在那里。

近年来陶寺遗址的考古发现为尧都平阳说提供

永济市中条山尧王台

了佐证。陶寺遗址位于山西省襄汾县陶寺村南，它是我国迄今为止所发现的史前最大的城址，其时代大体与传说中的帝尧时期相当，地理位置与文献记载的尧都基本符合。从这些材料看，尧都平阳是可信的。如果这个推断是正确的，那么中华文明时代可以上推至距今四千五百年的先夏时代。

具体说来，尧对后世人影响最大的事件有两个：制定历法与禅让政权。

华夏族的农业垦殖历史悠久，尤其重视农时，君主主要的行政是指导和改进农耕。农事和季节最有关系，尧命掌天文历法的官羲和仔细观测天象，计算日月星辰的运

帝 尧

行，推定节气，告诉农民什么时候可以种麦、什么时候可以种稷。羲和的四位属官分任测定四时的工作，同时指导农人耕种。他们分处四方观测，互相印证，平均的结果比较准确。羲仲居东方隅夷叫旸谷的地方观测日出，定春日时节的早晚，指导农人开始农作。到昼和夜一样长，傍晚时正南方出现了星宿（二十八宿之一），那是春分节，春天已过去了一半。羲叔在南面的南郊观测天象，指导夏日的农作。到白昼最长、傍晚正南方房宿出现了，那是夏至节，是夏季的正中间。和仲到西面叫昧谷的地方观测日落，决定秋日的收获。到昼夜等长、傍晚正南方虚宿出现的时候，是秋分节，也是秋季的正中间。秋尽冬来，是农民休息的时期。和叔到北方叫幽都的地方观测天象，

到白昼最短、昴宿在黄昏的时候占据了正南方，告诉我们冬至到来，恰是冬季的一半。羲和推定四时，尧就命他们制成历法。一个太阳年是地球围着太阳转一周，所需的时间是三百六十五日五小时四十八分四十五秒多一点，据说尧时候算作三百六十六日。月亮围地球转一周需要二十九天半多一点（实际上是二十七天多，但地球自己还在动）。这样日月在天空中一年有十二次交会。我们把一年分成十二个月，朔在月初，望在月中，造成了阴阳合历。可是月转十二周只要三百五十四天多，比一个太阳年少十一天多，不到三年，月亮就多跑出一周来，成了一个月，这一个月叫闰月。据说尧时代已经用闰月来调整季节。

现在我们无法知道尧时历法的详细情况究竟怎样，只能说那时在历法上一定有一些成就和进步。历法告成，农民有所依据，一切事情有所系属。

对节气的重视及历法的颁布具有强烈的指导农业生产的目的。节气在古时最基本的功能是调整人与自然的关系，通过岁时节气的确立使人们顺应自然时序，以利于民众生活。节气是人们为适应自然而进行的文化创造。虽然在先秦时期人们对天时奉若神明，认为它是从属于天帝的意志，时序具有神圣不可逆转的性质，但毕竟人们对自然运动的规律性有了初步的认识。

帝尧时正是上古中国文明向前飞跃发展的时代，之所以能如此，关键在于尧帝对人才的破格使用和全力支持：他任用后稷发展农业，解决大家的生存问题；任用羲和等人测定历法，为农业生产提供气候依据；任用伯益凿井以摆脱对河流湖泊地表水的依赖，扩大生存范围，他的继承者舜又任用大禹平息了滔滔不息的洪水，他们的成功，标志着华夏文明走上了良性发展的轨道。

传说帝尧耗费了半生心血，也不知道天下究竟怎样，老百姓的反应怎样。他就私下出来探访，在外面听到小孩子们唱歌："立我烝民，莫匪尔极。不识不知，顺帝之则。"意思说，我们民众都有饭吃，都是你想的办法；我们不常听到皇帝的命令和宣告，却不知不觉地跟着你的领导走。尧很高兴，知道自己相当成功。还有一个故事说，当时天下太平，百姓无事，有一个八十多岁的老人在路上击壤，击壤是一种游戏，用木板削成两块壤，形状像人的鞋子，一个放在三四十步的远处，拿另外一个投掷它，击中为胜。他玩得很高兴，旁边看的人说："我们的帝王真好啊！"这个老人说："吾日出而作，日入而息，凿井而饮，耕田而食，帝力于我何有哉！"一天到晚很自然地生活着，并不知道帝尧的力量在哪里。其实尧防患于事先，成功于无形，这正是他的伟大处。清代沈德潜将《击壤歌》收入《古诗源》第一卷，作为中国诗歌的开篇之作。这首民间小诗影响深远，"日出而作，日入而息。"成为对五千年农耕文明的经典描述。

禅让制是中国统治者之间政权转接和更迭的一种方式。禅让作为上古帝王实行的一种纳贤传能的制度，涵纳着"授贤不授子"和"不同族邦首领担任族邦联合体领导者"两层含义。尧舜禅让是为了维系和稳定联盟体的存在与发展，是若干原本相互独立的社会集团走向联合时产生最高领袖的一种方式。由于一定时期内联盟内部力量对比和外部环境没有发生质的变化，所以尧舜禅让具有连续性。而平等式联盟是尧舜禅让故事发生的社会基础。不过，平等式联盟是十分脆弱和不稳定的。一旦外部环境有所变化或内部力量对比失衡，就会打破原来的联盟形式，或者联盟分裂，或者不平等式联盟代之而起，并进一步促使政治一体化由不稳定状态逐渐趋向稳定。

舜，因生于姚墟，故姓姚，名重华，舜是他的谥号。《帝王世纪》记载：舜都蒲坂。《舜典》称舜"浚哲文明，温恭允塞，玄德升闻"，将其赞为仁君。《史记·五帝本纪》说："舜，冀州之人也。舜耕历山，渔雷泽，陶河滨。"

在舜五十岁时，尧进行禅让，让舜摄行天子之政。都蒲坂（现在的山西永济市），政治上已经有了基础。朝廷上新进的人才济济，有禹、皋陶、契、后稷、伯夷、夔、龙、倕、益、彭祖等。舜任命禹为司空，治水分地，又对后稷说："弃（后稷的名字），洪水之后，黎民忘了耕种，饥饿不堪，你做稷官，教他们种五谷。"对契说："现在群臣百姓不亲睦，父母、兄弟、子孙不顺伦理，你做司徒，要教他们父子有亲，君臣有义，夫妇有别，长幼有序，朋友有信。不过这种事情，要慢慢施教，不能急迫。不除水害，不能耕种。百姓饱食暖衣，不受教育，和禽兽无别。"又对皋陶说："蛮夷侵犯中国，盗贼作乱，教化的力量达不到。你做士，用刑罚待他们，各种刑罚要施行得当。刑罚要公正分明，才使人信服。"舜又问大家说："谁能管理百工技艺？"

大家回答说："倕可以。"于是命倕为共工。

又命益管理畜牧的事业；让伯夷做秩宗，管理祭祀；命夔司乐；命龙做纳言，发布命令，传达外面的消息。大家各司其职，共同治理天下，开创了一个上古时期的太平盛世。史书赞曰："天下明德皆自虞帝始。"颂扬帝舜功德的乐舞叫《韶乐》，演奏时曾有"凤凰来翔"的祥瑞。春秋时期，吴国公子季札听了《韶乐》，赞为"尽善尽美""叹为观止"。孔子在齐国听了《韶乐》，竟然"三月不知肉味"。

传说舜当年巡视盐池，看到盐工们辛勤劳作，生产的食盐银光闪闪，和煦的南风徐徐吹来，舜心中十分惬意，爱民之心油然而生。便在卧云岗弹起五弦琴，唱了一首流传千古的《南风歌》："南风之薰兮，可以解吾民之愠兮。南风之时兮，可以阜吾民之财兮。"后来人们便把舜在卧云岗弹琴之处称"琴台""舜抚琴处"。明万历十九年（1591 年）巡盐监察御史蒋春芳为纪念舜帝抚琴歌南风，在卧云岗修建了歌薰楼。该楼坐北向南，面对盐湖，重檐歇山顶，三层木质结构，雕梁画栋，雄伟壮观。在楼前还建有"舜弹琴处"木雕牌楼，可惜 1947 年毁于战火。《平阳府志》中录有清代王遽《帝舜弹琴台》诗，其中有"海光楼下弹琴台，临池对坐条山隈"句。在日本学者水野清一、日比野丈夫合著的《山西古迹志》中详细记载了歌薰楼："从海光楼出来过了牌楼，有数十级平缓的台阶，从这里到平台的南端有 150 米左右。平台南端有'舜弹琴处'牌楼，在它右面的石台上放着一面石琴，这应该就是舜所弹的琴了。牌楼南面为歌薰楼，这里是最南端了……"值得庆幸的是，在改革开放潮流中，运城旅游事业飞速发展，如今在卧云岗上又重新修建了歌薰楼，使其以雄伟壮丽的新姿迎接着八方游客宾朋。

后人总结舜德集中体现在四个方面：伦理上忍辱负重，仁爱敬孝；社会上乐于助人，与人为善；政治上施政以德，举贤任能；思想上以和为贵，人神共乐。舜以农耕文化为基础，以道德文化为内涵，通过儒文化传承，是中华文化的本色。

考古学家苏秉琦指出，五帝时代以距今五千年为界可以分为前后两大阶段，以黄帝为代表的前半段主要活动中心在燕山南北，红山文化的时空框架与之对应。五帝时代后半段的代表是尧、舜、禹，是洪水与治水。考古工作证明，沿京汉线与陇海线的邯郸—武功间至少有三处，在距今四五千年间发现过洪水的遗迹现象：一是邯郸，二是洛阳，三是武功（浒西庄、赵家来）。出洛阳城，往西下一个大坡到涧沟（涧河之沟），涧沟的龙山文化，沟下早，沟上晚，沟下是洪水前，沟上是洪水后，从沟下搬到沟上，是五千年以后的事。涧沟的材料少，武功的材料丰富，最典型。武功浒西庄在下边，赵家来在上边，时间与涧沟上下对应。

山西襄汾陶寺是迄今中原地区考古发现的唯一较早近似社会分化达到国家（古国）规模的大遗址，绝对年代距今四千五百年前后，与传说《史记·五帝本纪》后半段的尧、舜、禹从洪水到治水，从治水不成功到成功的时期大致吻合。所以，中原地区的文明起源要从洪水到治水谈起。[1]

我们的祖先都住在黄河流域，这叫我们很容易想到黄河的水患。尧、舜时的洪水，是特别大的一次。古河流的下游在江、淮、冀、鲁平原，河道不确定。平时本来就东一断港，西一绝河，低地尽是湖泊。上游水涨，下游溃决泛滥，极容易把河、济、漯和淮、泗、颍诸水系连成一片，就"洪水滔天"了。

帝尧寻求能治水的人，四岳推荐鲧。据《史记》记载，鲧由于治水不力，被尧治罪，流放到羽山，一同被治罪流放的，还有共工、驩兜、三苗。另外富有神话色彩的传说载于《山海经》，相传鲧是天神，他曾经冒着生命危险，从天帝那里偷来了名为"息壤"的宝物，它是一种生生不息的土壤，可用来压制洪水，"息壤"到处，洪水退走，陆洲长起。但是天帝发觉之后大发雷霆，立即派火神祝融下界夺回"息壤"，并将鲧杀死于羽山之下。鲧死后，从他的遗体中生出禹。这个故事反映了禹以前所采用的"水来土挡"和"筑堤堵塞"的治水方法，已遭失败。但鲧不怕牺牲敢于斗争的精神却永远为人们所怀念。

舜做天子，命鲧之子禹为司空，正式任平水土之职。禹奉命主持治水工作以后，决心继承他父亲未竟的事业，以伯益、后稷等为助手，勤勤恳恳，

---

[1]　苏秉琦：《中国文明起源新探》，辽宁人民出版社 2011 年。

大禹治水

以身作则，禹吸取了他父亲治水失败的教训，虚心向有经验的人学习，努力探索新的治水方法。据说他们从弱水（今甘肃张掖河）、黑水（今云南怒江）开始，先后疏通了黄河、长江、汉水、济水的水道，后来又使雍水归入渭水，豫水归入洛水，洛水又随黄河东流入海，完成了疏通"九河"的巨大工程。

在治水过程中，禹还结合平治水土，进行划定九州的工作。禹的治水措施表现在两个方面，一是疏通被堵塞的河道，让洪水尽快流入大江大河；另一个措施是利用在田间挖掘沟渠的办法，将积水排入江河，从而使农田的水位降低，以保证庄稼的种植，同时又可消除土壤中的盐碱，有利于庄稼的生长。

禹治水功绩卓著，被推举为舜的继承人，成为华夏族的最高君长。禹是中国古史传说时代的一位过渡性人物，由于他也曾是部落联盟的首领，故人们往往将他与五帝中的尧舜并称为"尧、舜、禹"，又因他是夏王朝的缔造者，又把他与商汤和周文王、武王并称为"禹、汤、文武"，号为三王。禹的伟大功绩在于通过大规模的征伐，结束了万国林立的分散状态，创建了我国历史上第一个世袭王朝——夏王朝。"禹会诸侯于涂山，执玉帛者万国"（《左传·哀公七年》）。涂山（今安徽蚌埠市西郊，属怀远县境）之会，是夏王朝正式建立的标志，但夏王朝真正的确立是在禹传位于他的儿子启之后才最终完成。

"禹都安邑"，古安邑位于今运城市夏县西北十五里之禹王乡，夏县也因此而得名。另有《世本》等史籍记载"禹都阳城"。《史记·夏本纪》载："禹辞辟舜之子商均于阳城。天下诸侯皆去商均而朝禹。禹于是遂即天子位，南面朝天下，国号曰夏后，姓姒氏。"据此，有学者认为：禹居阳城。其实，那不过是禹避舜之子商均时，而一度居于今属河南登封市的阳城，并非禹曾建都阳城。事实是，夏王朝自禹至第三代国君太康，其都城都是在黄河以北的晋南而不是黄河以南的豫西。孔颖达在《左传·哀公六年》疏曰："尧治平阳，舜治蒲坂，禹治安邑，三都相去各二百余里，俱在冀州。"尧、舜、禹作为继炎、黄之后把华夏文明推向前进的领袖人物，他们的文化政治中心都在晋南地区，张守节在《史记正义》中说，"古帝王之都多在河东"。

禹到的地方既多，对于各地方的山川、物产或有所记载。即使没写下来，也可能口传下来。据说他铸过九个铜鼎，图画九州的形势和物产。后来写地方志的，尤其是国家定贡赋、记出产的官书，都溯始于禹，拿他的名字给书命名。《尚书》中的《禹贡》就是这样的一篇著作。还有一部《山海经》，相传是禹治水的同伴伯益作的。水退土辟，人民安居，疆域扩充，财物充裕。各地的田亩分上、中、下三等纳税，指定各部族的各地不得纷争。以共主所居为中心，五百里以内叫"甸服"，赋税纳粮米。又五百里为"侯服"，由各处诸侯自己统治。再往外五百里是"要服"，政府任其自治，不加干涉。再五百里是"荒服"，是野蛮人的居地。这当然是一个理想的分划，实际不会这样整齐，不过表示自近及远治理的方法罢了。于是天下平定，帝舜赐禹一个玄圭（黑色的玉），表彰他的大功。禹收九州长官献的铜，铸成九个鼎，象征九州，用它来祭祀。

在晋南有很多禹的圣迹。其中夏县禹王城遗址被列为全国重点文物保护单位。在禹王城东北 12 千米处的夏县东下冯村，1957 年发现了龙山文化晚期遗址，据考察测定，其年代大约在公元前 2000 年左右，为夏纪之内，因此被确定为夏文化遗址，所以，禹王城遗址应该是研究夏文化的重要处所。

上古传说虽然无文字可考，也不是向壁而造。因为"传说有多种多样，其中历史传说最有价值，它是一个民族内部讲述历史人物、历史事件、历史发展过程的民间叙事。在长期流传中，可能带上神话色彩，但绝非神话也非虚构故事，而是具有真实存在的人、地、事、物和历史纪实的突出特点"[1]。

---

① 侯文宜：《炎帝文化田野考察与阐释》，山西人民出版社 2020 年。

五帝时代相当于考古学上的哪个时代呢？现在还无法论定，但也不是毫无边际，考古学家推测上限不早于仰韶时代后期，下限应该是龙山时代。[①]

第二节　后稷的农业事功

关于后稷的历史定位，前面我们介绍了他"黄帝之后，帝喾之子，帝尧之弟，帝舜之臣"的方面，下面我们介绍他作为"农耕之师"的方面。

农耕活动是人类生存之本、衣食之源，也是人类文明之根，而位处山西南部的河东地区正是华夏农耕文化的重要发源地。

"稼穑"的最初含义是种植与收割，后来泛指农业劳动。原始社会末期，正是出生在河东的后稷在经过多次尝试和辛苦劳作以后掌握了作物种植和收割的技术，然后不辞辛苦将之广教天下百姓，从此中国社会有了原始农业。

后　稷

后稷姓姬名弃，出生于河东地区的稷山县，被后人称之为稷王（也叫作稷神或者农神、耕神、谷神等）。稷王曾于今稷山县境南边的山中教民稼穑，后此山被称作稷王山。现在稷山县的名字来历就和稷王山密切相关。同时，在稷王山附近的几个县如万荣、闻喜、绛县、新绛等地，至今还留存着几处稷王庙、稷益庙等，说明了河东地区的后稷文化有着非常悠久的历史。

关于周族始祖后稷（姬弃）的故事

---

① 苏秉琦主编：《中国远古时代》，上海人民出版社 2010 年。

被记载于《诗经·大雅·生民》中：后稷之母为姜姓有邰氏的女子，名姜嫄，因为踏了被认为是神灵的大脚印，感而有孕，生了姬弃（后稷）。

后稷之母出自姜姓有邰氏部落，当时的"姜"即"羌"，姜姓出自炎帝集团，与黄帝集团姬姓周人世为婚姻。这种原始的族外婚，不仅表现在由母系转向父系时，只知后稷的母名为姜嫄；延及周人开始在岐山地区兴起的古公亶父，也是娶的姜女，后被追谥为太姜；周朝开国之君武王发以太公望女为妃，即邑姜；甚至周朝建立以后，姬姓诸侯，仍以与申、吕、齐、许等姜姓诸侯通婚为常制。在一定程度上说，周朝是姬、姜两姓族联盟建立起来的王朝。

姬弃是位非常了不起的人物，从小聪明灵敏，在少年时代就树立了雄心壮志。有一次，他跟其他孩子一起做游戏。游戏内容是大家分别种些东西，比比谁种得好。结果，姬弃种植的大豆、芝麻、花椒等比别人种的要大要好，于是他对农作物萌发了浓厚的兴趣，并潜心研究、栽种。随着时光的推移，熟谙农耕的姬弃成了远近闻名的种庄稼能手。

司马迁在《史记》中也记述了后稷在发展农耕方面的不朽贡献："弃为儿时，屹如巨人之志。其游戏，好种树麻、菽，麻、菽美。及为成人，遂好耕农，相地之宜，宜谷者稼穑焉，民皆法则之。帝尧闻之，举弃为农师，天下得其利，有功。帝舜曰：'弃，黎民始饥，尔后稷播时百谷。'封弃于邰，号曰'后稷'，别姓姬氏。"这段话表明后稷姬弃在少年时就善于观察自然，勇于尝百草。在长期的生产生活实践中，他发现了像草这样带籽粒的植物，种下后次年仍可复活生长，继续开花结籽供人食用。于是，他就遴选五谷，不畏失败，春种秋收，反复试验。与此同时，他又大胆尝试着将这些粒食之物进行火烤、水煮，感到食之味道更佳。冬去春来，年复一年，后稷在实践中不断总结出这些粒食之物从耕种到收获、从收获到储藏的一些方法，这就从根本上改变了人类因猎物、鱼虾、野果短缺时无物可食而忍饥挨饿的状况。后稷的"源开粒食"改变了先祖们茹毛饮血的历史。正是因为有了粮食，人类才能靠五谷赖以生活、生存、生产和繁衍。

正因为后稷对人类有如此功可盖天的贡献和教民稼穑的举措，所以尧帝封他为农官，舜帝封他为"后稷"，其功勋与帝王相称，从此后稷这一职务名称渐渐取代了他的名字姬弃，在大多数时候成为他的专用名称。后来百姓出于对后稷的无限敬仰和爱戴，便直接尊称他为"稷王"。可见，无论是从后稷开始的尝食百草到后来的遴选五谷，还是从远古先祖们的茹毛饮血到后稷的"源开粒食"，都体现了后稷对人类赖以生存的食物的新发明、新创造和新贡献。

我们看《诗经·大雅·生民》对后稷农业事功的生动记载："诞后稷之穑，有相之道。茀厥丰草，种之黄茂。实方实苞，实种实褎。实发实秀，实坚实好。实颖实栗，即有邰家室。诞降嘉种，维秬维秠，维穈维芑。恒之秬秠，是获是亩。恒之穈芑，是任是负。以归肇祀。诞我祀如何？或舂或揄，或簸或蹂。释之叟叟，烝之浮浮。载谋载惟，取萧祭脂，取羝以軷。载燔载烈，以兴嗣岁。卬盛于豆，于豆于登。其香始升，上帝居歆。胡臭亶时？后稷肇祀，庶无罪悔，以迄于今。"叙说的是怎样收获、脱粒、加工成熟食品，把它们放在祭祀用的豆器里，尊祖配天，香喷喷的熟食，很快连天帝也高兴享受。这段话的内容反映了尧舜时的农作物结构，从种到收的技术，直到祭祀祖先天帝为止，完整地把周族的农业起源、农业结构和操作技术内容，以歌颂的诗句，非常简洁而又生动地描述出来。这是一份极其可贵的农业史文献。我们可以这样认定：是后稷开创了人类食物革命的新纪元，改变了人类以前接受大自然赐予的被动状态，开拓了人类主观能动地改造大自然的领域，实现了人类农耕文明进步中质的飞跃。

在尧、舜、禹时期，后稷在稷山教民稼穑的作物主要是黍、稷和禾（谷子）。由后稷培育出的许多佳种，以山西的稷山为中心向周边地区扩散直至全国各地。我国古农书中也有大量有关这方面的记载。《楚茨》《信南山》《莆田》等追述以往农业兴盛的景况时也是以黍稷长势之好作为庄稼茂盛标志的。《尚书·盘庚》以"不服田亩，越其罔有黍稷"列入训诰。《酒诰》有"纯其艺黍稷"的话，都以黍稷作为农作物的代表。《莆田》记载："以御田祖，以祈甘雨，以介我黍稷。"说的是为求黍稷丰收而祭祀农神。《诗经·黄鸟》曰："无啄我粱，无啄我黍。"表达了对黍稷的珍惜。

后稷的生活年代大致相当于新石器时代晚期，约陶寺文化时期。我们相信这个时候发生了一次由后稷所代表的产业革命。根据萧璠《中国通史·先秦卷》介绍，新石器时代在人类历史上是一个具有关键性意义的时代，在这个时代人类展开了第一次产业革命，发明了两种新形态的经济活动——农业和畜牧：将天然的植物结实加以人工的播种、培育、收获；把野生的兽类加以驯服、饲养，使其繁殖。这次产业革命把人和自然的关系做了重大的改变，把人类由只知道从大自然攫取食物的自然的寄生者转成了食物的培育、生产者，减轻了人类对自然的依赖，也使人类在某种程度上突破了大自然的限制，人类对经济生活的支配也不再像之前那样，过分依赖气候变迁、植物生长季节、动植物生态环境等自然因素。经济的跃进为人们生产了更丰富的食物，提供了可供人们储藏起来以应付灾变时需要的食物，给人类提供了比较稳定的食物来源。同时农业与畜牧的经营也使人类逐渐地定居下来。人类的生存有了比较可靠的保障，生活得到了更进一步的改善，节省下更多的时间和精力来进行文化的发展，从而加快了文化前进的步伐，把文化的水准推到一个更高的阶段。

农业文明是后稷文化的灵魂。倘若没有谷物种植的发明，人类社会就处在蛮荒时代，发达的农业经济，滋养了世世代代华夏民族的子孙，带来了辉煌无比的文化创造。

可以肯定，后稷时代也就是尧舜时期，中国先民的生活方式已经是新石器时代的定居农业生活方式了。"尧井"被称为"天下第一井"。在东亚，水井是新石器时代的重大发明。《尚书·大禹谟》云："帝（舜）初于历山，往于田。"明代刘绩《管子·补注》卷二十一云："舜耕历山，陶河滨，渔雷泽，不取其利，以教百姓，百姓举利之，此所谓能以所不利利人者也。"《墨子·尚贤下》："是故昔者，舜耕于历山，陶于河濒，渔于雷泽，灰于常阳。"《韩非子·难一》："东夷之陶者器苦窳，舜往陶焉，期年而器牢。"陶器是东亚新石器时代的标志，陶器制作是重要的手工业。舜不仅种地、制陶、打鱼，还盖房、修仓、挖井、做家具。这些都是广义的农活，是定居生活方式的体现。《史记·五帝本纪》总结道："舜耕历山，历山之人皆让畔；渔雷泽，雷泽之人皆让居；陶河滨，河滨器皆不苦窳。一年而所居成聚，二年成邑，三年成都。"

可以说，《礼记·礼运》所描写的大同世界在禹、汤、文、武、周公之前，也就是尧天舜日的新石器定居农业文化时代。

第三节　后稷对我国原始农业的贡献

后稷对原始农业的具体贡献是什么呢？

从农耕文化的角度来说，后稷所在的有邰国，代表了当时农业发展的最高水平。我国的原始农业，产生于距今七八千年以前，但在后稷以前的几千年中，处于缓慢的发展时期。由于刚从渔猎游牧过渡而来，许多社会发展极不平衡、各处于不同发展阶段的大大小小的氏族和部落，在广袤的中华大地上并存着。可以说，他们中的绝大多数还处于"刀耕火种"阶段，还处于半农、半牧、渔猎、采集为生活来源的时期，农业只是经济活动的一部分，或者有的虽然以农业为主，但管理粗放；或者有的还不会种庄稼，产量低下，人们的生活还处于困苦之中。而此时在晋南的有邰国，后稷已在这里创造了一套新的耕作技术，从"相地之宜"到选种种植，到加强田间管理，甚至还出现了牛耕，采用了甽田法耕种土地，彻底改变了原始先民们管理粗放、生产力低下的状况。尧帝发现了后稷这样的农业人才，举任他为农官，让他成为国家农业生产的组织者和领导者。

后稷担任农官，为他在有邰开创的农耕文化向中原地区和全国推广提供了便利条件，在中华民族走向农耕文明的进程中具有重要的意义。虽然学术界对有邰地在何处还有争议，但是对后稷在农业上的贡献是没有争议的。根据王启儒在《遥远的文明》一书中的总结，后稷对我国原始农业的贡献具体讲可以归纳为以下四点：

其一，就是对土地的认识与合理利用，也就是因地制宜。对土地的认识与合理利用，这是体现生产力发展水平的重要标志，也是后稷所开创的农耕文化的重要组成部分。在这个问题上，《史记》和《诗经》都有明确的记载。《史记·周本纪》中所说的"相地之宜，宜谷者稼穑焉"和《诗经·大雅·生民》中所说的"诞后稷之穑，有相之道"就讲的这个问题。这说明后稷在教稼中并非盲目地让民众耕种土地，而是先观土择地。"有用之道"，有择地的标准："宜谷者稼穑焉"，适宜种庄稼的才让民众耕种。有的学者把这种观土择地的做法叫"地宜"理论。

后稷食百草

《诗经·大雅·皇矣》在记载古公亶父迁岐时曰："作之屏之，其菑其翳。修之平之，其灌其栵。"即休整闲地。《诗经·大雅·公刘》云："其军三单，度其隰原，彻田为粮。"所谓"三单"，古人注云："相袭也"，意为三军用其一军，使之更番相代。这是一种农战结合，兵民合一的兵制。先周的"三单"兵制，是三军用其一军，三军依次轮流为伍，更番务农。而这种三军轮换制很可能就是三田休闲制的反映。从周人自邰迁豳，再到古公亶父自豳迁岐，经过了夏末到商朝后期这一段历史，大约五百年左右，先周民族在这样一个长时段中定居豳地而不他迁，如果不是实行了休闲耕作制，其地力早已耗尽无疑。而先周民族的两次迁徙，即从邰迁豳和由豳迁岐，前者按《史记·刘敬叔孙通列传》曰："避桀居豳"，后者按《史记·周本纪》记载，是迫于戎狄的侵入之故，都不是因为地力耗尽的原因。况且，他们迁豳时，并不是全体族人的迁徙，而是在邰地还留有一部分族人继续从事农耕。

可见，先周民族从后稷开始，就解决了合理使用土地问题，就知道如何恢复地力，以避免地力耗尽的问题。

畎田耕作法是后稷对土地的合理使用与改造的又一个创造。为什么要实行畎田耕作法呢？在"教稼词"中，对这种耕作法进行了具体阐释：高旱田要把庄稼种在起垄的耕沟里，下湿田要把庄稼种在突出的垄上。应当看到，后稷所封的有邰国，在汾、浍、涑三河流域，这里既有三水河滩的下湿田，又有处于塬上的高旱田。大概因为这个原因，后稷创造了畎田耕作法，即在田间开挖耕沟，实行起垄耕作，根据高旱田和下湿田特点，分别把庄稼种在垄上或耕沟里。

其二，是选择优良品种与种植作物的多样化。后稷在教稼中，已经有了选择优良品种的意识，而且种植作物品种多样化，这从我们前面引用的多种古籍中都可以看到。在《诗经·大雅·生民》中写道："诞降嘉种，维秬维秠，维穈维芑"。所谓"嘉种"，即优良品种之意。这里虽然写的是上天赐予，实际上可能是后稷新发现的四种作物新品种，而且后稷认为是"嘉种"，所以"恒之秬秠""恒之穈芑"，发动民众广种这四种作物，使遍地都长着这些庄稼。在《诗经·周颂·思文》中有"贻我来牟"的记载，意思是后稷给我们留下了大麦和小麦。在《史记·周本纪》中说："弃为儿时，屹如巨人之志。其游戏，好种树麻、菽。"这里又出现了麻和菽两种农作物。《诗经·大雅·生民》中有"荏菽旆旆""麻麦幪幪""瓜瓞唪唪"之说，这里出现了荏、菽、麻、麦、瓜、瓞等作物品种。在《诗经·鲁颂·閟宫》中说："俾民稼穑，有稷有黍，有稻有秬"。这里又出现了稷、黍、稻、秬。

从这些古籍的记载中可以看出，后稷所在的有邰国，当时种植的农作物计有：来（小麦）、牟（大麦）、穈（苗为红色的高粱）、芑（苗为白色的高粱）、秬（黑黍）、秠（一稃二粒的黍）、荏（白苏，叶可食，籽可榨油）、菽（豆类）、麻、瓜、瓞（小瓜）、稷、黍、稻、等十五种之多，真正实现了作物品种的多样化。可以看出，后稷不仅有了选择优良品种的意识，而且他在教民稼穑中，能指导民众种植的农作物品种多样化，我们今天种植的作物，那时候基本上都有了。

其三，是加强田间管理，提高作物产量。在《诗经·大雅·生民》中，描写后稷种的庄稼"荏菽旆旆，禾役穟穟，麻麦幪幪，瓜瓞唪唪"，这是写荏菽蓬勃生长，禾穗饱满沉甸甸，麻麦茂盛，瓜瓞果实繁密。随后又写"实发实秀，实坚实好，实颖实栗"，这是写庄稼茎秆挺拔结实，籽粒饱满成色好，禾穗沉沉下垂产量高。最后写庄稼获得丰收的情况。

从这里可以看出，后稷在教稼中绝不是让民众把种子种进田里等待收获，而是要进行一系列田间管理，这样才能如诗中所描写的那样，达到禾苗健旺、茎秆坚硬、籽粒饱满、获得丰收的效果。一是要去除杂草，正如诗中所说，"茀厥丰草，种之黄茂"，拔除繁密的杂草，禾苗才能长得茂盛。二是防治虫害。从后稷"教稼词"中可以看出，在当时没有农药的情况下，后稷防止螟蜮一类虫害的办法是播种前要多次去除杂草，防止虫害在杂草上滋生，禾苗出土以后还要进行中耕锄草，既可防止杂草影响禾苗生长，又可继续防止虫害在杂草上滋生。三是农田水利灌溉。在夏商西周时期，黄河中下游地区农业的显著特点是农田沟洫系统的出现。这里的沟洫，是指田野间的水沟，亦即一种排水系统。今人对甲骨文解读发现，商代田间沟洫是普遍存在的。周代更是如此。沟洫制度的推行，缓解了水旱的危害，保障了生产的顺利进行，提高了作物的产量，从而促成当时农业生产出现兴旺的景象。

其四，是生产工具的改进与犁具的出现。《山海经》记载：叔均代其父亲和稷"插百谷，始作耕"；《汉书·食货志》载："后稷始畎田……用耦犁，二牛三人。"《子夏易传》又载："服牛乘马，引重致远。"这是尧舜时期的事。后稷和尧舜同时代，三种古籍的记载相吻合，都说后稷和他的子孙创造了牛耕。能使用牛耕，说明犁具已经出现。一般来说，犁具的出现应早于牛耕。这就是说，邰所在的晋南地区，为我国最早的农具——耒耜出现的地方，又为我国原始农业向传统农业转变的标志性农具——犁具出现的地方。

德国人瓦格纳在《中国农书》里曾惊叹中国古代农业的繁盛，而且对这种繁盛一直绵延到今天感到难解。可以说，在化肥和拖拉机等农作手段出现之前，中国的农业是世界上最先进的，除了地理和气候这些条件的因素，更多的是中国人利用自身的智慧发展起繁盛的农耕文化。这一切都是和后稷的功绩分不开的。

第四章　周之始祖：起源地、迁徙与壮大

第一节　晋南：周族的起源地

先周农业发展经历了三个时期，第一个时期，周人依附于夏区，进行农业生产；第二个时期，周人长期处于戎狄生活的区域，形成了半农半牧的农业生产结构；第三个时期，周人迁至关中地区，与当地的姜人融合，利用适宜的自然条件，实现了农业的爆炸式发展。

后稷姬弃的后代在夏朝建立后一直担任夏朝的后稷，主管农业生产。因为上古时专业技术工作经验主要靠老一辈向晚辈口耳相传，因此这些职务大都世代继承。《史记》上明确记载世袭的有主管农业的后稷、主管天文的羲和、主管水利的子契的家族等。后来，夏国政局发生了变化，《国语·周语》记载："昔我先王世后稷，以服事虞、夏，及夏之衰也，弃稷不务，我先王不窋用失其官，而自窜于戎狄之间。"夏朝后期政治腐朽，天下大乱，中原农业生产无法进行了。不窋开始率领本部落进行迁徙。与西部的戎狄杂处混居，为了适应当地生活，周族未能坚持夏礼，吸纳了不少戎狄习俗，这也是后世不少人始终认为周族有戎狄血脉的主要原因。但是，这一大段事迹，未必是在两代之间发生，关于后稷与不窋的关系学术界也有不同看法，还有的学者认为《史记》中记载的周初世系有错误。

许倬云先生在《西周史》中谈道，周人祖先活动的传说，可以有三个阶段，后稷时代周人已发展农业，不窋以后周人奔于戎狄，以及公刘以后又以农业为主要的生产方式。若配合考古学的资料来说，农业在中原早在七八千年前即已发端，周人若在后稷时代始有农业，在中国的新石器文化中，应算是后起的。不窋以后又有数百年不再务农，也说明了周人的农业文化还不够稳定。不窋所"奔"的戎狄，已在农业文化圈外，由后稷开始以至古公亶父的迁徙到岐下，周人大约只能是徘徊于农业文化圈边缘的一个集团。追索先周文化的地望也当由此着眼。

周族先后转移多个地方，到古公亶父时已迁往陕西省关中平原了。这个部族定居并从事农业生产，在渭水流域又建立了自己的农业基地。但此时周国还是一个被强大的中原王朝商朝所节制的部落国家之一。周部族到达关中后迅速强大起来。关于当时的态势，黄仁宇在《中国大历史》中分析："周王不是因为他的威势，就是由于他的仲裁力量，已开始打破局面。不少名义上受商节制的小国家，已开始向周臣服。周之势力东渐，及于汉水，尤其威胁商在东部平原的侧翼。"公元前1046年周武王竟然灭掉商朝，建立起中国历史上赫赫有名的周朝。

法国历史学家马克·布洛克说："在人类所有的问题中，首先值得研究的是起源问题。"① 当我们追溯周族的起源时，确定邰地在今天的什么位置就是比较关键的问题了。《史记·周本纪》记载周始祖后稷被封于邰地，那么，邰在何处呢？

周人起源之地，学者从古代地名着手，总是在今日陕西泾渭二水一带找寻，遂谓姬弃始生之地邰在陕西武功县，公刘以后立国的豳在三水，古公亶父以后所在的岐下为岐山一带，甚至考古学家追索古迹，也循此线索，以为周人先世迁徙范围，不过在泾渭之间兜圈子。

根据钱穆先生的推断，认为公刘旧居在晋南。钱穆先生在其著作《西周地理考》中认为《诗经·大雅·公刘》中的"于京斯依""于豳斯馆"以及

① ［法］马克·布洛克著，黄艳红译：《历史学家的技艺》，中国人民大学出版社2011年。

《史记》中的庆节"国于豳"，所言"京"与"豳"在汉代的临汾，今新绛县东北二十五里处。"豳"与"邠"为古今字，都是得名于汾水。《水经注》"汾水注"，汾阴有稷山，山上有稷祠，山下有稷亭，当与后稷有关。随着周人迁移去了泾水流域，邠的地名也搬了家，钱穆最后得出结论说，后稷封邰、公刘处豳的地方，都在晋地，周人早期活动区域在晋南稷王山一带。又据《水经注》"涑水经注"，闻喜附近有周阳故城，汾水西岸则有韩城之周原堡。万泉县内井泉百余，正合《诗经》"笃公刘，逝彼百泉"的描写，周之得名，也在此区。古公亶父受薰育、戎狄之逼，止于岐下，所逾即是韩城西北的吕梁山，钱穆遂以为公刘旧居在黄河之东、汾水之南、盐池西北的涑水流域。按地名随着人群迁移而搬家，历史上随处有之。周人在陕西住久了，其地名已深入人心，后人遂以为周人自古以来即居住在这些地方。如以钱穆先生之说，则周与豳都可能是古公亶父由山西带到陕西的地名，周人的祖先未必局促于泾渭之间。他的推断是有一定道理的。

钱穆先生的推论从考古学上也可以找到支持。根据许倬云先生《西周史》，西周文化与陕西龙山文化虽有承接关系，然而变化太过突然。齐家文化从东向西发展，纵有反哺，也不能引起早期西周文化的突变。西周文化前期，也就是先周文化有多元的渊源，先周文化遗址分布遍及陕西境内，其中长武附近时代最早，而长武远在渭河流域之外，属于泾水上游，与传说中古公亶父迁居以前的地望相当。先周早期遗址地望迤北而不偏西。从长武碾子坡遗址的发掘数据来看，先周文化应当略早于古公亶父时期，因此周人迁徙是由北沿着泾水进入渭水流域，其来处是今日关中以北地区。

往上追溯，武丁是商代有名的君主，被称为是复兴殷道的高宗，享国五十九年，他在任期间与羌人多纠纷，与井方也有事，而井方更在周以西，周商之间的战争十分频繁，很难以劳师远征为解，商统帅犬侯封地在河南商丘一带，其帅兵由豫东经安阳进入晋南，颇有可能。若劳师远涉渭水流域，似乎不大合理。由商周冲突记录来看，周人祖先当以在汾水流域比较可能。周人在武丁时期进入到商人的文化圈与势力范围，而武丁到廪辛有近一百年时间，在渭水谷地，新石器时代末期已有山西龙山文化的主人在此落户生根，周人祖先一时未必能进入这片土地，然而未必不能在竞争对手较少的陕北与山西西部活动。邹衡先生在考古资料中还找到了先周文化与山西太原光社文化的关系，又以铜器铭文的族徽追索有关诸族的迁徙路线是从今日山西迁入陕西。如果把钱穆先生与邹衡先生的观点结合起来看，周族入陕之前原在山西汾水流域发展，不窋以后与戎狄混合及古公亶父受戎狄压迫而迁徙的传说就容易解释了。古公亶父之前的先周文化应该与晋南关系很大。以下我们从考古与地理气候方面再进一步论述周族发源地在晋南这一观点。

苏秉琦教授说："小小的晋南一块地方曾保留远至七千年前到距今两千余年前的文化传统，可见这个'直根'在中华民族总根系中的重要地位。"又说："在距今四千五百年左右，最先进的历史舞台转移到了晋南。在中原、北方、河套地区文化以及东方、南方文化的交汇撞击下，晋南兴起了陶寺文化，它不仅达到了比红山文化后期社会更高一阶段的'方国'时代，而且确立了在当时诸方国中的中心地位，它相当于古史上的尧舜时代，亦即先秦史籍中发现的最早的'中国'，奠定了华夏的根基。"考古发现，距今约八千到七千年间，中国农业形成，长江流域以稻作农业为主，黄河流域以粟、黍为主。距今约四千五百年左右的龙山文化时期，中国社会进入原始社会末期的尧舜时期，农业活动已成为初具国家形态的政权机构中的一项重要工作。擅长农事耕作的姬弃被尧举为农师，被舜号作"后稷"，显然是国家事务中举足轻重的人物。姬弃作为帝尧、帝舜的主要助手之一，其业绩为帝王熟知，其行动与帝王协同，显然应当不离帝王左右，故后稷所生之地与所封之地的"有邰""邰"，处于都畿之地的晋南地区，当是合乎情理的。

另外，关于大禹治水的区域，据钱穆考证，在山西南部、河南北部地区，这一带是尧、舜所辖的主要地区。故钱穆说："夏禹治水之业既定，后稷教稼之地亦可得而推。"治水与教稼原本是保证农业发展的两方面，二者必定是协同工作的。据史书记载，禹、稷同仕于尧，禹治水，稷教稼。《史记·夏本纪》说："禹乃遂与益、后稷奉帝命，命诸侯百姓兴人徒以傅土，行山表木，定高山大川。"终于洪水被治，耕作有序，天下安定，禹在向舜汇报工作时，亦是连同益、稷的工作一起陈述的："鸿水滔天，浩浩怀山襄陵，下民皆服于水。予陆行乘车，水行乘舟，泥行乘橇，山行乘楑，行山刊木。与益予众庶稻鲜食，以决九川致四海，浚畎浍致之川。与稷予众庶难得之食。食少，调有馀补不足，徙居。众民乃定，万国为治。"

长期的共事协作，形成了禹、稷间的亲密关系，而这种亲密无间，也来自二者地处相近的邻里情谊，《诗经·鲁颂·閟宫》云："奄有下国，俾民稼穑。"奄有下土，缵禹之绪。""下土"即"夏土"。周祖后稷教民稼穑之事，便包括了对夏地民众耕种的管理，管理中也呈现出稷、禹两族间的亲密无间。《诗经·周颂·思文》"思文后稷，克配彼天。立我烝民，莫匪尔极。贻我来牟，帝命率育。无此疆尔界，陈常于时夏。""夏"者，指夏人居住之地。"时夏"，犹言"是夏"。禹曾被封在夏地，人称夏伯。夏地有两说，一说为今河南阳翟，一说为今山西夏县，古亦称安邑。尧、舜、禹均曾定都于山西晋南，则后说更为合乎情理。因为禹作夏伯，不过是方伯身份，初始继位，以方伯所在地暂作都城，基础牢固，地位稳定后，逐步扩大发展，南迁至地域开阔的阳翟定都，迁都之后的旧地仍可称作"夏土""夏墟""大夏"。总之，无论是舜时或禹时，后稷教稼，与夏民亲密接触，正好解释上文"奄有下土，缵禹之绪"一句的所指。后世周人以"我夏"自称是很自然的事。尧、舜时，稷、禹关系亲密，一则由于长期共事，再则由于两族地域相近，都在今山西晋南地区。

从地理环境来看，山西是由丘陵、平原、盆地等多种地形构成的地区，全部为黄土覆盖，黄土质地疏松，结构均匀，既便于耕作，又适穴居。当时年平均气温为8℃左右，约比现在高出2℃，温暖的气候带来丰沛的降雨量和充足的水资源。现今的大同、忻定、太原、临汾、运城、上党等六大盆地早在地质时期曾是六个巨大的湖泊，到了历史时期，山西地区仍是湖泊密布，森林、草地面积广大，有着十分良好的生存条件，因此农业在此得到长足发展，而林木、畜牧、渔业也有相应的开发，具体到晋南、晋西南地区，更是土壤肥沃，气候温暖湿润，物产丰富，交通畅达，有着人类生存发展的上好条件。

钱穆说："古之稼穑，其先在山坡，以避水潦，烈草木而火种曰菑畬，故神农氏又称烈山氏。""盖古者播谷，常择山地，以避水涝。"先民居落所依靠的高地或土坡或丘陵，多有林木山货可采，飞禽走兽可猎，均可补生活所需，也可在土石相间地开辟梯田，进行耕作，即使洪水泛滥，怀山襄陵，不同高度的梯田，总能保证人们的一部分生活所需，使人类的活动，确实比在平原居住有了更多的回旋余地。山西全境，尤其是晋南地区，遍布丘陵、山地，到处河流纵横，覆盖着较厚的黄土地层，这样的地形地貌，确实是远古人类，尤其是处于长时期洪水泛滥的尧、舜、禹时期的先民们，居住生活较好的去处。尧、舜、禹将其作定都之地，或主要活动区域，实在是一种适应天时、地利、人和的自然之选。

从考古遗址看，1991年在今山西省翼城县北橄乡枣园村发现的枣园遗址是迄今山西发现的最早的新石器时代的遗存，它直观地反映了山西地区最早的农业生产活动。学者认为，枣园遗存，是由东西部先进农业部族（东为磁山文化、裴李岗文化，西为老官台文化），经过长期与晋南地区进行交流、汇聚，最后形成的一朵绚丽的文明火花。它说明在山西的晋南地区，居住着一支能吸纳先进文化的富有生命力的部族。

距今约六千年到五千五百年间，枣园人的后裔在北起临汾盆地北缘，南到陕、晋、豫交界的黄河沿岸一带兴起。该部族以农业为主，辅以狩猎、捕捞、家畜饲养以及制陶手工业，形成五业并举、门类齐全的整体经济格局。其以坚实的经济发展实力，在取得了部族内部相对稳定的情况下，开始了向外大规模的扩展和渗透。尤其是它以玫瑰花卉图案为特征的彩陶文化，其传播辐射之处，或整体替代，或改造同化原有的部族文化，显示出了先进文化、新兴势力的强大冲击力，其繁荣程度，已居黄河中上游及周边地域之首。由于其发展迅猛，被学术界称之为"玫瑰行动"，而这一部族，也以其彩陶所饰的玫瑰花卉图案这一显著特色，被命名为"玫瑰部落"。

"玫瑰行动"大规模向外辐射渗透的活动，波及面极广，北至大漠地区、长城内外，南越秦岭、淮河、长江流域，东达沂蒙山区、渤海沿岸，西及祁连山脉、甘青一带，都有它的影响。尽管受影响的地区并不一定都以玫瑰花卉图案为主体特征，但相互间确实形成了吸收和渗透的关系，从而使广阔的中国大地上，形成了一枝独秀、百花齐放、特征鲜明、多元一体的整体格局，是史前中国文化最为辉煌的一个时代，"华夏"一词中的"华"字，或许就是由这次"玫瑰行动"演化而来的。当然，这一说法还需更多的考古证明和史料参照，但就此情形而言，山西地区已成为中华民族的重要发祥地之一，显然是确定无疑的。

距今约四千五百年至四千年之间，北起洪洞、南到峨嵋岭、东起翼城、西到河津的山西晋南、晋西南地区，分布着一支独立的古代部族，经重点发掘的襄汾陶寺、临汾下靳、曲沃东许等遗址的资料，基本理清了该部落文化兴起、发展和繁荣的具体经历，这是晋南、晋西南地区继"玫瑰行动"以后，再度辉煌的唐尧、虞舜时期考古文化的分布地区，现已发现近百处遗址，最富代表性的是陶寺遗址。陶寺遗址可跨新石器中晚期的距今约四千六百年至三千九百年之间，学者认为此为尧、舜遗址。

经过玫瑰部落意气风发地向外扩展和渗透之后，各部落的文化在外来文化刺激下，空前活跃起来，在战争、贸易、文化等种种形式的碰撞与交流中，逐渐走向统一，形成一种大范围的文化整合状态。尧、舜、禹时期，正是这一整合过程的进入期和形成期。《史记·五帝本纪》所记尧、舜、禹时期，人才荟萃，百业繁盛，有了百官分职，军队编制，刑法制定，历法创立，文化教育，善恶惩劝等等，显示着社会正走向有序，生产正得到进一步的开发，不仅有长足发展的农业生产，还有铜器、玉器、木漆器等手工业的发展。故作为部落联盟首领的尧、舜、禹，均可"恭己正南面"便取得"垂拱而治"的效果。其时所保留的原始村社民主成分，显然是各部落之间和部落内部约定俗成、共同遵守的一些信条，这些信条在整合过程中，成为共同遵守的原则，而这些原则，也便成为中华民族最早融为一体的凝聚力的体现，这当然也是处于文明社会门槛上的先人，能够顺利跨进文明社会大门的一种思想保证。晋南地区尧、舜时期先人的辉煌与高尚，直接推动了文明社会夏王朝的到来。

陶寺遗址的晚期，约在公元前2400年到公元前1900年之间，实际已跨入了夏代历史的范畴，说明以陶寺为代表的晋南地区，是我国最早跨入文明社会的地区之一。运城夏县东下冯遗址及其同期遗址的发现，同样证明了晋南地区是文献所记载的夏人活动区之一。

另外，在山西太谷白燕、忻州游邀、太原东太堡以及晋中、吕梁、晋东南地区，也都有夏代遗址的发现，大大突破了"夏墟"的范围，由此可推测，与夏人不分此疆尔界的姬周先人，其"奄有下土，缵禹之绪"，甚至自称"我夏"，其活动范围显然与夏人活动范围是相重或相近的。那么，夏人主要活动区在晋南和河南北部，则先周人即后稷一族在尧、舜时期，也应在都畿地区的晋南一带。①

从历史文献来看，东汉班固《汉书·地理志》曰："右扶风：邰，周后稷所封。"唐颜师古注解为："邰，今武功故城是也。"但是，根据成书于战国初期的《左传·昭公元年》记载，台骀继承父职，治理汾水与洮水（涑水河），为了表彰他，帝喾就把他封在了汾河流域，作为有邰氏的部落首领。台骀的女儿姜嫄也因此被帝喾册为正妃，这可能是上古时代两个部落通过联姻而结成了联盟的故事。姜嫄后来生了后稷姬弃。《水经注·卷六·涑水》记载："涑水出河东闻喜县东山黍葭谷。涑水所出，俗谓之华谷，至周阳与洮水合，水源东出清野山，世人以为清襄山也。其水东径大岭下，西流出谓之晗口，又西合涑水。郑使子产问晋平公疾，平公曰：卜云台骀为崇。史官莫知，敢问？子产曰：高辛氏有二子，长曰阏伯，季曰实沈，不能相容，帝迁阏伯于商丘，迁实沈于大夏。台骀，实沈之后，能业其官，帝用嘉之，国于汾川。由是观之，台骀，汾、洮之神也。"可以知道台骀是传说中的治水先驱，也被奉为汾水之神，活动范围在今天晋南汾、浍、涑三河流域，就是临汾以南、闻喜以北的这一区域。经过专家在侯马市多年的考古发掘，在台神古城西北，东西排列着一大两小三座夯土台基，考古学家认为，这三座夯土台基就是新田时期的台庙之所在，众多的祭祀坑就是先民们顶礼膜拜、敬献台骀而形成的文化遗址。

由此可见，最早的有邰氏部落，很可能就在晋南临汾以南至闻喜以北一

---

① 崔凡芝：《一得集》，北京图书馆出版社2007年。

带（有邰氏是以羊为图腾的部落，它的核心区域应在稷王山麓，因为世传后稷的母亲姜嫄生于小阳村）。关中武功县称邰（《汉书》）很可能是周人部落西迁关中后，地名移植的结果。因年代久远，山西南部各部落迁徙频繁，地名多次改易，到汉朝时已有人搞不清楚真正的"邰"在什么地方，也就不足为怪了。

后稷及其部族兴起于山西省南部的今稷山县稷王山一带，并和尧舜一起创造了光辉灿烂的华夏早期文明。他所分封的邰地就在晋南稷王山麓，子孙后代也连续担任后稷职务，继承他的事业。只是到了后稷的后世子孙不窋因夏朝衰落，"去稷不务"，被迫带领部落西迁关中，几经辗转最后定居了下来。长时间的背井离乡，对故土的怀念，使他们以家乡的地名来命名新开发的现居地地名。这就像是欧洲人移民美洲新大陆后，用很多家乡的地名来命名新的居住地是一个道理。

稷王山海拔 1279 米，是介于万荣、稷山、新绛、闻喜、运城之间的峨嵋岭的最高峰。稷王山北麓的稷山底史、三柴、吉家庄、西社和新绛西柳泉，往西的河津庄头村，都有陶寺文化遗存发现。尧帝既然"举弃为农师"，就说明后稷所率领的周族是个农业民族。而稷王山北麓有陶寺文化遗存分布，这里被视为传说中的后稷出生和成长的地方，是顺理成章的事情。

第二节　周部族的迁徙：执农不弃的传统

后稷去世后，他的儿子不窋继位。不窋生活在夏代，社会发展缓慢，"稷"官被废。不窋便率领族人迁徙于"戎狄"之地，继续发展农业，光大世德，不辱先世。学者曹书杰在研究后稷与不窋的关系时，认为周的先人得以独立发展当始于不窋时代，此前周的先人只是夏区域内一个由后稷开创并逐渐发展起来的共同体（或部族）中的成员，或后来逐渐分化出一支氏族，而姜嫄、后稷的传说则是这一共同体全体成员的共同始祖传说。在夏末，不窋一支在离开晋南的过程中得以独立发展，开始了"周族信史"的时代，也就是说，周族在社会组织上完全脱离了原本的共同体而进入自我独立发展的历史时代。①

上一节我们对先周远祖时代的地望做出了一个基本判断。后来不窋率领族人迁徙于"戎狄"之地，不窋死后，他的儿子鞠继任周族领袖，仍立足于戎狄之地。他在领导周人勤于农务的同时，学习戎狄部落的畜牧与狩猎知识。到了鞠的儿子公刘时，周部落开始了新的命运。

许倬云认为，周人在公刘时代，大约有了相当完善的政治组织。《诗经·大雅·公刘》一篇描述了公刘率领族人武装移民的景象。带了武器，备了干粮，跋山涉水，由诗中语气看来，公刘率领的周人，离开了有"百泉"的地区，登陟高冈，往胥及豳地定居。而"京"也许只是指望台的大建筑，也就是政治中心。

学者丁山更进一步考定胥为"夏"的声讹，他并考证夏代末季所在的西河，当在今日陕西合阳县附近，这一地点正为山西西部汾水流域到陕西西部泾水流域的中点。在胥与豳，周人举行了宗教仪式，亦建立了族长的权威，这是政治权威的形态。军事上，周人组织了三个作战单位。这是氏族军事化的组织形态。经济方面，公刘实行"彻田为粮"，彻字确义至今仍难解决。不过这一句诗的上下文当连起来看一起读："笃公刘，既溥既长，既景乃冈，相其阴阳，观其流泉，其军三单，度其隰原，彻田为粮。"此中有相度地形、安置军旅的意思。"彻田为粮"可能是治田之意。周人在公刘时代大约是一个由族长率领的武装移民，到达豳地之后，将土地分配各人，整治田亩，以求定居。戎狄部落是以畜牧业为主的游牧部族，而周部落则一贯以农业为主，所以公刘还是一心想恢复传统的农业。

周族一天天的繁荣与强盛，影响着其他部落，他们争相前来学习农耕，进行商贸，甚至归附于周族。但公刘可能认为在戎狄西南方的豳地，更适宜农业生产，便相机往豳地进军。豳地，豳（邠）之取意汾水。根据钱穆

① 曹书杰：《后稷传说与稷祀文化》，社会科学文献出版社 2006 年。

先生的考证，当在晋南地区，当时虽地广人稀，但每片土地都有各部落管辖的疆界，公刘要迁居于此，必先武装族人，征服或赶跑他族。《诗经·大雅·公刘》记载："笃公刘，于豳斯馆。涉渭为乱，取厉取锻。止基乃理，爰众爰有，夹其皇涧，溯其过涧。止旅乃密，芮鞫之即。"意思是：忠厚的公刘，选址在幽静的豳地落脚建宫室。带领族人乘舟横渡渭水，勤奋治理所在地域，使得民康物丰，人心所向。这是周人的史诗，记叙了公刘率领族人迁豳的过程。从迁商、择地、定居三个层次，记述了这一具有历史意义的民族大迁徙。首章写公刘为迁徙准备干粮、组建武装，说明这是一次有组织、有计划、有目的的武装迁徙，绝非盲目的流窜。第二、三章写审视、选择豳地的过程和理由，表现出公刘的远见卓识。后三章写公刘修建城池、犒劳群臣、祭天祀祖、整训军队、发展农业，表现了公刘非凡的组织才能。

居住在豳地的周族，在公刘的统领下，生活殷实，人口大增，活动范围日益扩大，并组建有三支军队，实力相当雄厚。公刘晚年，采取厉石和锻石，在豳地开始营建宫室馆舍，草创了先周国家雏形。公刘逝世后，他的儿子庆节继承父志。许倬云在《西周史》中认为，公刘的后代庆节继续西去带着豳的地名以命名泾水地区的新地，也是有可能的。

周部族自公刘在豳地开拓基业以后，历经几代经营，已有了较大发展。到了古公亶父执政时，他不但善于处理部落政事，待人和气，心地善良，还以后稷、公刘等先贤为楷模，继续光大周族，造福子孙，积德行义，备受国人的拥戴。

正当周族蓬勃发展，过上富裕生活之际，居住在豳国西北以游牧为主的薰鬻、戎狄等部落，在商王朝的支持下，时不时来侵扰进犯。从殷墟武丁卜辞中，常出现"扑周"的记载。商王武丁对周国的发展很不放心，经常命令商贵族跟犬戎结盟遏制周势力的发展。按当时周人的势力，古公亶父并非没有力量对付戎狄，而是戎狄之后有强大的武丁帝支持。

为避免战争，减少百姓的损失，古公亶父毅然决定离开豳地，渡过漆、沮两条大河，翻越巍峨的梁山，迁到岐山下安营而居。此时已是商朝武乙年间。

俗话说，没有不透风的墙。古公亶父悄然离开豳地的消息不胫而走，豳国人愿意跟着仁义之君离开。于是，很多人纷纷收拾简易行装，尾随着古公亶父，也来到了岐山。《孟子·梁惠王下》对古公亶父迁岐也有生动的记载："昔者太王（即古公亶父）居豳，狄人侵之，事之以皮币，不得免焉；事之以犬马，不得免焉；事之以珠玉，不得免焉。乃属其耆老而告之曰：'狄人之所欲者，吾土地也。吾闻之也：君子不以其所以养人者害人。二三子何患乎无君？我将去之。'去豳，逾梁山，邑于岐山之下居焉。豳人曰：'仁人也，不可失也。'从之者如归市。"

周部族早期迁徙发展的历史，在《诗经》中有生动的描述。《诗经·大雅·緜》叙述了古公亶父率领族人迁都岐山、修建宫室、平定夷狄、开国奠基，以及文王继承余烈，外结友邦，内用贤良，使周族日益强大的事迹："緜緜瓜瓞。民之初生，自土沮漆。古公亶父，陶复陶穴，未有家室。古公亶父，来朝走马。率西水浒，至于岐下。爰及姜女，聿来胥宇。"古公亶父是周人发展史上一位举足轻重的领袖，他率领族人进行民族大迁徙，摆脱了狄人的攻击，为民族发展赢得了时间；他领导族人大兴土木，建筑宫室，使周人彻底告别了"陶复陶穴"的原始生活，走进了文明的大厦；他选定了文王作为事业的接班人，为巩固政权、统一宇内奠定了坚实的基础。因此，周人把古公亶父当作神一样顶礼膜拜，并作此诗来歌颂他。

《诗经》中的另一篇《皇矣》从古公亶父徙居周原，开辟岐山，为周的兴起奠定基础说起；接着又记叙了王季秉承父志，团结上下，励精图治，使周崛起于西方，并传位于文王的经历；最后叙述了文王内修明德，外伐崇密，完成统一大业的经过。值得注意的是，全诗十一处提及"帝"，意在说明周之兴起是顺乎天意；周人伐崇、伐密之获胜，也是天意。"帝"是周人的保护神，周人代表"帝"的意志处理事务，各方诸侯应像服从天、帝一样服从周人的统治，这便是周人史诗的内涵。可以说周人创作史诗的目的，不仅在于叙述先民的发祥史，以振奋民族精神，加强民族团结，还在于创造天人合一的格局，为巩固统治服务。而这种人神一体的模式，即成为奴隶社会、封建社会的主要的行政形式，是集王权、神权、族权于一身的雏形。

《诗经·大雅·大明》则叙述了王季和太任、文王和太姒的婚姻及武王伐纣的事迹："明明在下，赫赫在上。天难忱斯，不易维王。天位殷适，使不挟四方。挚仲氏任，自彼殷商，来嫁于周，曰嫔于京。乃及王季，维德之行。大任有身，生此文王。"本诗被誉为周人自述开国创业的史诗，显示周人对家庭及血统的重视，说明武王即位的法统原则和血统原则都是确定无疑的。

关于先周世系，我们可以把《史记》中自黄帝至周先祖姬弃递传至古公亶父之间的世系列表如下：

（1）黄帝→（2）玄嚣→（3）蟜极→（4）帝喾→（5）弃（后稷）→（6）不窋→（7）鞠→（8）公刘→（9）庆节→（10）皇仆→（11）差弗→（12）毁隃→（13）公非→（14）高圉→（15）亚圉→（16）公叔祖类→（17）古公亶父。

但在《四川省重庆府川东道璧山县天池古氏谱》（清光绪十七年即1891年手抄本，四川大学古大田教授珍藏）中，有一段与《史记》记载不尽相同的先周历史。该谱记载："后稷讳弃，系黄帝之玄孙、少昊之曾孙、蟜极之孙、帝喾之三子，初仕尧，官司农，教民稼穑；继佐舜，亦官大司农，播种五谷，功隆万世，封国于邰。生子曰不窋，佐大禹，亦官大司农。生子曰鞠，鞠公字德宣，袭爵邰侯。生子曰育。育公生子曰抚。抚公生子曰拔。拔公生子曰膺。膺公生胜公，胜公仕夏。生子曰含章。生子曰郝公。生子曰乾公。乾公生子曰公刘，由狄迁豳，袭爵为侯，屡谏桀王不从，自修后稷之业。生子曰堃，堃公仕商，袭爵。生子曰庆节，庆节继爵。生子曰皇仆，字元音。生子曰太素，袭爵。生子曰国华，继位。生子曰差弗，继位。生子曰绍穆，继位。生子曰承启，继位。生子曰殷仲。生子曰怀德。生子曰毁隃，毁隃继位。生子曰超，继位。生子曰公非，袭爵。生子曰至详，继位。生子曰尚贞。生子曰高圉，继位。生子曰亚圉，继位。生子曰公叔祖类。生子曰古公，字亶父，号周公，由豳迁岐，复修后稷、公刘之业，积德行仁。"那么，从黄帝至古公亶父之间的世系就出现了争论。争论的焦点在后稷（姬弃）至古公亶父之间。

唐代历史学家、国子博士司马贞在《史记索隐》中曾注释："按《国语》云，世后稷以服事虞、夏，言世稷官，是失其代数也。若不窋亲弃之子，至文王（古公亶父之孙姬昌）千余岁，唯十四代，亦不合情。"唐代诸王侍读张守节在《史记正义》亦说道："《毛诗疏》云，虞及夏、殷，共有千二百岁，每世在位皆八十年，乃可充其数耳。命之短长，古今一也，而使十五世君，在位皆八十许载，子必将老而始生，不近人情之甚，以理而推，实难据信也。"斯维至在《陕西通史·西周卷》中罗列出《史记·殷本纪》与《史记·周本纪》的世系来对照，也认为"周的世系中间还有缺略和空白"。

而四川省《古氏族谱》的先祖世系，比《史记》多记十八代，或侯或爵，一并书来。且将不窋列为后稷姬弃之子，与《史记索隐》中引用《帝王世纪》的"后稷纳姞氏，生不窋"之句相吻合。对公刘的记载，说是"由狄迁豳，袭爵为侯，屡谏桀王不从，自修后稷之业"，这与《吴越春秋·太伯传》之"后稷子孙公刘，避夏桀于戎狄，变易风俗"句相呼应。

从时间上来推算，自后稷仕尧帝到公刘生活的夏桀王朝，共历时四百余年，《史记》仅记有四代，《古氏族谱》则记述十二代。商朝自汤王至武乙之世，大约六百年，《史记》记载的有庆节至古公亶父之间九代，《古氏族谱》记载的有堃至古公亶父之间十九代。按大宗法每代三十年计，《古氏族谱》较接近现实。虽然此说还需得到学术界广泛认可。我们不妨把《古氏族谱》中先周世系排列暂列于此，以备进一步考证：

（1）黄帝→（2）玄嚣→（3）蟜极→（4）帝喾→（5）弃（后稷）→（6）不窋→（7）鞠→（8）育→（9）抚→（10）拔→（11）膺→（12）胜→（13）含章→（14）郝→（15）乾→（16）公刘→（17）堃→（18）庆节→（19）皇仆→（20）太素→（21）国华→（22）差弗→（23）绍穆→（24）承启→（25）殷仲→（26）怀

德→（27）毁隃→（28）超→（29）公非→（30）至详→（31）尚
贞→（32）高圉→（33）亚圉→（34）公叔祖类→（35）古公亶父。①

第三节　文化中国：周王朝的建立与巩固

在夏朝，后稷的子孙也从事农业，也称后稷。周人推尊一位长于农业的祖先，说明他们自有口传的历史以来，就是农业部族。他们虽和商族人一样，尊天敬祖，深信天人相关，但却以实际事业为主。

后稷子孙活动的区域，大概在现在山西西南部，靠近汾水、涑水和黄河的地区，又慢慢地渡过黄河向洛、渭流域发展。到商朝武乙时，古公亶父（又称太王）受北狄薰鬻的压迫，从汾水流域的豳，率领部族整个西迁到岐山下周原（大概在现在陕西泾水下游，渭水北岸，咸阳以北，高平以西，并不是凤翔的岐山）。他们在那里伐木、平土、造房舍，仍然从事农耕，开始和附近的昆夷（又叫犬戎）冲突。

古公亶父传位给第三个儿子季历，季历又称公季，又称王季，贤明能干，周势渐强，征服了四周的戎狄，算是商的诸侯。周的势力发展成为商朝的一大威胁。王季朝商，商王文丁把他扣留起来，王季死在商国。季历的儿子昌继位，昌就是有名的周文王。

文王名昌，母亲是挚国的女子，名太任，聪明贤惠。他幼禀母教，善孝父母。王季死后，他励精图治。遵后稷之业，法太王、王季之法，对待人民以仁厚为原则。文王的妻子太姒，是文王的好帮手。武王、周公、康叔，都是她教养出来的，太姒堪为女性的模范。

这时候商势益衰，不能振作。商王文丁以后是帝乙，帝乙传位给儿子受德，称帝辛，又叫纣。纣和夏桀的行为如出一辙，纣本想灭周，但是一则周

---

① 古军喜、古小彬编著：《古姓史话》，江西人民出版社 2002 年。

的实力不可侮，二则文王对他表示效忠。纣一时不便下手，便把他囚在羑里（在现在的河南汤阴县），囚了七年。据说文王利用这段时间，来研究《周易》，演八卦为六十四卦，作卦辞。文王在位五十年，奠定了周朝的基业。据说他活到九十七岁。文王死后，武王发继任周家族的族长。经过了十余年的准备，大约在公元前十一世纪中叶的某一年，武王联合许许多多归顺的部族，浩浩荡荡向商王朝的统治中心进发，攻破商都朝歌（今淇县），商纣王自焚而死，周王朝建立，周家族成为统治全国的政权。

周代诸王中，对于西周立国贡献最大的是文王，他在世时已经三分天下有其二，以至于"大国畏其力，小国怀其德"（《尚书·武成》）。不仅如此，文王身上有一种与众不同的政治品德，给周公等人留下了终生难忘的影响。所以，《诗经》《尚书》反复叙说颂赞文王，试图通过他求解天命的秘密。《诗经》中祭祀文王的诗篇数量最多，其次是后稷。《诗经·周颂》中祭文王或与祭文王相关的诗篇，有《清庙》《维天之命》《我将》《维清》四篇。《诗经·周颂》中的《天作》也有一半内容是关于文王的。此外《诗经·大雅》中的《文王》《大明》《思齐》《緜》和《皇矣》，也都与祭祀文王有密切关联。

周文王

在《诗经·大雅·文王有声》篇明确地宣示："文王受命，有此武功。"所谓"武功"，是指周文王奉上帝旨意消灭殷商党羽之邦。其实真正灭商的是周武王，但武王较文王得到的歌颂却非常少，原因是什么呢？所谓的文王"受命"，可分为历史和观念两个层次来谈。就真实历史而言，所谓的"受命"应该是指周文王接受商朝任命为西方诸侯的方伯。周人宣称自己的始祖后稷曾在尧舜大洪水后为天下种植粮食，而周人真正崛起，是从文王的祖父即太王古公亶父开始的。太王在商代后期率族南迁，占据岐山之下肥沃的周原，为周人迅速崛起奠定根基。这意味着周人势力的强大，让殷商感到了威胁，于是有古本《竹书纪年》所载的"文丁杀季历"之事。然而，周人的强大又让殷商感到无奈，所以，在杀掉季历之后，又不得不任命季历之子文王为西面的方伯。

这段艰苦卓绝的历史，被后来的周人大大神化了。《诗经·周颂·天作》和《诗经·大雅》中的《绵》《皇矣》诸篇都激情四射地回顾了这段历史。周人确信并且高调宣扬文王"受命于天"的明证。那么，文王"受命"至关重要的意义是什么？是获得治理天下万民的合法大权。这与后稷的"立我烝民"的意义是贯通的。始祖积德，终有回应，而回应就在文王；而文王"受命"周人得以宰治天下，实际就是用上天的原则消除不义、护佑海隅苍生。

在商代，殷商贵族相信上天保佑自己是无条件的，是绝对的。然而，西周的天命观念与此相比，则有重大变化。其中重要的内容是，周人相信：天下苍生是上天的子民，然而上天不能亲自治理万民，所以要选择代理者，被选中的统治者，就是所谓"天立厥配"，也就是"配命"，即配合上天治理万民。上天选择其"配命"者的唯一条件，就是要对万民好，万民在"配命"者的治理下风俗淳美，生活幸福。这就是所谓"天道无亲，惟德是辅"。这表明，在周人的"天命观念"中，上天与任何人都不存在特殊的关系，这就是所谓"天道无亲"。正因如此，上天的选择是公平的。也就是说，周文王之所以被上天选中，就是因为他在人间实行了美好的政治，从而感动了天下人。

这就是说，周文王的"文德"，其实也就是上天的原则，是周人统治天下的法理基础。大祭文王而不是武王就是要宣明这样的合法基础。至于武王克商，虽然功烈不凡，却只是一种后续之事，是先有了周人统治天下的法理基础之后的合法行动。周人就是这样理解文王与武王的分别的。

祭祀后稷、文王，可以宣明王朝政治的合法性。西周的祭祖，是有其强烈的政治意图的。

那么，宣示文王之德，还有其他特定的现实原因，在最初西周封建时，文王一脉封国最多。这就是选择文王的内在原因。古代祭祀，也是一种立约。在尊崇的神灵面前，与神灵有关者一起献祭，并在祭祀后共享祭神的供品，就等于在神灵面前立誓。在西周也是一样，以哪位神灵为祭祀的重心，实际关系到实行封建制的西周王朝内部精神凝聚的大事。之所以选择周文王，一个很简单的原因就是文王子孙封国众多。

外在方面，就是劝勉殷商遗民在新天命下"自求多福"努力生活，是其中重要的组成部分。诗篇称"仪刑文王"，那是因为"文王之德"合乎上天的原则，因而这也是一道宽阔的地平线，可以负载兼容包括殷商遗民在内的所有人，可以劝慰说服所有人。

武王灭商后不久就去世了。武王去世后，儿子继承王位，称成王。

由于镐京偏西，不能控制殷商旧族广泛分布的东方地区，为巩固新政权，周武王曾考察过伊、洛二水一带的"有夏之居"，准备在此建设新的都邑，但未能全面实行便驾崩离去。周公二次克殷后，对东方辽阔疆域的开拓，迫切要求统治重心的东移。

洛邑位于伊水和洛水流经的伊洛盆地中心，地势平坦，土壤肥沃，南望龙门山，北倚邙山，群山环抱，地势险要。伊、洛、瀍、涧四水汇流其间，据东西交通的咽喉要道。顺大河而下，可达殷人故地。顺洛水，可达齐、鲁。南有汝、颍二水，可达徐夷、淮夷。伊洛盆地确实是建都的好地方。成周洛邑建成之后，周公召集天

西周疆域

下诸侯举行盛大庆典。在这里正式册封天下诸侯，并且宣布各种典章制度，谋划周王朝的长治久安。

洛邑营建后，周公行了几个重要的祭礼。在洛邑南郊行"郊祀"，祭祀天帝，以后稷配享，这是祭天的大礼，因为他认为周的祖先后稷可以配天，

在天上代他说话。洛邑城中建个"大社"，在那里行祭土谷神的礼。在"明堂"祭文王，配享上帝，这叫"宗祀"，最重要而富于政治宗教合一的意味。"明堂"是一个亚字形的建筑，当中有五间内室，四周都是厅堂。外面有四方形的垣墙，东西南北有四个大门。在这里举行三种典礼，除了"宗祀"外，还有"告朔"（颁布历法）、"朝觐"（朝见诸侯），实际上是发布大政教的地方。周公在继承《万》舞的基础上，主持制作了歌颂武王武功的武舞《象》和表现周公、召公分职而治的文舞《酌》，合称《大武》；七年洛邑告成，为了祭祀文王，周公又主持为传统的《象》舞配以新的诗歌，制作了表现文王武功的《象》舞。

周公制礼作乐，创制西周典章制度，主张"明德慎罚"，以"礼"治国，奠定了"成康之治"的基础。周公制礼作乐，并非仅仅是改造殷人的祭祀典礼和置换典礼所用之乐歌，而是涉及了意识形态和社会制度的各个方面。周人制度与商朝不同之处有三个大的方面，一是嫡长子继承制，就是封建子弟之制，君天子臣诸侯之制；二曰庙数之制；三曰同姓不婚之制。这些不同于殷人的社会制度，虽然不一定是周公制礼作乐时亲手制定，可能是在具体的实践中逐步形成的，但是周公在摄政期间的所作所为奠定了周代社会制度的基础。可见，周公制礼作乐，并非前无所因的创举，而是在遵循了古老的惯例的基础之上，损益夏商旧礼，结合周族原有的习惯，制定出的一套调整宗法人伦制度和行为规范体系。

嫡长子之外的子弟作为诸侯派往封国，成为诸侯。同时，分封制也是姬姓诸侯与众多异姓邦家共处的制度，许多古老渊源的族群都在这样一种制度下得到承认和延续，最终达到融合而成为政治、宗教、文化统一的民族。封建诸侯实际也是一种军事征服和武装移民，建立的各诸侯国是周王朝的军事据点，这样一来，势必同众多人群形成一种紧张的对峙关系。分封建国获得了巨大成功。这中间有许多原因。有一点值得注意，周人以婚姻缔结的方式，广泛地与天下人建立亲戚关系，是其不可忽视的原因之一。周礼规定，同姓不婚。广泛的婚姻关系，就周人及其同盟者而言，会巩固国与国之间的患难与共关系；就是对那些原无瓜葛的族群，甚至曾是敌对的人群，也会起到化敌为友的亲和作用。

这些诸侯，战时共同一致，由周王率领对付敌人；平时派使臣五年觐见周王四次，亲自朝觐周王一次。周王祭祀上帝的时候，他们也来聚会听命。大朝会行礼完毕，讲习各诸侯分封爵位的意义和使命，使每一个国家都明了它在全体中的地位。排定长幼次序、上下规矩，制定各国对王室进贡财物的多少。这些财物还是用到公共的事上，主要的是祭祀和战争，由周王支配；数目和性质，按国家的班次、贫富和出产来分配。班次高、爵位贵的封国，往往重要而富庶，进贡也最多，这只是大致的办法，距周都的远近是实际限制。靠近王室的国家，差不多直接受王室管辖，贡物特别繁重。愈远的国家，朝聘的次数和进贡的数量愈少。最远的国家有一代只来一次的。王室大兴作，诸侯也来帮忙助力，营建洛邑就是一例。各国新君继位，都要周王正式下命令，没有命令不能算正式诸侯。大国卿的地位和小国的君主相等，往往也出于周王的任命。周王对不尽职的诸侯先警告，不听就用兵讨伐。周王也常遣使聘问各国，各国也互相聘问。诸侯有时亲自会面，必要时订立盟约。他们进行这些事务，都有繁密、富于艺术性的礼节。封建的制定和规定，宏大详密，虽不见得完全出自周公的心裁，但具有深刻意义的大经大法，大概都经过周公的规划。这个制度维持了几百年，促进了中国进一步的凝聚。

"礼"，最广义地说，是"文化的外形"。它涉及人类生活的各方面——天文、地理、人事均在其列。人事中，上自政治经济的制度、法则、分划、组织，教育上的方法、意义，社会上的礼、俗、制度，下至日常生活最细微的节目，都在礼的范围以内。周公制礼，要融合三代，为着远大的理想，日夜勤恳地工作。制度方面，主要是封建和官制。狭义的礼是指当时的生活方式，其中有许多富于艺术性的仪节。执行这些仪节，配合着各种舞蹈和音乐。这些礼法只行于上层阶级，在那时只有上层阶级富于精神生活，它是一种广义的教育，精神的陶冶。行礼作乐的时候，要求真实表现自己的品格，要有一种内心的虔诚。这可以说它有宗教性，尤其是礼中最重要的祭礼。如果从功利上讲，政治、法律是一种强制的力量，是从利害上制约人身。礼、乐是一种自然的感化，是从精神上劝服人心。当时的贵族们受到礼、乐的陶冶，成为一种传统。这种传统的精神普及于平民，呈现于文化，影响到后世。

这套周礼周文，凝合了克殷以后的四裔万邦，也让几百年后王室业已衰微时，孔子孟子仍对之向往不已，这就是文化的力量。中国人自诩礼乐文明之邦、自觉文化高超、相信文化力优于政治力，都是在这段时间确定的。

李山先生在《诗经的文化精神》中讲道："周初血缘革命，其意义绝不仅限于一个王朝、一种制度的建立，而在于它诞生了一个统一的人类文明，即所谓的中原文明。以后的中国历史，从本质上说，只是这个统一文明实体的生长变化的历程。这不仅指那些生活在中原地域上的人们，也指那些崛起于边疆蛮荒的族类，只要他们同这个价值极高的文明实体发生接触，他们沉睡的人性力就会被唤醒，就会沿着文明的方向迈开自己的历史脚步。周王朝封建的历史实践，不仅为这个伟大文明序列开启了起点，也为这个伟大的文明实体奠定了基础。"周公之所以能成为我国思想文化上的人物典型，即形成于此一意义中。

从这个意义上来看，商周之变不是一次简单的朝代更替。这是中国文化的一次重大转折点，中华文明的气质在周朝被正式确认，商文化被更新和替代了。王国维先生指出："中国政治与文化之变革，莫剧于殷、周之际。""殷、周期间的大变革，自其表言之，不过一姓一家之兴亡与都邑之转移；自其里言之，则旧制度废而新制度兴，旧文化废而新文化兴。"他还断言，"周之制度、典礼，乃道德之器械，而尊尊、亲亲、贤贤、男女有别，四者之结体也。"他以《召诰》为例指出："《康诰》以下九篇，周之经纶天下之道胥在焉，其书皆以民为言。《召诰》一篇，言之尤为反复详尽，曰命、曰天、曰民、曰德，四者一以贯之。……且其所谓'德'者，又非徒仁民之谓，必天子自纳于德而使民则之……故知周之制度典礼，实皆为道德而设。"[1]

具体来说，商周之变，使中国文化的气质发生了很大变化，由夏商的宗

---

① 王国维：《王国维讲考古学》，团结出版社 2019 年。

教文明变为周朝的伦理文明。

在王权神授观下，商朝的法律是以"天"与"神"的名义制定。如"有夏多罪，天命殛之"，以天的名义对夏进行讨伐。商朝的法治指导思想在夏朝法治观的基础上有进一步发

商朝疆域

展，更加强调"神"尤其是祖先神的作用。在这种天命观的影响下，商人十分迷信鬼神。商王自称是上帝的儿子，即"下帝"，也称天子。因此，执行占卜的神职人员——巫、史等，在商朝社会生活中占有重要地位。为了纪念汤，而以汤来命名他们的法典。除了《汤刑》外，还有《甘誓》《盘庚》《伊训》等篇章也都是商朝具有效力的法律文件。

周代商之后，面对长达六百年的神权法体系，他们的贵族统治者曾经陷入两难：如果继承了这套神权法体系，就意味着周人代商是不合法的，假如废弃这套神权法体系，也就破坏了政权的神圣性，意味着任何一个武力强大的集团都可以取代现有政权来实行统治，社会将面临赤裸裸的暴力局面，这样一来，统治者付出的代价太大。事实上，当时的新王朝也确实遇到了挑战，周武王去世后，他的三个弟弟管叔、蔡叔、霍叔就联合纣王之子武庚叛乱了。此时，周成王年幼，武王之弟周公姬旦辅政。当周公东征平定了管蔡之乱后，从周朝长治久安的大计出发，提出了影响中国三千年的治理方案中最重要的议题——如何解释"天命"的问题。

周革殷命，周人认为他们是奉了天命而灭殷的，然而为什么天帝命周灭殷呢？在周人看来，那是由于商纣王失德，"民怨登闻于天"，而周人的行为却使周人中选了。《诗经·大雅·皇矣》颇能描写周人自以为受命于天的过程。天帝的身份，已不是商人的神而是万民的神了，他极关怀四方人民的生活，

一次又一次对于已受命的统治者感到失望。最后天帝向西望，挑选了周人所在的区域作为自己的地方。天帝保佑周人开辟山野，护持王季建国，又三次指示文王攻灭密与崇，也告诫周人必须服从天帝的意志。

然而君主在德方面的是非对错，天帝是经由什么样的途径而知道的？是凭什么根据来判断的呢？是民。《尚书·泰誓篇》里的名言指出："天视自我民视，天听自我民听""民之所欲，天必从之"。因此，所谓天意、天命实在就是民心、民意的反映，对此，周人认为统治者应以民意为统治的依据，才能长久地维持其政权。

周人这种思想促进了宗教的式微以及人文思想的发展。既然统治者所需要注重的是他自己的德行而不是外在的天或帝，是现实世界中可以把握的民心、民意而不是渺茫难测的超自然存在的"无声无臭"的意志，则逻辑的结果是天的意念在他的心目中自然变得淡薄了，而人的地位相对地上升了。周人认为人的遭遇是取决于其行为的，行为所导致的成败、兴亡的后果是因为人对自己、对他人（民）能够敬重或不能够敬重，而不是因为对人以外的超自然力量的敬与不敬，因此行为后果的责任在人而不在天，因此，人"不可不敬德"，即要自发地通过对自我行为消极的制约和积极的引导而达到完美的境界。这样超自然的影像就自然地退缩到了人的背后，宗教渐渐没落了。东周时代的儒家思想就是沿着这条路线发展而成。

周公在中国文化史上的影响之大是超出我们想象的，实际上孔子不是儒家的创始人，周公才是。自春秋以来，周公被历代统治者和学者视为圣人。他被尊为儒学奠基人，是孔子最崇敬的古圣之一，《论语》中记载孔子言论云："甚矣，吾衰也！久矣，吾不复梦见周公。"处于春秋时代的孔子非常怀念周公所创立的礼乐文明，孔子认为自己的时代已经不能与周公的时代相比了。他强调要克己复礼，就是要恢复周公时代的礼乐文明，儒家思想被汉儒称为"周孔之学"。汉初大思想家贾谊评价周公曰："文王有大德而功未就，武王有大功而治未成，周公集大德大功大治于一身。孔子之前，黄帝之后，于中国有大关系者，周公一人而已。"

可见，文化之变是商周之变的实质。"在华夏文明形成之后，由于这一古典文明自身所具有的强大的吸引力与同化力，与其融合同化的其他族群人民共同发展创造，在经历了漫长的历史时期之后，终于演变蜕化为更高级完备的文明——中华文明。"① 拉开历史的长线，我们看到，远祖后稷奠定了周文明发展为一个定居的农业文明的基础，几百年几千年过去了，后稷文化仍然深入到社会生活的很多方面，成为中华农业文明的一个标志性符号。周公在殷礼基础上建立的礼乐文明奠定了周朝八百年文化基础，使得后人在百家争鸣的时代看到了周文化发出的灿烂的光辉。周孔的儒家学说在历史的发展中不断吸取新的成分，成为主导中国人思想的主流意识形态。确实，商周之变不是一次简单的朝代更替。这是中国文化的一次重大转折点，商文化被更新和替代，中华文明的气质在周朝被正式确认。

第四节　从夏到西周：精耕农业的萌芽期

考古证明，中国文化的发生绝不限于"三皇五帝"一脉相承。黄河流域、长江流域乃至两大流域之外的广大周边地区，都有古老文化遗址的发现，而且相互间影响、交融越来越明显。远古文明的分布基本可以划分为六大区系：

黄河流域以今陕西、山西、河南为中心的仰韶文化；以山东为中心的龙山文化；甘肃、青海一带的马家窑—马厂—半山文化。三者分布在黄河上、中、下流域，以仰韶文化为最早。

长江流域：从上游到下游的三角洲各地，依次有大溪文化、屈家岭文化、河姆渡文化。这些文化都沿着各自的轨道发展。

然而，上古文化虽出多元，古代文明国家如夏、商王朝，却只是在黄河中下游地区建立的。其他区域的新石器文明，在经过相当长时间的辉煌之

---

① 杜学文：《民族融合与新变——从华夏文明到中华文明》，《映像》2022 年第 1 期。

后，终归沉寂。文献记载和考古的新发现清楚地告诉我们，古老的中国大地上，在远古文明多元发生之后，却是一元突破，即以"国家"建立为标志的"文明时代"的到来，是在黄河中游地区率先实现的。这一率先实现了的文明突破，光芒太耀眼了。它一马当先地建立国家时，会把自己的光彩投射到远近各地去，并吸引着它们，从而成为文明的引路者。

追溯夏人渊源，在文化方面，以仰韶文化为代表的黄河中游文化区和以大汶口文化为代表的海岱文化区，这两大文化区系交汇融合所形成的河南、晋南龙山文化是夏文化的前驱；在部落集团方面，夏人是从黄河中下游炎帝集团中分化出来，又融合了黄帝、少昊集团许多氏族部落而发展到最早建立国家的一支。他们能率先打破部落与地域的局限而向国家与民族过渡，是东西两大区系文化与部落融合的结果。同时，夏人的兴起与构成，无论考古文化与远古传说，都与长江中下游地区的文化与部落有渊源关系。

夏代历年，据《竹书纪年》记载，自禹至桀，经历十七个王，四百一十七年，其他文献记载略有不同，总不出四百余年，约为公元前二十一世纪到前十七世纪。在夏人与夏朝的中心区域，发现了二里头文化，以河南偃师县二里头遗址命名，其地正处在嵩山稍西北。这是一种继河南与晋南龙山文化发展而早于商文化的青铜文化。年代与夏代相当，主要分布在河南中部与西部的郑州附近和伊、洛、颍、汝诸水流域以及晋南汾水下游地区。从文化内涵与面貌看，二里头文化又可分为二里头类型和东下冯类型两个类型。东下冯类型因山西运城夏县东下冯村所发现属二里头文化的又一典型遗址而得名。二里头类型分布

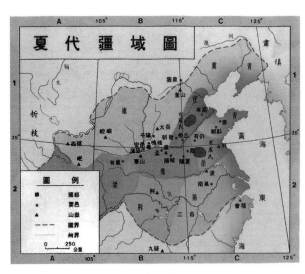

夏代疆域

在以嵩山为中心的地区，东下冯类型分布在汾水下游晋南平原。两个类型分布之区，正好与夏代都城分布范围相吻合。

夏人初兴与建国在晋南，后来由于与东夷的斗争，又迁到以嵩山为中心的地区和伊洛平原。末几代的君主，势力又衰弱下去，诸侯离叛。最后到帝履癸，一名帝桀，不仅没振作，反而更暴虐不仁。这时候商（后来又叫殷）部族兴起，这一族早先在现今的山东西部和河南东北部，或有一部分伸展到西方。他的祖先，是帝喾的儿子契。契佐禹治水，舜命为司徒，赐姓子，封于商。契母简狄，属于有娀氏部落。从契母的名称及其部落名称推断，商的起源与北方戎狄有渊源关系。《诗经·商颂·玄鸟》说："天命玄鸟，降而生商。"《诗经·商颂·长发》又说："有娀方将，帝立子生商。"玄鸟就是燕子，神化即为凤。商人的感生神话，认为上帝派遣玄鸟为使，有娀氏女子简狄因吞食了玄鸟子（蛋）而生契，所以契成为子姓的始祖。

契到成汤，共历十四代，八次迁都。汤名履，居在亳。汤居的亳（大概在河南商丘，北边到山东曹县），行仁义得到拥护，诸侯都愿意和他联合，汤还得到贤臣伊尹辅佐，灭夏桀建立商王朝。

从考古文化观察，先商文化可分为漳河型、卫辉型、郑州南关外型，年代顺序与分布地区都是自北而南。其中漳河型年代最早，分布大体包括河北省唐河以南，河南省淇河以北、卫河以西，山西省沿太行山西麓一线，南北长五六百里、东西宽二三百里的范围，其中心分布地区在河北省的滹沱河与漳河之间的沿太行山东麓一线，而以漳河中游（指清漳、浊漳二水合流以后）的邯郸，磁县地区的先商遗址为代表，而先商文化漳河型来源于河北龙山文化。可见先商阶段活动范围是以漳河流域为中心的古黄河下游与河济之间，而汤兴起与灭夏以前大概是以今河南省濮阳地区为中心。商的统治范围较夏扩大，其文化影响远达长江流域。

商朝共传三十一世，六百二十九年。一说四百九十六年，二十九王。国都屡迁，最后盘庚迁殷（现在河南安阳殷墟遗址），殷有二百七十多年。这一代的史料，近五六十年来龟甲文出土，渐渐多起来。商朝人"尚鬼"，重祭祀，喜占卜。占卜的方法，用龟甲或牛胛骨钻一个洞，用火烤一下，通过看它的裂纹断定吉凶。所问的事牵涉到各方面——战争、打猎、求雨、收获、每旬的吉凶、每天的吉凶、疾病、生产等。他们把占卜的结果刻在龟甲上，随时抛弃或保存。殷墟遗址中有大批这种东西被挖掘出来，还有各种铜器和其余的古物被发现。

商朝文化很高，农业很发达，畜牧仅占次要的地位。有些青铜器铸造精美，为后世所无。文字已经用得很久。他们对家族、祖先、子孙极重视，中国文化的特质，有许多在那时已很明显。商朝政令所及，西到现在的陕西西部，南到江汉流域，东到海，北到东三省。他们力争经营的地区多半在西北——现在的晋、陕北部。

二十世纪初以来，殷墟甲骨文和一系列重要考古遗址的发现，使人们对商朝历史文化的认识日渐深入。山西商代考古遗址的发现和研究，也反映了商王朝时期山西历史文化发展的概貌。成汤灭夏至盘庚迁殷为商代早期，这一时期的商城遗址在山西就发现有两座。一座是 1984 年发现的垣曲古城，城垣平面为平行四边形，城内面积约为 13 万平方米，北墙仍在地面上耸立，长 350 米，城内中部偏西为宫殿区所在。城址的西墙南端及南墙西端都筑有双道城垣的夹墙，这个特点在商代早期城址中是独一无二的，其目的就是为了提高防御功能。

另一座是 1976 年发现的夏县东下冯古城，它位于夏县东下冯夏文化的遗址范围内，城址平面大体为方形，总面积约为 14 万平方米。北半部不大清楚，南半部基本探明。东城墙南段残长 52 米，西城墙南段 140 米，南城墙呈拐角状，总长 440 米。在城内西南角有一组四五十座排列有序的圆形建筑，直径在 8.5—79.5 米之间，可能为储存粮食之用。垣曲商城的建立，可能与商王朝控制中条山的铜矿资源有关，而夏县东下冯商城可能与商王朝经营解州的盐池有关，也有可能是为镇压夏的遗民而设立。

盘庚迁殷以后为商代晚期。晋东南地区的长治小神遗址发掘表明，长治地区当时处在商王朝的统治之下。自灵石县以北晋中地区以灵石旌介商墓为代表，发掘了三座较大型墓葬，从总体来看，它应该属于商文化系统。

晋南地区 2002 年临汾庞杜和 2003 年浮山桥北分别发掘了商代墓葬，其中桥北有五座带墓道的王侯级大型墓及九座中型墓，年代在商代晚期至商周之际，其中铜觚和铜罍上还铸有"先"字铭文，是探讨商代唐国的主要地区之一，对晋国和晋文化的形成具有重大意义。陈梦家先生在《殷墟卜辞综述》中专辟"武丁时期的晋南诸国"，认为晋南在殷墟时期有周、缶、犬、串、郭、荀、旨、雀等国。吕梁山一线青铜器出土地点近三十处，分布地域有石楼、柳林、吉县、隰县、乡宁、大宁、洪洞、永和、忻州、保德、右玉等县，这一文化系统称为"山西石楼—陕西绥德类型青铜器文化"，或称为"鄂尔多斯式青铜器文化"。这一线为屡见于甲骨卜辞且被征讨的方国，如"舌方""土方"所在地，他们与商王朝或敌或友。

商王朝对山西的经略，大致南北以霍太山为界，晋西南、晋南、晋东南地区是商文化直接、间接控制地带，晋中地区是商文化与北方文化抗衡的间接控制区，吕梁山一线以及晋北地区则是北方草原文化势力范围，学者杨国勇这样推测："在商代早期，商人对山西全境有着绝对的权威。但到中晚期即殷墟文化前后，晋西南和晋南的商人势力衰落或者基本退出，可能与周人势力的东进有关。"[1]

从农业发展的历史来看，考古研究表明，我国青铜器的起源可以追溯到大约五千年前，此后经过上千年的发展，到距今四千年前青铜冶铸技术基本形成，从而进入了青铜时代。在中原地区，青铜农具在距今三千五百年前后出现，其实物例证是河南郑州商城遗址出土的商代二里岗期的铜以及铸造铜的陶范。可以肯定，在年代上大约相当于夏商周时期（前二十一世纪—前八世纪）。

中国农业最显著的特点就是建立在小农经济制度之上，以提高土地生产率为目的的精耕细作。夏、商、周历时一千三百多年。这个时期的农业有了一定的进步，属于精耕细作的农业生产方式的萌芽期。战国、秦汉、魏晋南北朝是中国精耕细作技术成形期，隋唐宋辽金元是精耕细作技术的扩展期，明清是精耕细作技术深入发展期。铁农具的使用和牛耕的推广是精耕细作技

---

[1] 杨国勇：《华夏文明研究——山西上古史新探》，中国社会科学出版社 2002 年。

术发展的基础。铁犁牛耕技术出现于春秋战国时期，在汉代得到改进和推广。隋唐时期，江东犁出现，得到完善而为后世所沿用。

夏代私有财产已经萌发，夏代政府机构中设立有专门掌管水利灌溉的官职。有组织的劳动为水利工程的建设提供了必不可少的人力。因此，夏代大规模治河导水及沟洫体系的建设，对当时农业生产的发展起到了积极的推动作用。大禹治水的故事便是这一历史的生动写照。夏代人民还首开天文科学，并根据农耕经验，结合农事发展，制定了指导和规范农业生产的历书和历法。当时谷物酿酒业已形成，成为农产品加工的先声。陶器的发明为谷物食料的处理提供了有效方法，也为金属冶炼创造了基本条件。夏代后期，青铜器已经出现，对后来农业生产工具的变革产生了划时代的影响。

商代持续了六百多年，商代的社会经济和科学文化都有长足发展，商代出现了最早的文字——甲骨文，标志着新的文明时代的到来。

农业已成为社会主要生产部门，农具制作较夏代更为精细。商后期农具除木、骨、石器外，已有少量青铜农具。商代还开创了井田制，以 630 亩地划为九区。一区 70 亩为公田，其余八区分授一家，借八家之力助耕公田，私田不再纳贡。公元前十一世纪，西周取代商朝，西周继续实行分封政策，促使封国户口增殖，田地扩大，农业生产有了长足的进步。

西周继承夏代沟洫和商代井田体系，施行井疆沟洫制。木制农具和青铜农具均有大量增加。随着中原人口的增加，作物种类也日趋多样化。除谷、豆、麻之外，蔬、果种植发展迅速。在畜牧业方面，西周已发明了马匹去势术，牲畜内外科病症的治疗也积累了初步经验。在林业方面，西周时注重用养结合，设有"虞人"，专司护林工作，并对树木采伐年龄及采伐季节做了规定。

西周时代国家上层建筑已相当完备，各级组织均有首长领其事，如闾师、闾胥、族师、乡大夫、乡师等。他们经常的工作就是向村社农民传达政府命令并组织农民从事生产活动。春秋战国时期，在农业生产方面则开始了由粗放农业向精耕农业的转变。

第五章　后稷与中华农耕传统

第一节　农业文化泽被后世

后稷开创的农耕文化，放射出灿烂的遥远的辉煌，在中国农业发展史上，影响深远，惠泽整个中华。

后稷作为尧帝封的农官，是因为他在种庄稼方面掌握了当时最先进的技术。研究后稷文化的学者吴晔，在他的文章里一一列出有名的《后稷十问》："你能把涝洼之地当作好地用吗？你能把失去墒的土层收去而让出墒情好的土层来耕作吗？你能使山林、川泽、丘陵、坟衍、原隰都变成旱能灌、涝能耕的地吗？你能让这五种地永保良好的墒情吗？你能使田里不长杂草吗？你能使你的田野吹遍清风吗？你能使谷物茎秆坚挺吗？你能使庄稼穗大而且坚实匀称吗？你能使果实籽粒饱满而又皮薄吗？你能使粮食有油性而且吃着有咬劲儿吗？"后稷提出的这十个问题，基本是当时人类生存所遇到的难题，涉及土地的利用、改造以及谷物品种的优化等，代表了渴求进步的中国农耕文明的呼声，是耕者的理想。即使放在今天，除去农业机械化的部分不说，仍然有着现实意义。

以农为本的思想是中华民族传统文化的重要组成部分。从上古时期的尧舜时代开始设立农官，开始重视农业，到作为农官的后稷及其子孙以他们的农官身份,推广他们在有邰开创的农耕文化,直至夏末,共约五百年左右时间。在这么长的时间段内,由一个重视农业、农耕技术先进的诸侯方国首领担任国家的农官,这对中华民族由渔猎游牧阶段向农耕阶段过渡、由原始农业向传统农业转变,无疑起到了重要的推动作用。后稷不仅教民众如何种好庄稼,而且提出了把重视农业作为对民众进行教育的根本。这种重视农业、以农为本的思想,可以说以后稷为先导,从上古时期一直传承下来。在夏以后的商代,尽管后稷的子孙不再担任农官,但后稷却被尊为稷神予以奉祀,并继承前朝传统,继续设立农官。从商、周开始,天子每年都要行"籍田礼",亲自耕田,以示对农业的重视。皇帝亲耕、皇后亲桑要走在天下的前面,起带头作用。这种由帝王亲自耕田的籍田制从商、周开始,一直延续两千多年,直到清末。可以看出,由后稷开创的以农为本的农耕文化,成为几千年中华民族立国之本。

后稷在有邰开创的农耕文化,为他的子孙后代所承袭。后稷死后,其子不窋继承农官职位,在夏太康失国以后,不窋失官,逃奔戎狄地区。在这个以游牧为主的地区,不窋不敢怠业,继续后稷的事业,把农业和戎狄地区的畜牧业结合起来,发展经济;十余世以后,公刘自邰迁豳,恢复后稷之业,务耕种,民众靠公刘的治理生活好起来,并且有了积蓄。周围的民众看到这种情况,都迁到豳地来归附他。又经过八代相传,到了古公亶父时,继续祖先传下来的以农业生产的生活方式,后来为了避戎狄族的侵扰,古公亶父离开豳地,度漆沮,逾梁山,止于岐下。豳人举国扶老携弱,追随古公亶父。这一次迁徙,豳邑的人全城都跟随而来,而且邻近诸侯国的人听说古公亶父很仁义,也有许多人跟随而来。古公亶父迁徙岐下的周原以后,先周农业进入一个新的发展时期。因为周原这个地方土地肥美,连苦菜都如糖一样甜。一直致力于农耕的周族和优越的自然条件相结合,农业更快地发展起来,我国的原始农业以周人的这次迁徙为契机,迈上了新的台阶。

可以说,这一时期在原始农业的基础上开传统农业之先河,基本上反映了我国原始农业向传统农业的转化过程。而这个转化是由后稷在有邰开始的,可以说,后稷在有邰开创的农耕技术,是周人农业传统的基础。

先周的经济文化已进入青铜时代。这些年来，随着田野考古发掘工作的开展，在先周活动区的武功、杨陵、扶风、岐山、长武等地不断有先周时期的青铜器出土。如武功镇郑家坡出土的青铜鼎、觚形杯，长武县碾子坡出土的青铜鼎、簋，扶风县美阳出土的青铜鬲等。但这些青铜器都属于先周中后期的遗物，先周早期特别是后稷时代的青铜器至今还没有发现；武功镇郑家坡虽属邰地范围，但出土的青铜器经碳 -14 测定，其存在时期比后稷和有邰国存在的时间晚几个世纪，约为古公亶父迁岐以后先周的遗物，因而还不能把它与后稷时代相比附。而先周文化最具特色、最有影响的应在先进的农耕文化上。

与农耕生产方式相联系，与农耕文化相适应，在后稷开创的先周文化的基础上，形成了影响深远、颇具特色的道德观念和精神文化。

先看古公亶父居豳时，戎狄来侵，古公亶父是如何来处理这件事的？古公亶父积累德行，普施仁义，国人都爱戴他。戎狄来侵扰，第一次要夺取财物，就主动给他们，第二次又要夺取土地和百姓，人们都很愤怒，想奋起抵抗。古公亶父说："民众拥立君主，是想让他给大家谋利益。现在戎狄前来侵犯，目的是想夺取土地和民众。民众跟着我和跟着他们，有什么区别呢？民众为了我的缘故去打仗，我牺牲人家的父子兄弟却做他们的君主，我实在不忍心这样干。"正因为古公亶父积德行义，才吸引了更多的人来归顺他，跟随他来到岐下，连相邻国家的一些民众也跟来归附他。再看《史记·周本纪》中的另一段描写了当时居住在晋南的虞国人和芮国人发生争执不能决断，来周族所在地请西伯（即文王）决断，一路上看到这里的人宽厚仁义，种田互让田界，做事都有谦让长者的习惯。这两者还没有见到西伯就觉得惭愧了。于是各自返回，一场争执迎刃而解。这两个争执者所看到的，正是包括有邰国在内的周人居住区的情况。作为虞、芮两个方国，其间有争执不能决，往讼于周，没有经过调解矛盾就自行化解，这一方面说明了周族高尚的道德和精神文化的影响力，另一方面也说明了周族势力的强盛，经济文化区的繁荣所产生的吸引力和凝聚力。另外，《史记·周本纪》还记载了西伯请求纣王废除炮烙的刑法，这种刑法就是在铜柱上涂上油，下面烧起炭火，让受罚者爬铜柱，爬不动了就落在炭火里烧死。纣王在殷国实行这种刑法，本与周国无关，但西伯却甘愿献出洛水以西的土地，请求纣王废除这种刑法，这进一步说明了先周的诸侯首领善行仁义的义举。再看西伯即位以后，《史记·周本纪》的一段描写："遵后稷、公刘之业，则古公、公季之德，笃仁，敬老，慈少。礼下贤者，日中不暇食以待士，士以此多归之。"这里写西伯继承后稷以来所开创的事业，一心一意施行仁义，尊老爱幼，礼贤下士，有时连午饭都顾不上吃来接待贤士，士人因此都归顺他。

从这些记载可以看出，由后稷开始的先周民族是一个蓬勃向上的民族，其代代诸侯方伯都积德行义，务耕种，得到了民众的拥护，人们的生存需要得到了满足，所以上自诸侯首领，下至普通民众，生产积极性都较为高涨。先周文化就是在这样的环境中产生和发展的。当然，史书的这些记载，不免涂上了一层道德理想化的色彩，难免有一些溢美之词，将邻近诸侯国和先民的归附原因仅仅归于先周的道德因素，但在这道德表层后面，无疑存在着生产力的奔突发展，体现着一个经济文化区在西部大地上的崛起，说明了人们对先周先进的农耕文化的认可。

对于后稷所开创的先周文化，周穆王时准备攻打犬戎，祭公谋父进谏时，进行了很好的总结性阐述："昔我先世后稷以服事虞、夏。及夏之衰也，弃稷不务，我先王不窋用失其官，而自窜于戎狄之间，不敢怠业，时序其德，遵修其绪，修其训典，朝夕恪勤，守以敦笃，奉以忠信，奕世载德，不忝前人。至于文王、武王，昭前之光明而加以慈和，事神保民，无不欣喜。"（《左传》）这是说我先王后稷在虞舜、夏代时担任农官，到夏朝衰落时，废弃农官，先王不窋因失掉官职，流落到戎狄地区，但对农事仍不松懈，时时发扬后稷的德行，继承他的事业，修习他的教化法度，早晚恭谨努力，奉行时态度敦厚忠实。而且世代继承这种美德，没有玷污前人。到了文王、武王时，发扬先人的光明美德，再加上慈祥和善，侍奉神灵，保护民众，普天之下没有不高兴的。这段话既讲了先周文化的来源——由后稷开创；又讲了后世对后稷所开创的先周文化的继承和发扬；而且还讲了先周文化的内容，这就是先进的农耕文化和高尚的道德风尚相结合。先周文化为中华文化的重要来源之一。正如我们前面引用的邹衡先生所说，在先周文化的基础上形成了西周文化，而夏商周三种文化长期融合的结果，最终形成了华夏文化。春秋时的鲁国人孔子，就对周文化非常推崇，曾发出"郁郁乎文哉，吾从周"的赞叹。孔子实际上就是继承和发扬周文化的杰出人物。可以说，中华民族的传统美德：安居乐业、仁义宽厚、勤劳友善、乐善好施、中庸、不事争斗等，似乎都可以从后稷开创的先周文化中找到原型。

后稷是先周文化的开创者，有邰为先周文化的发祥地。而后稷当时又是尧舜禹时代的农官，这为以农耕文化为主要内容的先周文化的传播提供了便利条件。正如我们前文所说，后稷用农官的身份，不辞劳苦，足迹遍及中华，推广他在有邰国开创的农耕文化，民众都得到了他的好处。先周文化始创者的农官身份，使先周文化影响到整个中华大地，因而它的始创者后稷被人们尊为农神，这进一步说明了后稷开创的农耕文化的魅力所在。

先周文化的影响与扩散，最重要的途径应当在武王灭商建立了一统王朝以后，特别是周初的大封诸侯，给先周文化的影响与扩散提供了最大的便利条件。这些新封的诸侯，都带着整个家族迁徙到新封之地，把周族先进的农耕文化带到那里，在中原地区同夏、商文化相融合，在其他地区同当地的原有的文化相融合，开发这些落后地区，带动和影响整个中华大地，最后形成整个中华文化。

由于后稷在有邰开创的先周农耕文化影响深远，由于后稷本人教民稼穑有功，在后稷以后，历代都把后稷作为神灵来祭祀。这种纪念历史先贤人物的方式虽然是不科学的，但我们从中却可以看出后稷所开创的农耕文化的影响。在我国古农业发展史上，神农氏、烈山柱、后稷都有教民稼穑的功劳，但人们（包括天子、诸侯、氏族首领在内）对后稷的祭祀却远远超过了前两位（当然，把炎帝作为中华始祖祭祀，那是另一回事），农神、稷神、谷神、先农等各种与农业有关的神冠都戴在了后稷的头上。对后稷的顶礼膜拜，对后稷的祭祀，反映了人们对农业的重视，对后稷开创的农耕文化的认同。这种祭祀从商王朝开始，历久不衰，一直延续了三千多年，直到明清时，还建有社稷坛，还在从事对社神和稷神的祭祀。

我国是一个以农立国的国家。以农为本的农耕文化是中华民族文化心理的重要组成部分之一。这种农耕文化的起始，应当起源于神农氏和后稷，他们开创了我国农耕文化的先河。后稷在有邰开创的农耕文化，深深扎根、沉淀于民族的文化心理之中，成为构成中华民族共同文化心理特征的文化因子之一。

第二节　周人的重农精神之分析

中国历代王朝对农业的政策经历了重视农业、重农主义到重农抑商等阶段。有关重农观念的系统表述，始见于周朝时虢文公的谏辞。当时周宣王"不籍千亩"，也就是不去行籍田大礼，于是虢文公进谏曰："夫民之大事在农。上帝之粢盛于是乎出；民之蕃庶于是乎生；事之供给于是乎在；和协辑睦于是乎兴；财用藩（繁）殖于是乎始；敦庞纯固于是乎成。"意思是民众的大事在于农耕，上天的祭品靠它出产，民众的繁衍靠它生养，国事的供应靠它保障，和睦的局面由此形成，财力的增长由此奠基，强大的国力由此产生。这段文字充分反映了虢文公对农业的基础地位的深刻认识，是为重农思想之先声。

以后思想家的有关论述，大约都源于此。如战国早期的墨家指出，农业生产既为民之所仰，亦为君之所养，"故食不可不务也，地不可不力也，用不可不节也"。《墨子·七患》有"固本而用财"之说，是以农为本理论的萌芽。不过，先秦诸子不同程度强调、关注农业发展，大多停留在理论、观念形态，真正落实于农业生产实践并且制度化，当自魏国李悝变法开始。从李悝"尽地力之教"的发展农业政策到商鞅"事本禁末"的农战理论，抑制商业发展的思想越来越明晰。到秦统一六国将"上农除末"作为指导方针行诸全国，再到汉朝实行盐铁官营的"重农抑商"政策，重农主义愈加完备。抑商政策虽然在当时有一定合理性，但过之则成为阻碍经济发展的因素。

重农精神与重农主义不同，重农主义是秦汉以后国家权力剥夺民众生存自主权的表现。而西周时代是一个重农精神的时代。

周人的重农意识的起源，当追溯于它的早期经历。约在仰韶文化时代，在黄河上游大型支流河谷地带，产生过农业人群与游牧人群的分化："一条是由低等农业发展到较高等的农业，这是姜姓民族的情况；另一条是由低等农业受到游牧民族的影响，发展了马、牛、羊的畜养游牧生产，这便是羌族的道路。"① 徐中舒先生认为，周人出于白狄，"周人的农业应是从其母系姜族学来的，以姜嫄、后稷作为自己的始祖，也应是继承母系的传说"。《国语·周语上》载祭公谋父之言曰："昔我先世后稷，以服事虞、夏。及夏之衰也，弃稷不务，我先王不窋，用失其官，而自窜于戎、狄之间。""虞、夏"之际，相当于考古学上的仰韶文化时代，因此，周人关于"先世后稷"的传说，当曲折地映现着向农业人群转化的历史。又《左传·昭公二十九年》曰："稷，田正也。有烈山氏之子曰柱为稷，自夏以上祀之。周弃亦为后稷，自商以下祀之。"《左传》此段记载，与《国语》中祭公的说法有一个共同之处，两者都暗示着这样一点：周人始祖后稷作为一个历史人物，他的活动当在夏代早期。而《国语》《左传》都将"稷"解释为农职官守，更透露出后稷传说中的历史消息。可以推测出，不窋领导下的周人放弃了原有的农业，改而采取戎狄的生活方式，到了公刘的时候，则又由戎狄再变到农业生产的生活方式。而周族农业发展与姜氏联姻有很大的关系，因为姜氏是一个世代务农的部族。

学者李山先生在《诗经的文化精神》中认为，周人的重农意识，产生的客观原因，固然是由于所处的地域适宜耕稼，但更重要的是，在对业已发生着的人与自然物质交换关系的理解中，周人赋予了农事活动额外的观念内涵。

周人是一个以农德自重的人群。在先秦典籍中，有一个普遍的现象，人们在追述周族发达的历史时，总是郑重其事地强调，周人祖先的农耕禀赋，

---

① 徐中舒：《先秦史论稿》，巴蜀书社 1992 年。

是其最终崛起为一个强大王朝的天赐根基。这在《诗经·大雅·生民》篇中有充分的表现。在后稷的受孕、降生及遗弃中，种种不可思议的神奇，实际上都是为其生而具有的稼穑本领确定着神性的根源。后稷因稼穑而"有邰家室"，然而在周人看来，始祖的德泽所施，绝不仅限于自己的族群。《诗经·周颂·思文》曰："思文后稷，克配彼天。立我烝民，莫匪尔极。贻我来牟，帝命率育。"这就是说，周人确信，后稷的德行，为普天下的生民带来了粮食。唯其如此，后稷的耕稼秉性，才真称得上是"功德"。他的后世子孙才能在天恩的眷顾下，彰显于天下。《国语·郑语》载史伯之言曰："夫成天地之大功者，其子孙未尝不章，虞、夏、商、周是也。虞幕能听协风，以成乐物生者也。夏禹能单平水土，以品处庶类者也。商契能和合五教，以保于百姓者也。周弃能播殖百谷蔬，以衣食民人者也。"史伯这段话，表述的是不同族群代兴的历史观念。值得注意的是，其中所强调的是始祖个人的德业，与其后子孙总体的祚运的内在关系。同时，透过史伯相对的言论，还可以看到周人后稷崇拜的另一层深藏的含义：始祖的德行，也是周族借以与他族相区别的标记。

《国语·晋语》曰："黄帝以姬水成，炎帝以姜水成，成而异德……二帝用师以相济也，异德之故也。"此处"异德"含义是，不同地域、不同经历的人群，当其在一定的历史时期发生联系后，不同文化习性的相互比较，必然会强化族群各自的自我意识。《诗经》中《思文》《生民》两诗颂扬后稷农德神性，不仅是在歌颂，更是在以此表现自己族群不同于他人的德行。由此注重农耕稼穑，就与保持周族本色及其天祚命运息息相关。

另外，周人克殷之际所见到的现实情况，亦促发其对农耕的政治、道德等方面的精神意义的省察。对此，《尚书》中的《酒诰》《无逸》等篇章，具有重要的认识价值。这些文献资料告诉我们，周人在其进入中原的时候，见到了殷人的农业，更见到了由农事的发达、衣食的丰饶给殷人带来的生活的腐化和精神的沉沦。这引起了周人的高度戒心，并警醒着周人从殷人的覆辙上，发现出农耕劳作的超现实意义。其祖上在原始的社会习惯约束下的躬身劳作的朴素行为，便在他们的反观中，幻化出浓重的道德色彩。

周公认定，殷人的衰败在于殷王的放逸耽乐，而周人兴盛则是因其先公先王在"卑服田功"中对"小人"艰辛的体察，以及由此养就的恭谨勤恳。因此，在周公看来，"知稼穑之艰难""知小民之依"，就成了"君子"在生活和精神上"无逸"的先决条件，也就成了维护周人天命的重要保障。

商朝是从高宗时期开始强大并且大事征伐

周公画像

的，而且周公指责的殷王的不事亲耕恰恰从高宗以后始。这很可能与殷人将大量战俘变成奴隶投放于农田有关，对外战争带来奴隶的同时，也带来观念的质变。商朝上层的腐化是内部分化的结果。

作为一个在实力上并不能完全靠暴力手段将众多异族慑服的人，他要达到维护自己主宰地位的目的，就必须努力加强自身的团结，防止内部过分地分化和离析。周公对农耕政道的提倡，正是基于这样的历史要求。祖先在较原始社会中朴素的行为之所以被赋予某些全新的含义，引申为政道原则，乃是要告诫那些为政者不要过分地脱离自己族群的下层民众。等级的分化是必然的，特别是周人在取得政权之际，这种分化势必更加剧烈。然而这也正是提倡农耕政道原则所力图对治的现实。不论就殷人的覆辙而言，还是就周人自身的实际以及历史对其提出的要求而言，周人都必须防止族群内部分化乃至对立的产生。所有族人对政权的支持，是至关重要的。由此，农耕事业对周人而言，就不再是单纯的生业，它也是政治，也是维系周家统治地位的不可或缺的手段。周人的重农，也就不再仅仅是对业已熟习的生存方式的自然沿袭，而是有着新的历史动因。

有两则故事，可以作为周族重农意识的诠释，一个是周成王十一年（前1032年），当时上天降下福瑞，被封到唐国的叔虞得到嘉禾，嘉禾异茎同穗，于是献给周成王。周成王命叔虞将嘉禾送往东土馈赠周公旦，写作《馈禾》。周公旦接受赐禾后，赞美周成王之命，写作《嘉禾》。这两首诗现已不存，不管后人对这个故事如何诠释，在礼仪性交往当中用粮食作物作为媒介并认为得到嘉禾是福就足以显明周人这个族群农业民族的特性了。另外就是晋文公重耳当年流亡途中，走到五鹿（今河南濮阳东南）这个地方时，重耳饿得实在没有办法，就向沿途的村民讨要点吃的，村民看到他那落魄的样子，就给了他一块土让他吃。重耳当时大怒，但随行的赵衰安慰他说："土，象征土地，他们是表示对您臣服，您应该行礼接受它。"他们对土地的重视是与先祖重农精神一脉相承的。

总之，西周是一个重农精神的时代。周人每每将后稷的经营农业，视为自己所以昌达的天赐的德行根基。周人族群在远古时期由族长率领，为所依附的大族提供服务的历史，是受制于人的历史。但是，在周人强大后，他们神化这段历史，并且赋予了农耕之事以超出其本身范围的神圣含义。

第三节　周朝的籍田典礼

周人的重农精神的一个重要表现就是"籍田典礼"的实行。

"籍田典礼"是周王朝的农事典礼。籍田可能早在夏代就已形成制度，《夏小正》中就有"初岁祭耒始用畅""祭鲔""祈麦实"，似为农事祭祀之滥觞。至商代则已形成基本制度。卜辞常有籍田的记载，如："庚子卜，贞王其观耤，重往。十二月。""己亥卜，萑（观）耤。……己亥卜，贞令吴小耤臣。"耤，同藉，为"籍"的被通假字。观耤是观看耤田的意思。小耤臣是专门管理耕耤事务的小臣。"耤"字甲骨文像是一人侧立双手执耒，举足踏耒刺地的形状，本义就是耕作，作动词用就是翻耕土地之意，作名词用则指籍田。

籍田典礼的一个重要特点就是周王在春耕时要亲自来到田间，与众多的农夫一起拿起农具劳作，当然这样的"动作"只是一种仪式性的动作而已。籍田典礼的举办，据《国语·周语上》，应该在二十四节气的立春（一般在夏历正月）那一天举行。

此前此后，还有一系列郑重的准备及后续活动。在之前的第九天，负责观察天象等自然变化的太史告知农官后稷（周人始祖曾任此职，该官职西周也有）说到正月初的几天，土壤松动，若不加翻动变化，可以生殖的地气就过劲了，谷物就不能丰收了。农官后稷将这消息告诉周王，周王命司徒之官遍告百官，开始各项准备。当时判断时令有一种办法，就是吹乐管。同一个乐管，气温不同、气压有别，吹出的音响高低自然也不同，古人就根据吹乐管声响上的细微差别，判断时令的变化。到典礼之前的第五日，负责吹乐管判断时令的瞽人（又称音官），测查当天的"土风"，即吹乐管断时令。有结果后，向周王禀告："有协风至。"告诉周王：和风开始吹拂，春耕的时节马上来临。于是，周王开始斋戒，百官及有关人员也要斋戒三天。之后的一天，周王还有举行典礼之前的"飨礼"，即高级的饮酒礼。再之后，就是典礼正式举行的当天了。这一天，"百官庶民毕从"。周王在亲耕之前，还有专门的官员为其陈述"籍礼"，周王执农具亲耕时，农官后稷负责监理，以免动作有差错，太史在前面负责引导，"王敬从之"。典礼的仪式动作是不能有任何差池的，否则触犯神灵，那可是大错，要招致灾害的。此外，典礼这一天，还有饮食礼仪。该典礼的举行，随着农耕各个环节，要持续一年。就是说，籍田上的典礼伴随着耕种，也伴随着田间管理乃至农作物收获的过程。

籍田典礼的意义在显示王朝对亲耕的重视，周王要亲自下地劳作，这是周人的古老传统，在位的周王应当遵循。每一次籍田典礼，都像是一场盛大节日，农夫农妇都盛装前往。农耕，本来与其他生计如商业、手工业等是一样的，可是在周人心中，农耕绝非如此简单，它已经被视为西周政权法理基础的重要部分，而且还是保持政治德行的重要条件。

《诗经》还保存了一些周朝农事诗，是我们了解当时风俗的重要文献。如《噫嘻》《载芟》《楚茨》等。《礼记·祭统》规定王者在年终祭祖时，他奉献的粮食是他亲自到籍田耕种产出的，他身上的衣服是王后亲自养蚕缫丝生产的，如此对神灵的祭祀，才是最虔诚恭敬的。所以，《载芟》诗从春耕写起，写周王率领百官亲耕，写作物生长以及收获。《诗经·小雅·楚茨》篇从籍田上的春耕劳作起笔，强调献祭给祖先的粮食，是祭祀者亲自耕种所得。

按照人类学的发现和我国一些地域至今仍延续祭祀的习惯，可知先生食、后熟食是献祭前后相继的两个步骤，其背后隐藏的是文明的不同历史阶段：生食代表狩猎，熟食则代表农耕。这是社会文明进步的不同阶段，不过，到了西周时期，狩猎虽仍是经济生活的重要补充，但其原有的重要地位早已被畜牧业取代，尽管如此，作为祭祀仪式，先生后熟的程序遵循的应该仍是更为古老的礼数。需多加注意的是"礼仪卒度，笑语卒获"两句所强调的内容，献祭仪式中献祭者言谈举止皆无差池，才是最重要的。

《国语·郑语》"夫成天地之大功者，其子孙未尝不章"。在《尚书》中，西周的文献写作者就宣称在尧舜那个重要时代，周人的始祖后稷是负责种植粮食的官员，同时，《尧典》也宣称，夏朝的祖先大禹负责治水，殷商的始祖则负责教化民众等。在这"分工"的言说中，正含有周人的区别意识，周族人在这里宣示自己的生活方式和方向。农耕，就是周人最习惯的生存方式之一。如此，为了坚持农耕的文明生活，周人在礼乐上便有一番新的制作，以突出自祖先以来神圣的农耕传统既是自然的，也是势在必行的。

籍田礼是中国古代少有的将日常生产生活中的劳作活动演变为国家礼仪活动的特殊代表之一，它与另一代表——始自周代的王后亲蚕礼一道，成为中国传统小农自然经济社会中的基础经济元素男耕女织经济的升华体现。

古人说"一夫不耕天下或受其饥，一妇不织天下或受其寒"，俗语常说"民以食为天"，朴素地道出人类社会中衣食之需是社会存亡的大事。

中华民族受制于地理环境所限，文明成长于黄河流域、长江中下游流域，文明的发端与演进的自然载体，并没有脱离大自然中其他生物演化需要遵守的天条，那就是：自然环境决定演化。有什么样的自然环境，就会有什么样的人类体质特征，也会有什么样的人类社会组织形式。华夏先民兴盛于华夏两大河的流经平原地带或冲积扇地域（长江、黄河中下游地区），这些地区土壤肥沃、可利用的土地面积相对广阔，在气候适宜的先决条件下，开展农耕农业几乎是唯一选择。因此，南北两方的华夏先民在温带、亚热带气候环境下，选植培育出旱作农作物、非旱作农作物。其中，旱作农作物品种最多，在中国古代社会中的影响力也最广，而非旱作农作物，基本只局限于水稻。但无论什么作物，都需要人类的辛勤耕耘和不断优育品种，从而避免这些人类后天培育的植物出现品种退化，只有这样才能保障人类生存所需。

人类的社会组织形态，在由简单到复杂、由低等到高等的演化过程中，对于社会组织形态中人们需要遵循的组织规范和精神层面的指导思想，也往往像在物质领域中一样，保留许多初民时代的做法和思维，它们随着历史的演进，成为沉淀于社会组织成员文明细胞中的文化遗传基因，成为指导后代人们行为的规范。

籍田礼的原初作用，是满足农耕民族万物有灵多神崇拜之需的一个具体物质准备和实践形式。对于华夏民族这个农耕民族来说，像世界上的其他原初之民一样，奉行着对大自然一切的神秘恐惧，包括祖先、山水、树木森林、风云雷雨闪电、蝗虫猛兽等，其中由于祖先崇拜涉及对氏族血亲的集体记忆和缅怀，祖先崇拜的特殊意义在中华民族崇拜的潜意识里有着别于其他崇拜的重要性。但因为农耕民族的生活物质成本中，植物性膳食占绝对成分，也就是说作为农耕民族的我们多以植物为取食对象，因此，在敬奉祖先的祭祀活动中，也不可能拿出更多的非植物性食物作为供品献祭，为此安排稳定持续的食物生产，既保障自身生存所需，也兼顾祭祀神灵所需，就成为农耕民族的头等大事。这与远古时期不同氏族部落之间为了领地、人口和其他可利用资源的争夺而发生战争、争斗一样，都是共同的大事，因而古人有"国之大事，惟祀与戎"之说。生存资源的争夺，以及后世的经济资源的争夺，事实上构成人类社会产生至今的一系列重大历史事件的根本因素，也是人类社会演化的一个原动力。保障基本生存之需的劳动，逐渐为人们所提升为礼制之需，就是耕籍礼产生的原初之因。

人类的后天文化现象，随着时间的演进，不少行为逐渐脱离原初具化内涵而成为抽象的行为形式，产生于现实，而后超离于现实，成为纯粹的表意性行为。能够保留足够原初内涵且形式上与原初行为相同或接近，这种已经上升到礼仪阶段的文化行为弥足珍贵，籍田礼或耕籍礼，就是这种属性，它是文化人类学中的人类早期行为组织形式的活化石。

农事决定着农耕国家的根本和一切。因此，体现形而下农业与国家兴亡休戚相关、体现形而上敬神粢盛的籍田礼，就不可能是一个农耕农业占主导地位的古代国家不予重视的重要礼仪形式。

籍田礼因涉及宗庙粢盛和发展经济，因而在国家政治生活中扮演着重要角色。周代有一重要而特殊的历史事件就与籍田礼相关，这就是《国语·周语》所载的"宣王即位，不籍千亩"事件，说的是力挽国家颓势的西周宣王中兴时期，周宣王要施行国家经济体制变革，不想实行籍田之礼，对当时社会触动很大，导致周之贵族不满，周宣王不行籍田之礼、籍田之事，虢文公坚持认为：天子行籍田礼是富国安民、保全宗庙的关键大事，发展农业在于天子要做出表率，鼓励百姓顺应农时、勤恳务农、创造税收，使国家和平时期能够积累足够的财富，战争时期国家有足够的可以支持作战的、以维护天子威严的经济依靠，只有这样，才能供奉好神祇，才能让人民太平。如果天子不亲行籍田礼的话，就不能使祭祀神祇有足够的祭品，就不能给天下人做出勤于务农的表率，而天下人没有了天子的表率，天下财富就不会有足够的产出，就不能有效取信于民。

虢文公的阐述，直截了当地点明籍田之礼在国家政治经济生活中的重要地位，可以看出，籍田对周代统治秩序的重要性兼具经济、政治两方面，因此也就不难想象出，籍田中上演的耕籍礼一幕对于国家政治经济生活的重大意义。

周人将对农事农耕事业的重视，塑造为一种精神传统，并且影响了其后整个中国历史。到了清代，这种国家统治者亲自下地耕作的举动，竟然使远在万里之外的欧洲国家深受感染。十八世纪的法国重农学派就深受中国清代国家重农思想影响，从身居中国的传教士那里得到中国皇帝身体力行农耕劳作的信息，以此深受启发。在他们的提倡下，法国国王路易十五于乾隆三十三年（1768 年）、乾隆三十五年（1770 年）曾效仿中国皇帝，举行了欧洲历史上罕见的国王亲耕仪式。此外，乾隆三十四年（1769 年）神圣罗马帝国皇帝约瑟夫二世也效仿路易十五的举动，举行过亲耕仪式。

第四节　官方"稷祀"的盛衰 [①]

后稷祭祀是以后稷为对象的祭祀，它表现了中国古代人民对农业丰收的渴望、对大自然赐予粮食的感恩和对自身劳动带来回报的喜悦。后稷祭祀自夏产生，千百年来发生了剧烈的变化，逐渐由贵族下移到民间，其与中国的传统节日腊八、社日有着重要的联系。如今，虽然对后稷祭祀相比古代已显得不那么重要，但这种精神已经融入中华民族的血液之中，成为中华民族的文化基因。

《诗经》中作为叙事式史诗的《生民》，主要采取了客观的、外在的视点，以叙述的语调逐层展开后稷一生的事迹。首章写后稷之母姜嫄履帝迹感孕的灵异，第二章写后稷降生的神奇，第三章写后稷被弃而不死的奇特，第四章写后稷自幼即显示了在农艺方面的天赋，第五、六章写后稷对农业生产的伟大贡献，第七、八章写祭祀的场面，铺陈祭祀场面的热烈隆重，将人的虔诚与神的感应糅合在一起。可见当时的人们是相信有超自然的神祇的，后稷创始了对超自然神祇的祭祀。但是，后来后稷本人变成了被祭祀的对象，这个过程是如何演变的呢？

在信奉万物有灵的上古时期，稷被视为谷神或农业种植神，而五谷之名众多，为何人们选择了"稷"作为谷物神的象征符号呢？

稷即是粟，是中国北方最早驯化的农作物之一，考古资料证明，粟至少

---

① 本节内容参考了曹书杰《后稷传记与稷祀文化》，在此向曹老师表示感谢。——笔者按

已有七千年的栽培历史，新石器时代已经广为播种，一直是北方地区最主要的粮食作物。"稷"是驯化时间最早、种植比重最大的谷物。随着对谷物认识的逐渐深入，先民对谷物的认识、种植、驯化由品种单一到多种多样，分类也由粗到细，稷作为最有代表性的谷物便被用作表示五谷的总名或代称。所以"稷"作为谷神的标志是先民的必然选择。

后来人们又把那些对农业生产有特殊贡献的英雄人物作为祭主，加以隆重祭祀，以表达崇拜、感念之情，世代相传而神化为农业之神"稷神"。柱、弃都是历史传说中对早期农耕生产做出巨大贡献的代表人物，或以其二人相继为"稷官"，又相继被作为祭祀的祭主。

"稷祀"的早期形态变化大致经历了两个阶段：一是自然崇拜时期的单纯谷物神的祭祀形态，二是祖先崇拜时期的二元稷神的祭祀形态。

人类的原始宗教，首先是对自然力量的信仰——自然崇拜，即把人世间的事物归结于自然神力的作用，它属于母系氏族社会时代所产生的原始宗教的思想观念，"万物有灵"是这种原始宗教的基本表现形式。从事原始农业生产的人们，他们相信谷物也是有灵的，具有一种超自然的力量支配着谷物的生长、年成的丰歉，最初的纯自然的"稷祀"活动也就相应地产生了。其次是对一种无法解释的抽象的社会力量的信仰——祖灵崇拜，当社会发展到父系氏族社会以后，稷神和"稷祀"也相应地与父系社会观念——祖先崇拜相结合而发展起来。

所以，"稷祀"文化很可能在原始农业产生的初始阶段就已经存在了，原始先民出于对自然界的敬畏和感激，以朴素的唯物主义观点，给粮食作物赋予了神性，并对其祭祀。

阴法鲁等著的《中国古代文化史》中讲道："自然宗教发展到人化宗教之后，稷神也逐渐人神化。首先是某些农业生产的组织、管理者被奉为稷神，称后稷，进而一些为农业发展做出突出贡献的神话人物也被奉为稷神。"后稷祭祀约起源于夏，夏祭祀的后稷是烈山柱，《国语》："昔烈山氏之有天下也，其子曰柱，能殖百谷百蔬；夏之兴也，周弃继之，故祀以为稷。"韦昭注："夏之兴，谓禹也，弃能继柱之功，自商以来祀之。"《左传》中有记载："稷，田正也。有烈山氏之子曰柱，为稷，自夏以上祀之。周弃，亦为稷，自商以来祀之。"另一种观点认为夏所祭祀的后稷就是周弃。《史记·封禅书》："自禹兴而修社祀，后稷稼穑，故有稷祠。郊社所从来尚矣。"《史记》没有说明这里的后稷是烈山柱还是周弃，但结合《国语》和《左传》来看，这里的后稷应是烈山柱。烈山柱与周弃很可能本属于一族，且他们代表的可能是一个群体，而不是具体的个人，他们象征着中国古代农业发展的两个阶段，烈山柱有刀耕火种且用点种棒播种的原始农业之意，属于原始农业范畴；周弃有了相地之宜的农业思想，除草等田间管理的技术，属于传统农业的时段。这样看来，对周祖后稷弃的祭祀则应起源于原始农业开始向传统农业过渡的这一时段。"

后稷是周人的始祖，也是一位农业英雄，在祖灵观念的作用下又被赋予了稷神的神格，即所谓"自然界的神秘力量又获得了社会的属性"，稷神开始进入二元神阶段。这是人们情感记忆和价值取向的双重指向：一是对那些在农业生产上做出特殊贡献的祖先英雄强烈的情感依恋；二是赋予了他们某些神性，认为他们是稷神降临人间，甚至就视其为稷神，感激他们农业上的丰功伟绩给人们带来的大恩大德，所以在祭祀谷物神的同时对他们也一并加以供奉祭祀，所谓"社、稷，土、谷之神，有德者配食焉"。

所以，"稷祀"是对稷——自然神、后稷——祖先神祭祀的统称。"稷祀"是一种客观上长期存在的历史文化现象，根据西周以来的诸多文献的记载，作为周始祖，又做过稷官主管农业的后稷，在周人的三大祭祀系统——天神、地祇、人鬼的祭祀中，都占据极为显赫的地位。作为始祖，周人在祖庙祭祀后稷；作为神灵、谷物之神，周人"郊天""社稷"等也以后稷配食。

我们从庄严而肃穆的"稷祀"中可以看到，"稷祀"启迪了先民的心智，把农耕信仰的文化精神和社会价值充分肯定下来。就是说，衣食问题已被提到了先民的议事日程。农耕信仰造就的农业文明恰好满足了先民们进化的要求，不仅对稳定社会（氏族、部落）起着至关重要的作用，也带来了价值观的变化。当社会进入农耕时代，随着农业经济逐渐占据了社会主导地位，土地及在土地上生长的谷物是人们生存、生活最主要的物质来源，农业种植逐渐成为社会崇高价值的体现。那些在农业种植方面做出贡献者得到全社会（氏族、部落）敬重，被视为部族英雄而世代传颂，并被赋予了稷神的神性。祖先神崇拜与稷神崇拜双生并存，从此，先民祈祷丰收不仅乞灵于自然神——稷神，也开始乞灵于祖先神——（如周人的）后稷，自然神、人神二元合一，成为整个"稷祀"文化的核心。

周人祭祀后稷的确切信息，以文献的成书年代而论当以《诗经·大雅·生民》《逸周书·世俘解》为最早。徐中舒先生认为《诗经·大雅·生民》是文王兴盛时期的作品。《逸周书》诸篇的成书年代和文献价值不等，其中《世俘解》经郭沫若、顾颉刚、李学勤、张闻玉、黄怀信等专家研究认为"最为可信"，认定是周初的文字，并得到了学术界的普遍认同。《世俘解》是武王克商时的作品，记载的内容就是当时发生的事情。其中有一段文字记载武王在返回宗周后连日举行大祭，其中的"于天于稷"，顾颉刚先生的解释是："周人推后稷为始祖，且后稷教民稼穑，为周民衣食之源，崇德报功，最不能忘，故其地位仅次于天。《诗经·周颂·思文》言'思文后稷，克配彼天。立我烝民，莫匪尔极'，《孝经》言'郊祀后稷以配天'，皆足见周人极度尊敬后稷之情。"[1]"武王惟天与稷杀牛以祭"应是从先王继承来的祭祀内容。所以，周人祭祀后稷弃的可信时间可上推到西周立国之前的先周时代。

自西周以来，古代国家"稷祀"的发展演变大致经历了四个时期：一是"稷祀"达到鼎盛的西周时期，这一时期的"稷祀"呈现为多层次、高规格、分等级的祭祀。二是"稷祀"彻底衰落的战国及秦朝时期，随着周王室的衰落和异姓诸侯国的强大，"弃—后稷"逐渐退出了祭坛，诸国甚至只社不稷。三是"稷祀"相对恢复的两汉时期，逐渐恢复了"弃—后稷"在以"社稷"的祭祀中的配食资格。四是隋唐以来的"稷祀"规范演变的时期，以社稷为主的"稷祀"的重新规范、走向常规并逐渐沉淀为一种民族常规的祭祀文化。

早期国家就是一个部落、一个氏族或宗族，而占据国家最高统治权的

---

① 顾颉刚：《顾颉刚古史论文集（二）》，中华书局 2011 年。

则是这一氏族的核心成员。夏、商二朝如此，周代也是如此。事实证明，姬周王朝正是以父系氏族组织作为其国家的社会基础，也决定了周族及西周国家的神祇和神权的产生与形成。父系氏族内部的宗教神祇也自然转化为国家崇奉的宗教神祇，始祖后稷也就自然成为仅次于昊天上帝的国家保护神。父系氏族时代赋予后稷的神性被完整地保留，其影响也被尽可能地扩大。后稷的神格被提高、神威被强化，成了真正意义上的人为的政治宗教神祇中的亚天神；而"稷祀"也成为社会等级礼制中的最庄严、最神圣、最重要的组成部分。

后稷作为周人的国家保护神的神权主要体现在：一是周代等级森严的祭祀制度中，只有周王才有权祭祀他们的始祖后稷；二是郊祀后稷以配天，即在郊祭昊天上帝的大典中以后稷配享；三是社稷之祭成为普天之下共祭的神祇，从王室到各诸侯国，"左祖右社"的建制说明社稷的地位与祖先等同，正因为如此，"社稷"才演变为国家的代名词。所以，周人的"稷祀"并非简单的稷神崇拜，其中还包含着极其深刻的政权意义。

周代祭祀以"天"为至上神，以祖神崇拜为核心，后稷则是这个核心的核心，后稷不仅是周族的氏族保护神，也是全载大地的保护神，还是"克配彼天"的始祖神。在周代的三大祭祀系统——祖庙、郊天、社稷当中，后稷都享受最高的祭礼，被赋予仅次于昊天上帝的神权，所以说他承担的使命特别重大。在《诗经·周颂·思文》中，周人歌颂道："思文后稷，克配彼天。立我烝民，莫匪尔极。贻我来牟，帝命率育。无此疆尔界，陈常于时夏。"据有关专家考证，这是周朝建立后周公为祭祀周始祖后稷而亲自作的颂歌。全文意思为：永远追思先祖后稷的恩德，他的功绩足与上天相配享。他发展农耕把我们百姓养育，他的恩情千秋万代不能忘记。他把嘉种赐给我们，并让天下百姓普遍来种植。他教导我们互相帮助，不要彼此分疆界。他开创农政，功德满华夏。后世子孙对他的怀念和祭祀绵延不绝！

西周中期以降，包括整个春秋时代，周代贵族所做的铜器铭文中常有一些祝福的话，根据考古学家研究，这些祈福是为了得到祖先的保佑，在周人的观念中，认为祖先可以保佑其个人和家族的平安、长寿、事业成功等方方面面。从个人到家族，从生命到权力，都囊括其中。后稷作为周族的始祖，得到膜拜是很自然的事。周朝建立后，后稷姬弃被尊奉为周太祖，牌位安放于太庙正中间的太祖庙中，受到异常隆重的祭祀，被抬升到了"周人禘喾而郊稷，祖文王而宗武王"这样无与伦比的高度。

后稷的直系子孙，分封在鲁国的周公后代在《诗经·周颂·闷宫》道："闷宫有侐，实实枚枚。赫赫姜嫄，其德不回。上帝是依，无灾无害。弥月不迟，是生后稷。降之百福。黍稷重穋，稙稚菽麦。奄有下国，俾民稼穑。有稷有黍，有稻有秬，奄有下土，缵禹之绪。后稷之孙，实维大王。居岐之阳，实始翦商。至于文武，缵大王之绪。致天之届，于牧之野。无贰无虞，上帝临女。敦商之旅，克咸厥功。王曰叔父，建尔元子，俾侯于鲁。大启尔宇，为周室辅。"此为诗一、二章，叙述了周的建立、发展、壮大以及鲁国的建立，并不是纯粹介绍民族历史，赞美所有先祖的功德，而是突出两位受祀的祖先后稷和周公的贡献，以说明祭祀他们的原因。

周代是人为宗教—政治宗教的成熟期，虽然脱离了原始宗教的窠臼，但仍然带有一些原始宗教的残迹。自西周以来，"稷祀"不仅保留了诸多先周的内容，还具有某些适应时势需求的新内容，从而构成了周代"稷祀"的形态。

先周的"稷祀"活动和形态已无从深究，确切见于文献记载的似乎当以《诗经·大雅·生民》第七、八章对先周的祭祀活动的追述和《逸周书·世俘解》对武王克商回到宗周后连续举行以"于天于稷"为中心的大规模祭祀为最早。《诗经·周颂·思文》"思文后稷，克配彼天"，《国语》"周人禘喾而郊稷"，都明显地体现出后稷的神格之高，此即《孝经·圣治章》所谓的"昔者，周公郊祀后稷以配天"，即后稷直接配食于祭祀昊天上帝的"郊天"大祭。天，在周代，是人们崇拜的"至上神"。后稷配祭于天，可见其神格是仅次于昊天上帝的。

正因为如此，后稷在周代严格的等级祭祀制度中占据特殊的地位，周王的所有重大祭祀活动无不凸现后稷的神位。

对于两周的祭祀系统，早期文献有诸多的记载，但是诸家由于分类记述的原则不同，所以其罗列的类系也不尽相同。综合起来看，《周礼·春官·大宗伯》记述的当数高层位的分类系统，而且每类似乎还具有神格的区分，其首先将周代的祭祀分为三大系统——天神、人鬼、地元（祇）。

天神曰"祀"，特殊的是用柴，辅之以血祭、献食；地祇曰"祭"，以血祭为主，辅之以献食，省略了烧柴；人鬼曰"享"，以其为人神之故，生为人时飨食，死后为鬼仍能享受人间敬献的食物，故以四时奉献人间的食物为主，辅之以血祭等。

在这三大祭祀系统中，周族的始祖后稷都占据最为显赫的位置：天神系统以祭祀昊天上帝为至，以后稷配天而享食于郊天；地祇系统以社稷为尊，而以后稷为祭主而配食于社稷；祖神宗庙以"世室"大祖为北，以后稷为始祖——大祖而居北。在诸多的祭祀活动中，往往都能见到后稷的神形。

周代打破了殷商时期神权高度集中于王室的局面，从而形成了神权崇拜与政治权力匹配的等级森严的祭祀制度。在这一等级祭祀系统中，祭祀天神、地祇、祖神的权力基本是按照社会成员的政治地位、宗法关系分配给上至王公下至士人的，其分配原则是社会成员的地位与祭祀权力成正比，即社会政治地位越高其祭祀的神格、规格越高，其祭祀的神众越多，其祭祀对象的地位越显贵，祭祀权力是政治权力的延伸和体现。

殷商时代由于祭祀基本是最高统治者的特权，所以其等级祭祀制度还无法体现，而周代的等级祭祀制度从方方面面都能体现出来，包括祭祀对象的神格和范围、场所建筑的地点和格局、礼仪规模的大小和人员、使用祭品的种类和数量等都有严格的区别。这种严格的等级差别不过是社会政治等级制度的延伸，以保证社会的政治稳定，既有利于巩固周人封建等级秩序和周天子的政治统治，也有利于社会的平稳发展。

在这种严格的等级祭祀制度中，祭祀周始祖后稷是周天子的特权，而周代的民间祭祀活动，虽然无法避免政治宗教的影响，但是稷神的神形和祭祀活动都比较古朴，祭祀的目的也仅限于一种十分原始的动机——企盼甘雨，五谷丰登，幸福长久。

在先周时代，后稷只是先周族的"民族的神"，它"所守护的民族领域"只限于先周族，但是，西周以来，后稷不仅是周族的守护神，而且逐渐演变为全载大地的神，也就是说，由于西周王国的建立使他们的祖先神也随之而贵重起来，分封、臣服诸国无不信奉后稷之威灵。

随着西周王权的衰落，后稷的威灵也逐渐消弭，到了春秋后期及战国时代，政权下移，天子式微，各个强大起来的诸侯国，为了实现自己的政治目的，必须破除后稷的这种崇高的神格地位，所以，在诸多文献中很少能见到战国时代各个诸侯国关于"稷祀"的记载，相对于西周国家"稷祀"来说，稷神的地位是大大下降了，但是，战国时期的民间社稷祭礼开始活跃。春秋后期以来，周王朝只类同于一个很小的诸侯国，后稷作为周室的祖先神在许多诸侯国的地位急速下降。秦统一六国后，周室太庙荡然无存，后稷作为周人始祖神彻底失去了存在的社会政治基础，唯有作为农神、谷物神——稷神的概念和仪式在民间或得以保留，后稷只是作为人们观念中的稷神存在着，他之所以没有被彻底淡忘，一是得力于西周以来人为扩大了他的社会影响，长期存在于人们的生活当中，积久成习，已经沉淀为社会风俗的重要内容；二是得力于农业生产的进一步发展，人们对农神的畏惧和依赖，其在农业社会存在的意义和价值并未消散，逐渐演变为民间普遍举行的祭祀活动。

汉王刘邦进入关中之后，便于汉高祖二年（前205年）恢复社稷祭祀活动。两汉对后稷的祭祀，除社稷之外还有以后稷配食"灵星""先农"的祭祀。

自汉至明两千年间，国家"稷祀"一直延续，其间有诸多的变异，但是"稷祀"在封建王朝的祭典中始终是最重要的祭奠之一，地方则由最高行政长官亲自执行祭祀，另外还在灵星祠、先农坛中配享香火。

清王朝也是在紫禁城正前方左祭太庙，右祭社稷神，遗迹至今仍存。"社稷"受到如此的礼遇，因为其已经演变为封建国家的保护神。"社"是有土有国的象征，"稷"是有谷有年的象征，国以农为本，民以食为天，有粮则民安，无粮则国危。要想有国有土必须有谷有年，而"社稷"作为疆土、丰收的象征和保护神，受到最高礼仪祭奠也就不难理解了。

第六章　后稷与中华早期农业思想

第一节　现存最早的农书

后稷作为尧舜时代的"农官"，他的农业生产的一系列理论和经验，长期以来口耳相传。后来被周族的史官记录下来，称为《后稷农书》。到了春秋战国时期，《后稷农书》大部分佚失，但是还有一部分内容保存在《吕氏春秋》中。这就是《吕氏春秋》中的《上农》《任地》《辩土》《审时》(简称《上农四篇》)。《上农》所阐述的是重农思想和重农政策。只有人们在重农思想和重农政策的激励之下，专心致志地去搞好农业生产，才能使百姓安居乐业和国家富强;而《审时》则总结了重视天时和农时的重要性;《任地》和《辩土》所总结的是合理利用土地，采用合适的耕作栽培技术的经验。它充分体现了天、地、人、物和谐与统一的精神。《上农四篇》所讲述的就是中国传统的农学思想。以下为四篇的具体内容:

《敬时》:"敬时爱日，非老不休，非疾不息，非死不舍。"意思是要重视时间，珍惜光阴，不到年老不停止，不遇疾病不休息，不到老死不放弃(农业)。《安农》:"苟非同姓，农不出御，女不外嫁，以安农也。"意思是如果不是为了避免同姓婚嫁，男子不得外出入赘，女子不得远嫁外乡，以此稳定农业生产人口。《力田》:"民不力田，墨乃家畜。国家难治，三疑乃极。"意思是百姓不致力于农业生产，家畜就会减少，那么国家就难以治理。农工商三业混乱，国家就会招致损失。《耕之大方》："力者欲柔，柔者欲力。息者欲劳，劳者欲息。棘者欲肥，肥者欲棘。急者欲缓，缓者欲急。湿者欲燥，燥者欲湿。"意思是耕作的主要方法是：对坚硬的土质要使之松软些，对松软的土地要使之坚硬些。轮休的土地要再种植，久种的土地要轮休。贫瘠的土地要使之肥沃些，太肥的土地要使它贫瘠些。坚实的土地要使它疏松些，太疏松的土地要使它坚实些。太潮湿的土地要使它干燥些，太干燥的土地要使它潮湿些。《任地》："上田弃亩，下田弃甽。五耕五耨，必审以尽。其深殖之度，阴土必得。大草不生，又无螟蜮。今兹美禾，来兹美麦。"意思是：在高旱田中不要把庄稼种在田埂上，在低湿地里不要把庄稼种在垄沟里。要五次中耕五次除草，必须认真去做。种植的深度，必须使庄稼的根部能触到湿土。要防止大草生长，要防治害虫。这样今年才能长出好稻，明年才能长出好麦子。

根据徐旺生等编《中国农业发展简史》，这四篇论文在农学史上的贡献可归纳为五个方面。其一，指出重农可以尽地利，获得更多的农产品，又可使农民安居乐业。其二，把天时、地利、人和三要素应用到农业生产之中，指出不仅要靠天、靠地，而且更要靠人，即把遵循自然规律同发挥人的主观能动性结合起来。其三，总结了土壤耕作的经验，要求通过耕作，使对立的双方得到协调，奠定了中国传统耕作技术的理论基础。其四，总结了垄作法的一系列措施。其五，从农学的角度强调掌握农时的重要性。

《上农》等四篇虽然不是一部独立的农书，但四篇一起能构成比较完整的农业技术知识体系，它是先秦农业生产经验的总结，同时又为中国的传统农业思想和精耕细作技术奠定了理论基础。此后历朝历代农书都有新作出现，著名的有《氾胜之书》《四民月令》《齐民要术》《四时纂要》《陈旉农书》《农桑辑要》《王祯农书》《农政全书》等。

总之，农书是古代农耕文明的结晶，这些农书的作者是古代知识层中的少众，他们的关注点不在科举和谋官，他们是后稷的传人，是过问稼穑之事的一批人，他们的所为是与古代儒家"学者不农"思想相悖的。而广大农民因为不太容易总结生产方面的知识，而形成了"农者不学"的客观事实。这些农书的作者学与农相结合，做到了既学也农，他们记录并研讨古代农业科学技术，不仅让我们了解中国农业发展的历程，同时也是能指导今天农业生产的宝贵遗产。

第二节　夏、商、西周的农业思想

公元前 2000 年左右，中国历史上第一个奴隶制国家夏王朝建立。夏代统治者十分重视农业，史称"禹稷躬稼而有天下"（《论语·宪问》），禹"尽力乎沟洫"（《论语·泰伯》），这也说明当时农业在社会经济中所占有的重要地位以及农业生产力的状况。为适应农业生产的需要，夏人还制定出供生产者使用的农历。到公元前十六世纪，"殷革夏命"，殷商灭夏而代之。商代农业在生产方式上仍保留着大规模的简单协作，但由于农业税收是国家的主要财源，统治者十分关心农业生产，商王不仅经常祈求好年成，还亲自察看农情，派员督促指挥农业生产。当时农作物品种增多，有禾、黍、稷、麦、秜（稻）等。公元前十一世纪末，周又推翻了商王朝的统治，开始了中国奴隶社会的鼎盛时期——西周王朝。周代统治者对农业颇为重视，如史书上记载"文王卑服，即康功田功"，还说他"自朝至于日中昃，弗遑暇食""弗敢盘于游田"（《尚书·无逸》）。西周实行分封制，周天子是全国土地和民众的最高所有者，所谓"溥天之下，莫非王土；率土之滨，莫非王臣"（《诗经·小雅·北山》）。

诸侯从天子那里获得某一地区的土地和这土地上的民众，同时承担镇守疆土、捍卫王室、缴纳贡物等义务。诸侯有权把封内的土地和民众封赐给卿大夫，卿大夫则有权分封土地和民众给家臣，受封者同样需要承担相应的义务。为了表示对农业的重视，周天子在每年春耕时要率领众臣举行亲耕籍田的典礼。当时的农具大部分用石、骨、蚌等制成，耕田则以人力进行。为了恢复地力，周人发明并采用了抛荒的办法。在农田管理方面，周人已认识到除草培苗的重要性，并应用人工进行水利灌溉。农作物的品种继续增多，区分更细，作为衣料来源的桑、麻种植很普遍。史料中有"十千维耦"（《诗经·周颂·噫嘻》）、"千耦其耘"（《诗经·周颂·载芟》）等记载，在一定程度上反映了周代农业的发展规模。

周朝实行井田制，土地所有权属于封君、贵族，耕地分划成井字形。井田的标准，是一块正方九百亩的田。正中一块是公田，四周八块是私田，分给八家。八家共耕公田，耕完了公田再耕私田。公田的收入归公家，每一井是一个经济单位，他们互相协助，自成一个小社会。农民一成年，就获得分配下来的一块田；老年不能耕种，退还公家。对于农业技术的改进，由贵族特置农官和管理灌溉的官来教导农民。他们颁行历法，指示耕作的节候，辨别土壤的好坏和适宜的农作物，拣选种子，指导种法，督促农民工作，抚恤他们的勤苦，因此上下能融合为一。一般男子耕田，女子养蚕织布。不可耕的山地和川泽，往往是贵族们的禁地，他们在那里打猎习武。平民砍伐树木和捕鱼猎兽，都有限定的时期。农民的生活差不多被限定在井田格中。

商王盘庚迁殷（今河南安阳小屯村）前曾召集奴隶训话，其中提道："若农服田力穑，乃亦有秋……惰农自安，不昏作劳，不服田亩，越其罔有黍稷。"（《尚书·盘庚上》）这是中国历史上最早的关于农业生产投入产出的见解，它既是对广大农民的一种劳作要求，也是当时农业生产力状况的一种反映。

农业生产的好坏不仅影响到社会经济的繁荣与萧条，而且直接关系到奴隶制国家的盛衰存亡，因此，比较贤明的统治者能以前代亡国为教训，特别重视农业生产。西周的统治者姬旦（周公）在总结商代覆灭的教训时，把商末几代君王"弗知稼穑之艰难，弗闻小人之劳"列为重要原因。为此，他一方面对周文王关注农业表示赞赏，另一方面又对奴隶主贵族提出了要"先知稼穑之艰难"（《尚书·无逸》）的要求。周公的上述告诫表明，重视农业不仅是为了发展社会经济，而且是维持国家政权的必要前提，这种对农业重要性的认识反映了中国古代农业社会的思想特点。如果说周公的见解带有较浓的政治色彩，那么西周时期有关农业经济的思想意识也初露端倪。西周末年时周宣王废除籍田礼，卿士虢文公表示反对，并发表了一番议论，他指出："夫民之大事在农，上帝之粢盛于是乎出，民之蕃庶于是乎生，事之供给于是乎在，和协辑睦于是乎兴，财用蕃殖于是乎始，敦庞纯固于是乎成。"（《国语·周语上》）这段话包括的范围较广，从人口的繁衍、社会的和谐、财用的来源、风俗的净化等方面强调了农业的重要意义。它在中国农业思想史上的价值应得到肯定，代表了西周奴隶主阶级对通过农业获取财富的最高认识水平。

农业的发展是统治者实施相应政策的结果，同时它也是衡量统治者是否"政有道"的标准，这种思想观念在奴隶制社会有明显的表露。箕子在周武王来访时曾这样告诉他："天子作民父母，以为天下王……惟辟作福，惟辟作威，惟辟玉食……岁月日时无易，百谷用成，乂用明，俊民用章，家用平康。日月岁时既易，百谷用不成，乂用昏不明，俊民用微，家用不宁。"（《尚书·洪范》）在这里，箕子把农产丰登同自然条件直接联系起来，而君王贤昏、法纪严弛、政局安危等情况又与此有着连锁关系，可见农业是国家治乱的象征。这种看法是古代农业依赖自然条件的必然产物，也是奴隶制社会敬天重农思想的集中体现。[1]

第三节　春秋时期的农业技术进展

大约在新石器时代晚期就有天文历法的萌芽。《史记·五帝本纪》说黄帝之时"迎日推策"，颛顼之时"载时以象天"，帝喾之时"历日月而迎送之"，帝尧之时"敬顺昊天，数法日月星辰，敬授民时"等，可见当时已经能够根据日月的出没来计算日子，根据星象的变化来确定时节。相传到了夏代就已经能够制定历法。《礼记·礼运》说孔子为了考察夏代的礼，去了杞国，得到《夏小正》。《夏小正》保留着夏代历法的基本面目，已经将一年划分为

---

[1]　钟祥财：《中国农业思想史》，上海交通大学出版社 2017 年。

十二个月，并且在正月、三月至十月的每个月中都以一些显著星象的出没表示节候。同时在这些月份中都安排了农事活动，从而也说明历法的出现就是为农业生产服务的。

黄河流域属于中纬度地区，四季分明，不同季节具有不同的物候特征，夏商至春秋时期的人们在长期生产实践和生活过程中，对周围生物生长的周期性现象和与季节气候的关系有所认识，如植物的发芽、开花、结实，候鸟的迁徙，某些动物的冬眠等都在每年的某一季节定期发生，于是就将这些现象出现的时候作为季节的标志，这就是"物候"知识。成书于春秋以前的《夏小正》是一部不折不扣的物候历，记载了夏商至春秋时期的口口相传的知识，文献中每个月都用物候来指示，有的月份还用了好几个物候。如"正月"的物候就有"启蛰，雁北乡，雉震呴，鱼陟负冰，囿有见韭，田鼠出，獭祭鱼，鹰则为鸠，柳稊，梅、杏、杝桃则华，缇缟，鸡桴粥"等。正月的气象是："时有俊风，寒日涤冻涂。"正月安排的农事是："农纬厥耒""农率均田""采芸""农及雪泽"等。

商代的历法是阴阳历并用的，便于对农时的掌握，对农业生产较为有利。有学者认为商代可能出现了两至也就是夏至与冬至的概念，但也有人认为还不能确定。周代继承商代的历法，但也有改进之处，用月相来标记一个月份的特定阶段，并且将之和干支相配合。干支是指在表现时间的方法上，中国古人选择以十天干配十二地支的方式来标志时间。甲、乙、丙、丁、戊、己、庚、辛、壬、癸为十天干，子、丑、寅、卯、辰、巳、午、未、申、酉、戌、亥为十二支。由甲子到癸亥，天干配地支共产生出六十个搭配数字。以之纪年则每六十年完成一个循环，纪月则每五年一个循环，纪日则每六十天为一个循环，纪时则每五天一个循环。

西周时期在天文历法方面的进步是二十四节气的春分、秋分、冬至、夏至观念的形成。冬至和夏至确定后，就能够较为准确地测算一个回归年的长度，因此周代的历法比商代的历法要准确。《左传》上有两次记载了"日南至"（冬至）：一次是鲁僖公五年（前655年），"春，王正月，辛亥，朔日南至"。另一次是鲁昭公二十年（前522年），"春，王二月，己丑，日南至"。

两者相隔一百三十三年，其间一共记录了闰月四十八次，失闰一次，共有闰月四十九次，正是十九年七闰。因为十九年七闰采取的回归年长度为三百六十五天又四分之一，故被称为四分历，这是当时世界上最为先进的历法，比古希腊、罗马类似的历法要早数百年。这是周代历法的一个重大成就。

春秋时期，二十四节气中的"四立"，即立春、立夏、立秋与立冬的概念已经出现。

另外还有农时记载的出现。从事农业生产必须掌握适宜的播种、收获的时间，这就是农时。农时的概念，应该说在原始农业时期就已经出现，因为农业生产肯定要确定播种时间，慢慢积累有关什么时候开始播种、什么时候收获的知识。但关于农时的文字记载，则始见于商周时期。甲骨卜辞中祈年活动集中在一至三月和九至十二月两段时间内，由此推知秋冬和春初分别是收获和准备播种的季节，黍稻等的种植必在春季。甲骨文有"王于黍候，受黍年，十三月"的记载，这段文字的意思是年终预卜来春种黍的收成。所谓"黍候"即指选定种黍的节候。卜辞中还有成批的"告麦"和"告秋"的文字，可能反映了当时收获季节分秋夏两季。这些内容，反映了商代对各种农活进行的时间有了具体安排。

商代卜辞中关于农事问卜和不少农事活动的具体时间，今天难以确定。而在西周时代，关于各种农事活动时间的记载，具体而明确。

从《诗经·豳风·七月》所记载的农时和农事来看，有如下的特点：一年十二个月的农事已有全面的安排，有点类似于后世的"月令"。在农事安排上，不但重视大田生产，同时对蚕桑、畜牧、园圃亦确定了具体时间。冬季农闲，人们主要从事狩猎。这说明，时至西周，中国的农时观念已相当明确具体，有关农业生产的安排已颇为细致周到。

耕作制度方面。在原始农业时期，人们对土地的开垦主要是采取"火耕"方法，即放火将地里的野草杂树烧掉，等到下雨之后将种子撒到地里。由于火烧过的草木灰有一定的肥效，所种作物的收成就会好一些。但是当时既不懂中耕也不会灌溉，因此种了一两年后，地力会立即下降，收成剧减，人们就将这块地撂下，另找一块长满野草的土地放火烧荒，依法种植，一两年后又撂下，再找新地烧荒。这种耕作制度就叫作"撂荒"或"抛荒"制。这一局面到了商周时期的中原地区，开始发生改变，撂荒制逐渐被休闲制和连年耕作所取代，但是在偏远地区却长期被保留下来。

商周时期，由于耕作技术和生产工具都有很大进步，农业生产力已有较大提高，已经脱离了原始农业那种"不耘不灌，任之于天"的落后状态。同时，也由于人口的增加，对耕地的需求日益迫切，因此对利用过的土地就不再像以前荒十年八年，待草木畅茂，方行复砍复种，而是只要休闲两三年之后就可以继续耕种，从而提高了土地利用率。这种休闲耕作制包括菑、新、畲三个阶段。

关于菑、新、畲的含义和解读，众说纷纭，我们倾向于以下结论：种植过的耕地一年不耕长满杂草的，叫作菑。休耕第二年植物群落滋生繁衍已长出小灌木的，叫作新。第三年因地力已经恢复，可以翻耕种植的叫作畲。因此西周时期的耕作制度是种植一年休耕两年的休闲制，其土地利用率已达三分之一（此"土地利用率"是从时间概念上来说的），比起原始农业的撂荒制土地须撂荒十年八年的利用效率大大提高了。

商周时期耕作技术的进步是个渐进的历史过程。在商代初期和西周初期，生产力较为低下，在地广人稀、工具简陋的情况下，其耕作技术也必然是粗放的。对于大片荒野土地的开发，往往依然采取原始农业时期的火耕方式。随着工具的改进，金属农具的使用，三人一组的协田与二人执器的耦耕开始陆续出现，后来又发明了新的耕作方式——垄作。

协田是殷商时期的重要耕作方式。商代卜辞中提到协田，今人解释为集体耕作。如李亚农《殷代社会生活》第四章说："所谓协田，即集体耕作的意思。"商、周时期黄河流域的农业是"沟洫农业"。修治沟渠是商代农田基本建设中的极其重要的内容。而这靠单家独户是不能完成的，必须动员、组织很多人共同协作，由国王"大令"众人去"协田"。具体做法是三人一组并肩挖土开沟。协田向前发展，就是耦耕。随着生产知识的积累和劳动技能的进步以及农业工具的改进，劳动效率日益提高，三人一组的协田就逐渐演变为二人一组的耕作方式——耦耕。耦耕是"二人二耜并耕"，即两个人一人

汉代牛耕图像石

各执一耜同时耕作。

无论是商代的协田还是西周的耦耕，都与沟洫农业有着密切的关系。通常的情况下，挖掘的沟渠中的泥土要翻到两旁，形成高于地面的垄，有沟必有垄，两者密不可分。垄在商、周时期称为亩，沟称为畎。后人解释说"有畎然后有垄，有垄斯有亩，故曰垄上曰亩"。《孟子·告子下》中有"舜发于畎亩之中"。《论语·泰伯》也说夏禹"尽力乎沟洫"，说明畎亩可能早在尧舜时代就已经出现，到夏代已有所发展。大约到西周由于沟洫制度的形成，畎亩也随之日益发展。

垄作的优点很多：在实行垄作之前，一般是采取漫田撒播方式进行播种，田里的庄稼散乱地生长，没有一定的株行距，既不利于庄稼的通风透光，又无法进行中耕除草，同时播种量也较大，耗费种子。实行垄作后，地势低的土地，将庄稼种在垄上，当时称为下田弃畎；或者地势高的土地，则将庄稼种在沟里，当时称为上田弃亩。有了一尺宽的行距，田里的通风透光性能特别好，有利于庄稼的生长，尤其是垄沟呈南北向的田亩（即《诗经》中的"南亩"），有利于植物的光合作用，可以提高作物的产量，条播优于漫田撒播，垄作的优势就此体现。

夏商至春秋时期是农业由粗放的原始农业过渡到以精耕细作为主要特征的传统农业的重要转折时期，或者说是传统农业精耕细作技术的萌芽时期。其整地、播种、中耕、灌溉、治虫、收获和储藏各个生产环节都远比原始农业阶段进步得多，为战国以后精耕细作技术体系的形成和成熟奠定了基础。

第四节　二十四节气的文化内涵

2016年11月30日，中国申报的"二十四节气——中国人通过观察太阳周年运动而形成的时间知识体系及其实践"被正式列入人类非物质文化遗产代表作名录。"二十四节气"作为中国古代农业文明的具体表现，在高速发展的现代化的今天，早已失去了其原有的功能与作用，成为日期上的附注。但"二十四节气"申遗的成功再度唤醒了这一被日渐淡忘的传统文化。

节气就是气候变化的时间点。二十四节气便是按照气候的变化，把一年的时间平均分成二十四个节次，所以称为二十四节气。二十四节气是我国古代劳动人民对天文、气象进行长期观察、研究的产物，是我国传统天文知识与人文生活合一的文化技术，其背后蕴含了中华民族悠久的文化内涵和历史积淀。在二十四节气起源与形成的过程中，天文、农耕和人事都起着不可或缺的重要作用。

二十四节气作为中国古代创立的一种补充历法，在我国传统农耕文化中占有极其重要的位置，二十四节气始于上古，产生于黄河流域。在《尚书·尧典》中就提出了"日中、日永、宵中、日短"的概念，即我们现在所说的春分、夏至、秋分、冬至。随着农业生产和天文观测的发展，到了战国末期，《吕氏春秋》中又引入立春、立夏、立秋、立冬这四个节气。由此，传统意义上的四时八节已经被初步确立。至汉朝，二十四节气逐渐完善，史书中也多有提及，如《淮南子·天文训》中对二十四节气有较为详细的记述，内容与今人熟知的二十四节气完全一致。

从天文历法本身的发展规律来看，二十四节气的划分并不是也不可能是一次完成的，它随着人们对于气候感知的加深以及观测技术的进步而不断形成和完善的。对于二十四节气中最初确定的节气，一般认为有两种：一是起于两分（春分和秋分）；一是起于两至（冬至和夏至），这两种结论的得出都与人们最初对天象的观测有关。前者主要以观测星象为主，后者主要以观测日影为主。我国古代对于天象的观测很早便已经开始了，新石器时代出土的彩陶上便已经能见到太阳、月牙和星星的图案。从天文学发展的历史来看，夏至和冬至分别是白天最长的一天和最短的一天，也可能是最早被划定的节气，这应与我国古代人们何时可以掌握测量日影的技术有关。

上古时期，人们以太阳的视运动确定"日"，十日为一旬，而从现代对于二十四节气的认识来看，其与太阳的关系更为密切。节气的划分以黄道为准，黄道是一年中太阳运行的视轨迹，即我们看到的太阳运行轨迹。地球公转时环绕太阳的轨道成一个平面，这个平面叫作"黄道平面"，它与天空相切的线便是黄道。除了公转，地球还要由西向东围绕地轴进行自转。地轴与黄道平面有约 66.5° 的夹角，于是地球上就有四季和昼夜长短的变化。

黄道之外，还有天赤道，是垂直于地球地轴把天球平分成南北两半的大圆，理论上有无限长的半径。相对于黄道平面，天赤道有一个约 23.5° 的倾斜，是地轴倾斜的结果。黄道一年中会穿越天赤道两次，一次是在春分，另一次是在秋分。由于在黄道上没有明显可以作为黄道经度 0° 的点，因此春分点被任意地指定为黄经 0° 的位置。春分这天，全球各地的昼夜都是十二个小时，"分"便是平分的意思。从这里出发，每前进 15° 就为一个节气，从春分往下依次顺延，清明、谷雨、立夏等。待运行一周后，就又回到春分点，此为一回归年，合 360°，因此分为二十四个节气。

至少在商周，中国就已经确立了以农耕为主要的生产与生活方式。这个体系的起点是如何把握农时。种植是一个需要确定合适的时间才会有好的收

121

获的行为，这是一个较漫长的过程，需要各种自然因素配合，如何在农业生产过程中实现天人合一，并获得好的收成呢？人们开始通过实践，找到作物生长的规律，何时耕耘、播种、收获与贮藏，然后总结，于是发明了用于指导生产的"二十四节气"，在不同的时间干不同的农活。可以说"二十四节气"是天人合一抽象哲学理念下析出的一个极其具体的以掌握农时为特征的操作办法，它以时间序列的方式，将作物的自然生长过程与农民的社会生产过程高度结合，以此获得尽可能多的收成。

在二十四节气的起源与发展过程中，人们既较多地依赖自然给予，通过时序规整自己的生产与生活，也信赖时序与神灵有着密不可分的关系，视天命为人命的前提条件。因此，时间系统体现出天时、人时与农时的合而为一，也是节气所表达出的最为深刻的文化特征。而越原始、越常见、越简单的人类行为和后天创作，通常也最能为人们所称道和怀念，并奉为经典加以保留。因为，这些创作和行为，大抵出于人们最朴素的认知、对于大自然最朴素的感悟，蕴含着先民们对自然科学和自然规律这个天道的直觉认识，反映的也往往是最为基础的自然原理。上古社会，由于时代的变迁，天文物象的观测技术也慢慢被掌握在特定的人群手中，天文被神圣化，时序成为神秘的上天的意志，因此有了"惟圣人知四时"的说法，认为只有通晓天命的人才能按照自然时序安排人事。二十四节气中既有表现寒暑往来物候变化的，也有反映气温高低降雨状况的，古人通过它能够直观、清楚地了解一年中季节气候的变化规律，以此掌握农时，合理安排农事活动。它不仅在农业生产方面起着指导作用，还影响着古人的衣食住行，甚至是文化观念，比如民间有惊蛰吃梨、冬至吃饺子等习俗。

二十四节气是我国传统天文历法、自然物候与社会生活融合而创造的文化时间刻度。节气是气候变化的时间点，从遥远的天体运行到近身的生活劳动，每一个节气都是人们对自然的感知和对生活的体认。

二十四节气对今天的中国农业具有重要的现实指导意义。二十四节气是一种与自然高度和谐的生产与生活历法。现代农业发源于欧洲，欧洲人对中国古代的农业模式给予了高度赞扬。十九世纪的德国化学家、现代"肥料工业之父"李比希认为中国的农学是世界农学的典范。西欧国家近现代农业相当发达，但是为什么他们对中国农业大加赞赏呢？因为中国古代独特的和谐生产与生活模式。

民以食为天，农业依然是国民经济的基础。但是今天农业已经发生了巨大的变化，在取得巨大进步的同时，环境污染问题也变得突出，确保农产品质量安全的任务极其艰巨。生态系统退化明显，建设生态保育型农业的任务非常困难。而这些问题的解决，需要我们遵循天人合一的思想，传承二十四节气背后所包含的理念，如因时制宜、因地制宜、种养结合、循环利用，找到与自然和谐的生产方式，所以说"二十四节气"理念将以新的形式服务于中国当代农业。理念主要告诉人们要特别关注农时，即尊重自然规律。告诉人们什么时候耕地、播种、中耕除草、收获与贮藏等，都要遵循一定之规。二十四节气这一知识体系在今天依然没有过时，这是因为不管今天农业生产如何发达，基础的原理不会变化，即依赖自然而生产，依然要遵循自古以来形成的尊重自然的知识体系，指导生产的各个过程。

二十四节气同时还可以对我们美丽乡村建设产生积极的影响。我们知道，不管工业化的程度有多高，乡村依然会是中国社会的最大板块，乡村的和谐与工业化进程并行不悖，城乡之间的互动应该是双向的、良性的，不能因为工业化而让乡村失去了它应有的韵味。通过二十四节气，生活在都市的人们能够了解乡村。二十四节气还时时刻刻提醒人们，城市不能离开乡村，让都市的人们能够望得见青山，看得见绿水，记得住乡愁，亲近自然。

第五节　传统农业思想的现实意义 [①]

在世界古代文明中，中国的传统农业曾长期领先于世界各国。我国的传

---

① 本节内容参考了陈文华《中国农业通史·夏商西周春秋卷》与徐旺生等人编著《中国农业发展简史》，在此表示感谢。——笔者按

统农业之所以能够历经数千年而长盛不衰，主要是由于我们祖先创造了一整套独特的精耕细作、用地养地的技术体系，并在农艺、农具、土地利用率和土地生产率等方面长期居于世界领先地位。当然，中国农业的发展并不是一帆风顺的，一旦发生天灾人祸，导致社会剧烈动荡，农业生产总要遭受巨大破坏。但是，由于有精耕细作的技术体系和重农安民的优良传统，每次社会动乱之后，农业生产都能在较短期内得到复苏和发展。这主要得益于中国农业诸多世代传承的优良传统。

中国传统农业之所以能够实现几千年的持续发展，是由于古人在生产实践中摆正了三大关系，即人与自然的关系、经济规律与生态规律的关系以及发挥主观能动性和尊重自然规律的关系。

首先，中国传统农业的指导思想是"三才"理论。"三才"最初出现在战国时代的《易传》中，它专指天、地、人，或天道、地道、人道的关系。"三才"理论是从农业实践经验中孕育出来的，后来逐渐形成一种理论框架，推广应用到政治、经济、思想、文化各个领域。

在"三才"理论中，"人"既不是大自然（"天"与"地"）的奴隶，也不是大自然的主宰，而是"赞天地之化育"的参与者和调控者。这就是所谓的"天人相参"。中国古代农业理论主张人和自然不是对抗的关系，而是协调的关系。这是"三才"理论的核心和灵魂。

第二是趋时避害的农时观念。在新石器时代就已经出现了观日测天图像的陶尊。《尚书·尧典》提出"食哉唯时"，把掌握农时当作解决民食的关键。先秦诸子虽然政见多有不同，但都主张"勿失农时""不违农时"。"顺时"的要求也被贯彻到林木砍伐、水产捕捞和野生动物的捕猎等方面。

早在先秦时代就有"以时禁发"的措施。"禁"是保护，"发"是利用，即只允许在一定时期内和一定程度上采集利用野生动植物，禁止在它们萌发、孕育和幼小的时候采集捕猎，更不允许焚林而搜、竭泽而渔。"用养结合"的思想不但适用于野生动植物，也适用于整个农业生产。班固《汉书·货殖列传》说："顺时宣气，蕃阜庶物。"这八个字比较准确地概括了中国传统农业的经济再生产与自然再生产的关系。这也是我国传统农业之所以能够持续发展的重要基础之一。

第三是有辨土肥田的地力观。土地是农作物和畜禽生长的载体，是最主要的农业生产资料。土地种庄稼是要消耗地力的，只有地力得到恢复或补充，才能继续种庄稼；若地力不能获得补充和恢复，就会出现衰竭。我国在战国时代已从休闲制过渡到连种制，比西方各国早约一千年。中国的土地在不断提高利用率和生产率的同时，几千年来地力基本没有衰竭，不少的土地还越种越肥，这不能不说是世界农业史上的一个奇迹。

我国先民们通过用地与养地相结合的办法，采取多种方式和手段改良土壤，培肥地力。古代土壤科学包含了两种很有特色且相互联系的理论——土宜论和土脉论。土宜论认为，不同地区、不同地形和不同土壤都各有其适宜生长的植物和动物。土脉论则把土壤视为有血脉、能变动、与气候变化相呼应的活的机体。两者本质上讲的都是土壤生态学。

中国传统农学中最光辉的思想之一，是宋代著名农学家陈旉提出的"地力常新壮"论。正是这种理论和实践，使一些原来瘦瘠的土地改造成为良田，并在提高土地利用率和生产率的条件下保持地力长盛不衰，为农业持续发展奠定了坚实的基础。

第四是种养"三宜"的物性观。农作物各有不同的特点，需要采取不同的栽培技术和管理措施。人们把这概括为"物宜""时宜"和"地宜"，合称"三宜"。早在先秦时代，人们就认识到在一定的土壤气候条件下，有相应的植被和生物群落，而每种农业生物都有它所适宜的环境，"橘逾淮北而为枳"。但是，作物的风土适应性又是可以改变的。元代，政府在中原推广棉花和苎麻，有人以风土不宜为由加以反对。《农桑辑要》的作者著文予以驳斥，指出农业生物的特性是可变的，农业生物与环境的关系也是可变的。

正是在这种物性可变论的指引下，我国古代先民们不断培育新品种、引进新物种，不断为农业持续发展增添新的因素、提供新的前景。

第五是变废为宝的循环观。在中国传统农业中，施肥是废弃物质资源化、实现农业生产系统内部物质良性循环的关键一环。在甲骨文中，"粪"字作双手执箕弃除废物之形，《说文解字》解释其本义是"弃除"或"弃除物"。

后来，"粪"就逐渐变为施肥和肥料的专称。

自战国以来，人们不断开辟肥料来源。清代农学家杨屾的《知本提纲》提出"酿造粪壤"十法，即人粪、牲畜粪、草粪（天然绿肥）、火粪（包括草木灰、熏土、炕土、墙土等）、泥粪（河塘淤泥）、骨蛤灰粪、苗粪（人工绿肥）、渣粪（饼肥）、黑豆粪、皮毛粪等，差不多包括了城乡生产和生活中的所有废弃物以及大自然中部分能够用作肥料的物质。更加难能可贵的是，这些感性的经验已经上升为某种理性认识，不少农学家对利用废弃物作肥料的作用和意义进行了很有深度的阐述。

第六是御欲尚俭的节用观。春秋战国时期的一些思想家、政治家，把"强本节用"列为治国重要措施之一。《荀子·天论》说："强本而节用，则天不能贫。"《管子》也谈到"强本节用"。《墨子》一方面强调农夫"耕稼树艺，多聚菽粟"，另一方面提倡"节用"，书中有专论"节用"的上中下三篇。"强本"就是努力生产，"节用"就是节制消费。

古代的节用思想对于今天仍然有警示和借鉴的作用。如："生之有时，而用之亡度，则物力必屈""天之生财有限，而人之用物无穷""地力之生物有大数，人力之成物有大限。取之有度，用之有节，则常足；取之无度，用之无节，则常不足"等等。

古人提倡"节用"，目的之一是积储备荒。同时也是告诫统治者，对物力的使用不能超越自然界和百姓所能负荷的限度，否则就会出现难以为继的危机。与"节用"相联系的是"御欲"。自然界能够满足人类的需要，但是不能满足人类的贪欲。今天，我们坚持可持续发展，有必要记取"节用御欲"的古训。

现代农业技术对中国粮食长期短缺问题的解决起了重要的推动作用，但是代价也是巨大的，污染与不可持续问题突出。随着人们对食物由追求温饱向追求质量的转变，同时经济水平的提升提高了人们对高品质食品价格的接受能力，传统农业思想也就有了用武之地。在经济增长的条件下，污染问题将有条件逐渐解决。原因是一方面农业投入会相应增长，另一方面人们愿意消费高品质、高成本的有机农产品。这两者都可以引导传统的农耕方式回归,使得有机的农业生产方式的比重逐渐增加。

传统农业思想的精髓就是天人合一,循环利用,没有废弃物留存在生产过程中,所有的物质进入循环体系,构筑了一个和谐循环的生态系统。具体来说,传统农业思想与哲学理念启发我们应该从以下几个方面着手:

第一,应该秉承天人合一的理念,将农业生产过程变成与自然和谐相处的过程,而不是对立的过程。通过优质优价,让符合环保与和谐理念的产品有利润空间。

第二,应该发扬传统农业用地养地相结合的原则,提高绿肥与有机肥的使用比例,特别是豆科绿肥与豆科作物。2017 年,农业部开始实施农业绿色发展五大行动,其一便是"果菜茶有机肥替代化肥行动"。这是贯彻传统农业思想的积极实践。

第三,充分发挥物性"三宜"的理念,在合适的地方、合适的季节,种合适的作物,利用测土配方原则,选择合适的生产方式。

第四,充分发挥传统的物质循环理念,将传统的种养结合链条重新"相接"起来,全面充分地利用农业生产过程中的废弃物,让它们重新进入自然循环领域。利用休耕种植绿肥,以改良土壤。

第五,充分发挥物种之间相生相克的理念、共生的理念、间作套种的理念,大力推广种养结合、各种轮作技术,其中要特别推广目前已经产生了非常好的示范效应的稻鱼蟹共生、水旱轮作技术,这些技术不仅符合可持续发展的理念,也能够产生很好的经济效益。

第六,提倡传统的耕作保墒技术,推广中耕,通过耕作保水、肥,减小农药的使用量,提高水分养分的利用率等。

第七,利用传统农业中的有害生物控制技术,替代或减少化学农药的使用。

总之,从传统农业智慧中寻找有价值的生态模式、技术和方法,是现代生态农业立身之本。目前许多正在推广应用的生态农业模式,就是在总结传统农业经验的基础上发展而来的,其前景可期。

第七章　后稷的神话传说及其隐喻

第一节　《诗经·大雅·生民》中后稷降生的神话

马克思认为，神话是"通过人民的幻想用一种不自觉的艺术方式加工过的自然和社会形式本身"。拉法格也说过："神话既不是骗子的谎言，也不是无谓的想象的产物。不如说它们是人类思想的朴素的和自发的形式之一。只有当我们猜中了这些神话对于原始人和它们在许多世纪以来丧失掉了的那种意义的时候，我们才能理解人类的童年。"所以，神话是基于社会生活的艺术的夸张与渲染，并夹杂着空想与幻想，但也或多或少地反映着历史的影像。

史籍对后稷的记载中有一些有神话色彩。这种记载，有两个系统，一个就是《诗经·大雅·生民》中后稷降生及其神话，另一个系统是《山海经》中对后稷故事的描述。

意大利文艺复兴时期的批评家基拉尔第·钦提奥曾说过："正如历史的叙述从头说起，描绘一个人物的一生事迹的作品也应该从他的第一件辉煌的事迹叙起。如果他从摇篮里就现出伟大的征兆，他的事迹也就要从摇篮叙起。"而《诗经·大雅·生民》诗中后稷形象的塑造，是从其母姜嫄的神秘的受孕开始的，诗中首章云："厥初生民，时维姜嫄。生民如何？克禋克祀，以弗无子。履帝武敏歆，攸介攸止，载震载夙，载生载育，时维后稷。"诗中叙述了姜嫄因为踩上神的足迹得以怀孕生子（后稷）的神奇传说。这也就是《史记·周本纪》所载："姜原（嫄）出野，见巨人迹，心忻然说，欲践之，践之而身动如孕者。居期而生子……"这里其实是两个神话，"姜嫄不夫而孕""履神足迹而怀孕"。

从人类学的角度，我们已经知道，姜嫄不夫而孕的传说，反映了母系氏族社会人们只知有母、不知有父的观念；而履神足迹可以怀孕的神话，则是对于"神迹"（或"巨迹""巨人迹""大迹""大人迹"）

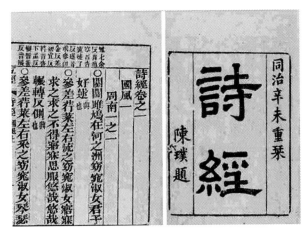

《诗经》

的图腾崇拜的结果。因此，对周人来说，诗篇中的后稷形象，仅从其诞生的神秘奇异这一点来看，已经具有了极其浓厚的神性因素，而与常人颇有不同。

第二章则进一步渲染了后稷形象的神奇色彩："诞弥厥月，先生如达。不坼不副，无菑无害，以赫厥灵。"他足月出生时，虽为头胎生得却很顺利，产门没有出现破裂，所以母子平安，无灾无害。诗中后稷形象的神性因素，不仅通过其神奇的出生而初露端倪，更通过其神奇的成长而进一步展现出来。诗篇第三章云："诞寘之隘巷，牛羊腓字之。诞寘之平林，会伐平林。诞寘之寒冰，鸟覆翼之。鸟乃去矣，后稷呱矣。实覃实讦，厥声载路。"这里有两个神异之处，一个就是后稷"胎生如卵"，另一个就是"被弃不死"。

对于诗中"先生如达"之"达"的理解，关系到后稷被弃的原因。多数学者认为：达，通，初生的小羊；此句指后稷生下来很容易，像生小羊一般。但有人认为："羊之生子，既不滑利，也不是连胞而下，通常是先露前蹄，根本没有什么'胞衣完具，母为破之'的事实。"这无异说，羊生子时，即使羊羔有带胞而下者，那也是偶见而非常见，因而刘毓庆先生又有新说："《食物志》云：'苦瓜一名菩荙'……'先生如达'当读作'先生入瓜'。在神话传说中，许多民族都与瓜发生过关系，如基诺族、布朗族、傣族等，传说便是从瓜中生出来的；苗、瑶、拉祜等族则有在葫芦瓜中避水的传说；周族史诗《緜》开篇便言'緜緜瓜瓞'，以此比喻周族的发展，在这里似乎也透露了周人与'瓜'有过关系的信息。诗所言'先生如达'，当然并非说姜嫄生下的就是瓜，而是言后稷出生时为胞衣所裹，混沌如瓜。"姜嫄生后稷时的"先生如达"即"胎生如卵"（带胞生），袁珂先生说："诗说'先生如达'，'达'是什么意思呢？'达'就是羊胞胎的意思，小羊初生，胞胎完具，胞胎落地后，始破胎而出。言后稷生时像羊胞胎那样是一团肉球的形状。这样《史记》所说的姜嫄初'以为不祥，弃之隘巷'才有了根据。姜嫄'以为不祥'者，并非因为践了巨人迹，无夫生子的缘故。后稷遭弃，实在由于他'先生如达'，形体异常，这一点《诗经》的记叙就大有可取之处。"因这种现象非常罕见，古人以为不祥，所以才导致后稷被抛弃。

从人类学的角度看，这里"姜嫄弃子"的历史传说是有着特定的社会文化背景的，正如于省吾先生所说："各原始民族由于生活困难和习俗禁忌的关系，弃子是时常见到的事。根据各原始民族志所记，有的只养二男一女，过此则杀之；有的以双生子为不祥，因而杀之；有的投诸野外，或置之路旁；有的溺而毙之；有的投诸水中，浮则取之，沉则去之。像这类事实，不烦备举。"诗中后稷初生即被弃、大难而不死，他无论是被弃于隘巷之内、树林之中还是寒冰之上，都自有颇具灵性的牛、羊、鸟等出而护佑之，使他不致冻饿而死，相反得以茁壮成长。这一描写，在一般的民俗基础上，附加了相当浓重的神话内涵，使得这一形象带有相当深厚的神性因素，而不能完全等同于实际的历史人物（当然，那时的人们是不自觉其为神话的）。

学者李山认为"鸟覆翼之"及"鸟乃去矣，后稷呱矣"几句，应该如此解读：后稷初生的"先生如达"，是连胎盘一起生下来的。另外，在远古时代，古人相信太阳也是鸟，所以称太阳为"金乌""三足乌"等。这样，上面的几句也可以理解为后稷是被太阳照耀成为"人"的，这很像一粒种子，特别是小麦种子，它经过阳光温暖而生芽，而且，一粒种子，丢弃在村落街巷是没有前景的，丢落在树林，也是不得其所的，落在野外有水的地方，经阳光照射，适可破壳而出茁壮成长。原来后稷的终于"呱矣"的神话，背后的文化意蕴是农耕，是种子落在原野水土的生根发芽。对于古人而言，始祖的天赋，就在其生而知之的种植庄稼的本领。①

第二节 《山海经》中后稷的神话传说

有关后稷的传说并非只有《诗经·大雅·生民》一个传说系统，《生民》是周王室创作的传说系统，而民间另有不同的后稷传说系统，当周王室衰弱之后，民间传说相继浮现出来，其中有相当一部分被后人编入《山海经》。尽管其文本生成的年代比《生民》晚，但是这些传说也自有其独特的风采。

《大荒西经》记载："有西周之国，姬姓，食谷；有人方耕，名曰叔均。帝俊生后稷，稷降以百谷。稷之弟曰台玺，生叔均。叔均是代其父及稷播百谷，始作耕。"意思是："西周国的人姓姬，以五谷为食物。有个名叫叔均的人正在耕田。叔

《山海经》

---

① 李山：《诗经应该这样读》，中华书局 2019 年。

均是谁呢——帝俊生了后稷，后稷把各种谷物的种子从天上带到下方，后稷的弟弟叫台玺，台玺生了叔均。叔均代替父亲和后稷播种各种谷物，开创了耕种的方法。"《海内经》记载："帝俊生三身，三身生义均，义均是始为巧倕，是始作下民百巧。后稷是播百谷。稷之孙曰叔均，是始作牛耕。大比赤阴，是始为国。禹、鲧，是始布土，均定九州。"意思是："帝俊生了三身，三身生了义均，义均便是前面说的巧倕，从此发明了人们需要的各种工艺技巧。后稷开始播种各种农作物。后稷的孙子叫叔均，开始用牛耕地。后稷的母亲姜嫄，开始建立了国家。大禹和鲧开始挖土用以治理洪水，并衡量划定了九州。"

这一传说系统，可以看到："台玺"一作后稷之弟，一作后稷之子；叔均，一作台玺之子，一作后稷之孙，这种差异正是不同传说系统的真实记录；所谓"西周之国"就是"叔均之国"，以"西周"概括叔均之国，这说明文本记录形成的时代当在东周时期，因为"西周"的说法始见于《国语·周语上》"幽王二年，西周三川皆震"。帝俊生后稷，说明这一传说系统是后稷先周族进入父系社会以后递增的文化因子，其形成的时代要晚于《生民》。台玺、叔均的情况不仅不见于先秦旧籍，也不见于秦汉其他典籍，似乎仅见于《山海经》，而且所记，此也足证是后稷的不同传说系统，当是后稷族叔均一支的传说。帝俊应是另外传说系统的"帝喾"。根据学者考证《山海经》传说系统中的帝俊，就是《世本》《帝系》整合系统中的帝喾。

后稷死后的埋葬之处，在《山海经》中也有记录的传说。共有两条，一见于《海内西经》，一见于《海内经》，其文如下：

《海内西经》："海内西南陬以北者……后稷之葬，山水环之。在氐国西。流黄酆氏之国，中方三百里，有涂四方，中有山。在后稷葬西。"《海内经》："西南黑水之间，有都广之野，后稷葬焉。爰有膏菽、膏稻、膏黍、膏稷，百谷自生，冬夏播琴。鸾鸟自歌，凤鸟自舞，灵寿实华，草木所聚。爰有百兽，相群爰处。此草也，冬夏不死。"意思是："西南黑水流经的都广野，后稷埋葬在这里。这里有膏菽、膏稻、膏黍、膏稷，各种谷物自然生长，无论冬夏皆可播种。鸾鸟自由歌唱，凤鸟自在舞蹈，灵寿树开花结果，草丛树木茂密繁盛。这里有各种禽鸟野兽，成群结队和睦相处。这里生长的草类，无论冬夏都不会枯死。"

这里描绘的后稷所葬的都广之野，风景秀美，充满了佳美的果子和各种农作物，还有奇珍的禽鸟。真可谓乐园，灵秀圣地，所记动植物大都是自然实物。仙境般的后稷墓所在的地方，其中有太多的神话色彩和理想化的成分，是否包含真实地理因素，实难考证。晋诗人郭璞有《都广之野赞》曰："都广之野，珍怪所聚。爰有羔谷，鸾歌凤舞。后稷托终，乐哉斯土。"

另外，还有后稷死后潜入"大泽"的神话，也是《山海经》记录的后稷传说。据《西山经·西次三经》记载："又西三百二十里，曰槐江之山。丘时之水出焉，而北流注于泑水，其中多蠃母，其上多青、雄黄，多藏琅玕、黄金、玉，其阳多丹粟，其阴多采黄金银。实惟帝之平圃，神英招司之，其状马身而人面，虎文而鸟翼，徇于四海，其音如榴。南望昆仑，其光熊熊，其气魂魂。西望大泽，后稷所潜也。其中多玉，其阴多榣木之有若。北望诸毗，槐鬼离仑居之，鹰鹯之所宅也。东望恒山四成，有穷鬼居之，各在一抟。爰有淫水，其清洛洛。有天神焉，其状如牛，而八足二首马尾，其音如勃皇，见则其邑有兵。"意思是："再往西三百二十里，有座槐江山。丘时水从这里发源，然后向北流入泑水，水中有很多螺母。山上多产石青、雄黄，多产琅玕、金矿和玉石，山的南面多产谷粒大小的红色细沙，山的北面多产带花纹的金银。槐江山可以说是天帝悬在半空的园圃，由天神英招掌管，天神英招的形状是马的身子、人的面孔、老虎的斑纹、鸟的翅膀，巡行四海，传达天帝的命令，它的叫声像是用辘轳抽水的声音。在山上向南可以望见昆仑山，那里火光熊熊，气势恢宏。向西可以望见大泽，那里是后稷死后的葬所。大泽中多产玉石，大泽的南面有很多高大的榣木，自榣木上面又有神灵显应的若木。向北可以望见诸山，是名叫槐鬼离仑的神所住的地方，也是鹰鹯等飞禽的栖息场所。向东可以望见恒山，高达四重，有穷鬼住在那里，各自住在山的一处。槐江山有瑶水，就是瑶池，清泠荡漾，汩汩流淌。有一个神住在山里，其形状像牛，有八只脚、两个脑袋，马的尾巴，发出的叫声像是吹奏乐器时薄膜发出的声音，它所出现的地方会发生战争。"①

《淮南子·地形训》也有类似的内容："后稷垅（墓）在建木西。其人死即复苏，其半鱼，在其间。流黄沃民在其西北，方三百里。狗国在其东。雷泽有神，龙身人头，鼓其腹而熙。"②

《山海经》只记录了后稷潜入大泽的传说，而没有潜入以后的传说内容；《淮南子》恰好为之做了补充，使这一神话传说更加完整。袁珂先生解释说："后稷死后，既已埋葬，复化形为异物——人鱼合形之神物。"身体半为人身半为鱼身，即人鱼合形的神话。自古传说中的神龙身上也是与鱼鳞相同的鳞，所以"蛇化为鱼"就是蛇化为龙，鱼身就是龙身，"其半鱼"即半为龙身，所谓后稷死而复苏为人鱼合形的人鱼，似当即"龙身人头"的雷泽之神。《淮南子》晚出，所见异闻多出于《山海经》，又把后稷葬所的传说与潜化的传说整合为一。

后稷死而复苏为"人鱼"的这种人、鱼转换或合形的文化符号，有着更为原始的宗教隐喻，据曹书杰先生的研究，"鱼"是人类原始崇拜的自然物之一，考古材料显示其历史至少可以上溯到西安半坡时代。我们知道，新石器时代的仰韶文化半坡类型的彩陶上的人面鱼纹图案，除了见于西安半坡遗址出土的彩陶上有人面鱼纹、月相变化图案外，同时还见于陕西临潼姜寨遗址、宝鸡北首岭遗址出土的"人面鱼纹彩陶盆"，与后稷半人半鱼的神话传说形象完全吻合。至于出土的鱼纹图案那就更多了，从新石器时代仰韶文化的鱼鸟组合图案，到彩陶到长沙子弹库出土的楚帛画，这种文化延续长达四千多年。

《山海经·南山经》："有鱼焉，其名曰鲑，冬死而夏生。"《小尔雅·广名》："死而复生谓之苏。"《集韵》："稣，死而更生曰稣，通作蘇。"稣、蘇，其构建均有"鱼"，将其与后稷、颛顼死而复苏为"半鱼""鱼妇"联系起来，其原始隐喻——祖先英雄死而再生、周而复始、生生不息，是一种再生不死

① 袁珂:《山海经校注》，北京联合出版公司 2014 年。
② 刘文典:《淮南鸿烈集解》，中华书局 2017 年。

的原始观念的反映，当是渔猎时代的文化遗存。在《山海经·大荒西经》中，传说中的颛顼也有类似的神话故事："有鱼偏枯，名曰鱼妇。颛顼死即复苏。风道北来，天乃大水泉，蛇乃化为鱼，是为鱼妇，颛顼死即复苏。"

进入农耕时代之后，这种原始信仰又被赋予了农业丰收的意韵。《山海经·西山经》："是多文鳐鱼，状如鲤鱼，鱼身而鸟翼，苍文而白首赤喙，常行西海，游于东海，以夜飞，其音如鸾鸡，其味酸甘，食之已狂，见则天下大穰。"大穰，就是大丰收，其包含着子孙、渔猎、种植三个方面的丰收。

后稷被崇拜为农植神、谷物神，他作为生命个体的死而复苏为"半鱼"，正是渔猎时代对鱼神崇拜观念的文化延伸，代表着整个自然植物的生生不死和谷物生命力的繁盛，所以后稷所葬之处生机勃勃，百谷自生，冬夏都可播种。《老子·道经》第六章："谷神不死，是谓玄牝。玄牝之门，是谓天地根。绵绵若存，用之不勤。"由此看来，初民视农植神、谷物神犹如是天地一呼一吸的气一样，呼吸如死生，死必复生，（鱼、谷物都是）冬死春生，死死生生，长存不死，把谷物自然生长规律想象为如同鱼一样"冬死而夏生"，循环往复，这正是先民关于农植神、谷物神的神话所隐喻的原始信仰观念。在这里，后稷潜入大泽，死而复苏为"半鱼"，把生命不死（复活）、谷物丰穰、人口繁衍等诸多观念，通过"鱼"这一文化符号而得到了统一。

神话学家叶舒宪认为，"后稷播百谷"的母题源出于"稷降以百谷"（《大荒西经》）的母题，而"稷降百谷"的母题当以"稷生百谷"或"稷为谷灵"的初始观念为原型。作为周族始祖和文化英雄的后稷原来不过是谷灵信仰的历史化，只有从这一意义上去理解，"社稷"之匹配才能得到发生学的说明。稷既可以"配天"，与其父相匹而受祭，又可以配社，与其母相匹而受祭。相形之下，由于谷物与大地母亲的依存关系更为明白浅显，所以"社稷"的并列比"帝稷"的组合更为原始，也更加流行并且深入人心。社稷作为合成词成为这个以农耕立国的封建国家的象征或代称，绝非偶然，它实际上乃是原始的农业神话观念——谷神与地母为配偶——到了文明国家中的一种政治化和抽象化的产物。《礼记·祭义》云:"建国之神位,右社稷而左宗庙。"是社稷与宗庙并重,奉为国家宗教与政治统治之中心的明证。法国汉学家格拉奈指出,上古人关于"宗庙"与"社稷"的观念源于同一种信念,即农民们对于他们所赖以生存的土地的神圣化观念——圣地。[1] 而"祖国"这样一种观念也是由"圣地"观念所融合的自然崇拜与祖先崇拜之中引发出来的。

这种农业神话的隐喻在古希腊神话中也有类似内容,主管农业和植物生长的神祇德墨忒尔,他的女儿佩尔赛福涅嫁给冥王,半年在地下陪丈夫,半年回地面陪母亲,而她不在家的这半年,德墨忒尔任凭草木枯萎。这其实就是有关季节与农事的隐喻,佩尔赛福涅回到冥府,象征种子埋在土里,回到地面象征种子发芽生长。佩尔赛福涅下到冥府时,象征母亲陷入悲伤,万物凋零的冬天;佩尔赛福涅回到地面时,象征母亲欣喜地照料大地的春天。

另外,中国上古神话的历史化是中外学者一致确认的现象。其结果使许多远古自然神转化为人祖或帝王。周族始祖稷便应作如是观。从语源上看,稷作为五谷之神的身份是较明显的。

关于古老的神话传说。著名古史学家徐旭生先生说:"世界上任何一个民族最初的历史,总是用'口耳相传'的方法流传下来。"[2] 古代传说是"口耳相传"的史料。他还认为,这些史料大都有其历史的核心,也都有其史实渊源。它是未经后人加工过的零散资料,应比经过加工的系统化的"正经"或"正史"中的史料更为质朴。这些传说里面掺杂了很多神话,原因是上古人都是相信有神的,且当时的人离开神话的方式就不容易思想,所以这些传说里面掺杂了很多神话。神话很多,想在这些掺杂神话的传说里面找出历史的核心也不容易。所以任何民族历史开始的时候全是颇渺茫的、多矛盾的。这是各民族早期历史的共同现象。可是,"无论如何,很古时代的传说总有它历史方面的质素、核心,并不是向壁虚造的"[3]。

① 叶舒宪:《诗经的文化阐释》,陕西人民出版社 2006 年。
② 徐旭生:《中国古史的传说时代》,广西师范大学出版社 2003 年。
③ 徐旭生:《中国古史的传说时代》,广西师范大学出版社 2003 年。

总之，后稷神话，也是农业民族思想情感的记录，不但更接近后稷传说的原始面貌，而且其中包含着诸多的历史文化因子。从这一意义上讲，后稷是历史人物还是神话传说人物已经没有多大意义，因为后稷已经成为农耕文明的象征，农业精神的象征，农业丰收的象征，农业经济的象征。

第八章　对后稷的纪念与推崇

第一节　历代民间"稷祀"形态[①]

自西周以来，"稷祀"一直存在着两种社会形态——国家"稷祀"形态、民间"稷祀"形态。两种"稷祀"形态大有差异。

民间祭祀与官方祭祀不同。官方祭祀是政治的需要，所以社稷是与国家、江山意义相同的概念；而民间祭祀是生活的需要，是情感的表达方式，所以社日祭祀"一以报土谷，一以庆丰年"。故《诗经·小雅·甫田》歌之曰："乃求千斯仓，乃求万斯箱。黍稷稻粱，农夫之庆。报以介福，万寿无疆。"官方祭祀的社稷神被视为国家的保护神，是道德化的人神——句龙后土、后稷；而民间的社稷神只是农业的保护神，是更加概念化的农业神——田祖，有学者认为，田祖亦即农神后稷。

官方的祭祀庄严隆重，祭品丰厚，程式严格，社会等级分明；而民间的祭祀则比较简朴随意，欢乐祥和，即使在穷乡僻壤，社日也能体现出一种节日的轻松和快乐。官方的祭祀以春社为重，皇帝亲自参加，还要在籍田或先农坛象征性地耕种；而民间则以秋社为盛。春社重要，它关系到一年的收成，

---

① 本节内容参考了曹书杰《后稷传记与稷祀文化》，在此对曹老师表示感谢。——笔者按

而秋社盛大，它是丰收后的庆典。

民间社日的祭祀充满了生活气息，成为氏族组织内部或村民睦邻欢娱聚宴的日子，同时还有"社戏""社火"等各种欢庆活动，与官方礼仪繁缛完全不同。

民间的社日仍然是祭祀社神和稷神，而且有学者认为，在某种意义上祭祀稷神的成分大于社神，因为土地往往不是农民自己的，而土地上收获的谷物则大都是自己的。民间的社日源于先秦的"置社"——百家立社，初兴战国、秦汉，盛于唐宋，衰微于元明，至今流风尚存于个别地区。

农耕经济决定了土、谷神——社、稷神是人们的共同保护神，社日祭祀是大家共同利益、情感的需要，是公共愿望的一种合群表达形式。这种公共性是社祭活动的灵魂，是公共利益与群体意志、集体精神的表现，是人们亲近社稷神、维系社祭活动的内在动力，也是其存在、发展的前提。

民间社稷活动的承担义务大致相等，决定了人们参与的机会、利益的分配、权利的享受以及情感的宣泄也必然是平等的。如每次社祭活动必须有专人主事，主事者称为社首、社正、社长等，社首由村社（里）成员轮流充任，这体现的就是参与机会平等的原则。社首的职责是筹办社日祭品、主持社祀仪式、分配社肉等。

春秋战国时代，民社遍布天下，已经由西周"百家立社"变为"二十五家为社"。秦汉时期禁止民间私自立社，但私社在民间并没有杜绝。魏晋以后，国家不再干涉民社，这时的村社成为以农事活动为中心的民众自我组织，而社日则成为人们自娱自乐的欢聚节日。这种比较自由的村社制度，促进了民社的快速发展，到了唐宋时期，民间社日活动达到鼎盛，并演变成具有广泛民众基础的风俗。

社日活动大盛于唐宋时期，所以在唐宋诗人的作品中对民间社日欢乐的气氛多有表现。唐代诗人王驾《社日》诗："鹅湖山下稻粱肥，豚栅鸡栖半掩扉。桑柘影斜春社散，家家扶得醉人归。""鹅湖山"在今江西省铅山县境内。诗中描写了唐代江西乡村春社的祥和、酣畅场面：鹅湖山的湖光山色、田野

社 日

茁壮生长的庄稼，与自由生长的家畜家禽构成了一幅美丽天然、富庶祥和的田园风光。春社散去，家家都有酣醉的成员。在夕阳落霞的辉映下，在长长的桑柘树荫里，家人们相互搀扶着走回自己的家园。我们仿佛看到一千多年前社日的景象，而社酒及酒后的憨态尤为诗人所钟爱。诗人王维《凉州郊外游望》一诗写道："野老才三户，边村少四邻。婆娑依里社，箫鼓赛田神。洒酒浇刍狗，焚香拜木人。女巫纷屡舞，罗袜自生尘。""凉州"即今天甘肃省武威市。诗中记录的是盛唐时期在人烟稀少的河西走廊地区举行社祭的形态，巫师介入社祭的典型例证。

在这不多的祭祀乐器中，社鼓是最重要的乐器。社鼓、社酒是社日祭祀、娱乐不可缺少的两大物质要素。社鼓咚咚，社酒飘香，共同营造唐宋时代社日狂欢的气氛。

社祭击鼓在《诗经》中多有记载。唐宋时期社鼓更加高亢嘹亮。南宋陆游对社鼓多有描写，且有一首以之为名即《社鼓》："酒旗三家市，烟草十里陂。林间鼓冬冬，迨此春社时。饮福父老醉，嵬峨相扶持。君勿轻此声，可配丰年诗。"而真正能表现社鼓的是如下两首诗，《春社》："社肉如林社酒浓，乡邻罗拜祝年丰。太平气象吾能说，尽在冬冬社鼓中。"《秋社》："雨余残日照庭槐，社鼓冬冬赛庙回。又见神盘分肉至，不堪沙雁带寒来。"社鼓咚咚最能震人心魄，故而有人称社祭为"鼓社"。明清乃至今日，凡保留社日的地方，社鼓依然震天作响，而且在社日之前人们就聚到一起练习敲鼓，每晚十百为群，铿訇镗鞳。

社鼓既是礼神的祭器，也是人们娱乐的乐器。社鼓声声撼天动地，它也能从人体的外部通过听觉视觉激发人们的情感，使人们从激奋中获得高亢雄壮的体验，酒饮得更加豪放。商代或更早，酒就是祭祀必献的祭品，周王祭祀用酒有"九献"之礼，民间当然不能如此复杂，但酒是绝对不可少的。酒不仅用来礼神，更是人们社日聚会净化心灵、沟通感情的催化剂。所以酿造社酒是社前家家户户必须努力筹办的，陆游《社饮》诗中描写道："东作初占嗣岁宜，蚕官又近乞灵时。倾家酿酒无遗力，倒社迎神尽及期。先醉后醒惊老惫，路长足蹇叹归迟。西村渐过新塘近，宿鸟归飞已满枝。""倾家"就是所有的人家，社日之前，家家户户都在不遗余力地忙着酿造社酒；社祭之日，四村社员都献上家酿的米酒，在社树下举杯共饮，酣畅淋漓，一醉方休。由于陆游长期居住乡间，对民间社酒淋漓更是独有情怀，在其上万首诗歌中，描写社日、社酒、社鼓、社肉、社雨、社猪、社饮等题材的"社诗"具有一定的数量，尤以社酒的描写最多，醉酒情态表现最为生动感人。《代邻家子作》曰："社日淋漓酒满衣，黄鸡正嫩白鹅肥。弟兄相顾无涯喜，扶得吾翁烂醉归。"年事已高的陆游喝得烂醉如泥，而且社酒还洒满全身，老兄弟们嬉笑着相顾搀扶回家。其他有关的还有《春社》："太平处处是优场，社日儿童喜欲狂。且看参军唤苍鹘，京都新禁舞斋郎。""优场"即戏场，就是社戏，不能喝酒的孩子们也从中获得了童真的欢乐。在有些地方还有"社火"，它也是一种歌舞杂戏，这都是民间社祭的民俗形态。

尽管这些与现代文明已经非常遥远，身处千百年之后，我们仍然能够从唐宋诗人的歌唱中感受到当时社日气氛的浓烈，欣赏到先民们的欢歌笑语，勾画着社日畅饮淋漓的庆宴盛况，幻想着回归自然的无比快乐。

如果说春社是迎接谷物神降生的欢庆仪式，那么蜡祭就是祭奠谷物神的送终仪式，这正是远古先民在万物有灵概念支配下而产生的一种祭祀活动，尽管人类文明从未停止前进的步伐，但是这种古老的心理情怀却通过民俗得以久久地留存。

"蜡祭"是年末例行的同农业相关诸神的盛大祭祀，其祭祀的神格之众、方式之多、规模之大、地域之广、持续时间之长都是其他祭祀无法相比的，也较多地保留了蜡祭的原始形态。蜡祭的历史十分悠久，内容极为丰富，是一种上至天子下至民间都举行的"全民族的宗教活动"，蜡祭之时，庶民百姓也来参加，而且农人还受到特别的礼遇，似乎也是诸侯参加"助祭"的祭祀。

从《诗经》中尚可看到民间这种民俗的场景："九月筑场圃，十月纳禾稼""九月肃霜，十月涤场。朋酒斯飨，曰杀羔羊，跻彼公堂，称彼兕觥，万寿无疆！"（《诗经·豳风·七月》）《礼记·杂记下》保存了一条真实反映春秋时代"飨农"的古朴民俗形态的极其珍贵的史料："子贡观于蜡。孔子曰：'赐也，乐乎？'对曰：'国之人皆若狂，赐未知其乐也。'"《七月》诗和子贡的议论，记录了先秦时代蜡祭的另一个侧面——民间的蜡祭活动。从春种、夏耕、秋收一直到冬藏，人们经过一年的辛苦劳作，当粮食入仓之后，同里合聚，大祭和农业生产有关的众神，然后是开怀畅饮。万物有灵是原始思维中的基本观念，古人认为谷物、动物和人一样也是有灵魂的，也是有生有死，春生、夏盛、秋成、冬死。

蜡祭的核心就是祭祀稷神——农业神，也祈祷百谷死后灵魂的安息，同时也祈祷对农业生产生活有益之物其灵魂的安息，诅咒有害之物（昆虫之类）其灵魂的伏敛，而人们自己也开始休息过冬，总之，蜡祭作为一种古老的祭祀，它与春社一同构成了民俗观念中谷神的再生和死亡的仪式。

民间社祭活动在元代急剧衰落，原因是随着社会经济的发展，村社成员间的经济均势及封闭状态被打破，贫富分化扩大，彼此间利益冲突加剧，加之村社活动被少数富人所控制，占据村社人口大多数的贫苦普通社员与控制社祭活动的少数富裕社员之间几乎没有了共同利益和语言，社日的凝聚力日渐消解，而离心力不断强化。社日的衰落就是无法避免的社会现象。

随着民智的进步、生产水平的提高，人们对自然的依赖程度相对减弱，源自先秦原始信仰的传统社稷神已被世俗化，其神圣光环和神秘色彩日渐消散，而不断吸收借鉴民间传统祭祀内容的佛、道二教的盛行，使人们从单纯的"土谷"神——生活神崇拜逐渐趋向对"天堂""来世"神——未来神的信仰，从而加速了人们对传统社稷神的疏离。乡间宗族势力的兴起也对社日活动产生了不小的冲击。汉魏时期，宗法观念主要体现在上流社会，而民间村落大都是同姓血缘宗亲。而南宋以来人口的流动加快，村社异姓的新成员增多，加之南宋理学家及政府的表彰和提倡，使宗族势力在乡村迅速强化扩展，建立宗族祠堂开始向乡村迅速蔓延，为了增强宗族内部的凝聚力，原本所有村落成员共同参加的在社树下举行的社日祭祀活动，逐渐被同姓族人在宗族祠堂举行的祭祀活动所代替，祠堂取代了社庙，祖灵成为主神，恤助宗族代替了邻里互助，以村社为中心的社会共同体的崩解势所难免。元代朝廷惧怕汉民借机聚会闹事而严加限制是由社日极盛走向衰落的一种契机。但是衰落不等于消失，由于它悠久的历史，一直在民间长久存留着。

第二节　古代士大夫对后稷的歌颂 [1]

司马迁曾说"君莫盛于唐尧，臣莫贤于后稷"，他认为尧是历史上最好的君王，后稷是历史上最能干的大臣。在古代，"尧舜之治"被描摹为黄金时代的"理想模型"。自孔子以降，后人唯以远古为借镜，当时的种种，皆成为后人梦寐以求的境界，最好的政治是"三代之盛，得以徐还"，最好的人是"今之古人"。中国古典诗词中不乏提到"后稷""稷契"的诗篇。

契与后稷分别是商人和周人的始祖，他们同在尧舜时期为辅政大臣，在当时立下了丰功伟绩。后稷喜爱种庄稼，能根据土地的栽培特性，选择适宜的谷物加以种植培养，人民纷纷仿效。帝尧因此举用他管理农业。作为教民稼穑的先祖，后稷成为农业文明的象征性符号。契曾辅佐大禹治水，帝舜仍命契为司徒。司徒不仅仅负责传授人伦五教和祭祀礼仪，更重要的是负责组织一些人到需要的地方去帮忙从事农业生产，并到各地传授手工业技巧，包括如何用火烧制出更好的陶器和冶炼更好的铜器，契做得有声有色。后来

---

[1]　本节的部分资料来自黄建中选编的《历代诗人咏稷山》一书，在此向黄建中先生致谢。——笔者按

"稷契"成为古代贤能功臣的代名词。由于中华民族的农业文明特色，稷契，特别是后稷，成为后代精英士大夫反复歌咏的对象。

诗人杜甫在他的划时代杰作《自京赴奉先县咏怀五百字》中提到"杜陵有布衣，老大意转拙。许身一何愚，窃比稷与契。"诗圣为什么要自比"稷与契"呢？他在《客居》这首诗中也写道"安得覆八溟，为君洗乾坤。稷契易为力，犬戎何足吞。"杜甫忧国忧民，他自己很想成为辅佐君王的良臣，但又觉得自己愚拙，希望能有一种力量为皇上扭转安史之乱的局势，并且感叹如果有稷与契这样的良臣就好办了，消灭犬戎又有何难呢？在奉儒守素的家庭中熏陶长大的杜甫有着一生的"稷契"情怀，他说要"致君尧舜上，再使风俗淳"（杜甫《奉赠韦左丞丈二十二韵》）。在诗人杜甫眼中，尧舜时代的风气是最好的，令人向往的，也是他本人一生追求的理想。

北宋王安石有"材疏命贱不自揣，欲与稷契遐相希"（《忆昨诗示诸外弟》）的诗句，作为主导变法的大臣，王安石这句诗表达的是他希望建立功业造福百姓、与古代贤臣比肩的理想。古代文人出仕做官特别是做地方官，其主要任务还是管理好农业。作为教民稼穑的先祖，成为农业文明的象征性符号的后稷在士大夫心目中地位如此之高是容易理解的。

王安石画像

东晋文学家陶渊明也非常景仰后稷，自己不但躬耕垄亩，其《劝农》诗也劝勉人们重视和从事农业劳动。其一写上古先民的朴素生活曰："悠悠上古，厥初生民。傲然自足，抱朴含真。智巧既萌，资待靡因。谁其赡之，实赖哲人。"其二写古代圣君贤臣包括后稷、舜、禹皆自躬耕，十分重视农业劳

动，曰："哲人伊何？时维后稷。赡之伊何？实曰播殖。舜既躬耕，禹亦稼
穑。远若周典，八政始食。"其三写古代农业生产的繁荣景象和劳作者勤苦
而自逸的生活，曰："熙熙令德，猗猗原陆。卉木繁荣，和风清穆。纷纷士
女，趋时竞逐。桑妇宵兴，农夫野宿。"其四写即使贤达之人也勤作于农田
之中，众人更不可游手好闲："气节易过，和泽难久。冀缺携俪，沮溺结耦。
相彼贤达，犹勤陇亩。矧兹众庶，曳裾拱手！"其五旨在劝勤勉而戒懒惰：
"民生在勤，勤则不匮。宴安自逸，岁暮奚冀！儋石不储，饥寒交至。顾尔
俦列，能不怀愧！"其六说孔子、董仲舒专心学业、不事农耕的行为高不可
攀，借以批评那些既不劳作又不进德修业的人。"孔耽道德，樊须是鄙。董

乐琴书，田园不履。若能超
然，投迹高轨，敢不敛衽，
敬赞德美。"全诗强调农耕
对生计的重要意义，即便舜
禹那样的贤君、贤达的隐士
都躬耕自保，更不用说普通
的老百姓了。然劝农躬耕是
其一意。诗人于劝农耕作中
呈现出的"卉木繁荣，和风
清穆"的上古气象，"傲然
自足，抱朴含真"的淳朴民
风，是其真正所仰慕的。整
组诗突出地表现了诗人的农
本思想。

陶渊明画像

　　束晳《玄居释》中说道："在野者龙逸，在朝者凤集。虽其轨迹不同，而
道无贵贱，必安其业，交不相羡，稷、契奋庸以宣道，巢、由洗耳以避禅，
同垂不朽之称，俱入贤者之流。"中国古代士大夫信奉"达则兼济天下，穷
则独善其身"的"儒道互补"思想，在西晋玄学家束晳看来，万物的性分是
天赋予的，性分使物与人都各自形成自足的体系。束晳认为稷、契与巢、由

是"仕"与"隐"的两种状态的代表，无论是稷、契的兼济天下，还是巢、由的独善其身，就他们的性分而言，却是得其所归，都是符合大道的。

历史学家许倬云认为，人类在茹毛饮血的时代，没有固定的食物来源，生活也不安定，也不能组织聚落，因此，不能用文化来形容人的活动，人类活动第一次可以被称为"文化"，是在人类有能力生产食物之际。有了固定的食物来源，人类聚集在一起，逐渐构成小区或社群，这才是人类从合作中迈出超越一般动物生活的一大步。他认为，文明是人类聚居和古代食物来源的文化基础上再迈进一步，能做抽象思考的时候产生的。正是在这个意义上，后稷的事功是极其重要的、无与伦比的。他的出现，标志着上古华夏土地上的先民，经历了从采集农业到种植农业的飞跃。所以，司马光在他的《资治通鉴》中说："稷、契、皋陶、伯益、伊尹、周公、孔子，皆大儒也。"唐代诗人周昙《后稷》诗赞曰："人惟邦本本由农，旷古谁高后稷功。百谷且繁三曜在，牲牢郊祀信无穷。"

对于古代有抱负的士大夫来讲，也许做贤臣是凭着自己的努力和修养容易达到的，但能不能幸运地遇到明主则是可遇而不可求了。他们对稷、契的歌颂其实也暗含了对明君的向往。因为历史上的帝尧除制历法、禅让帝位外，还选贤任能、制礼定纲。《史记·五帝本纪》中称赞"其仁如天，其知如神，就之如日，望之如云，富而不骄，贵而不舒"。《尚书》也赞颂他"克明俊德，以亲九族，九族既睦，平章百姓，百姓昭明，协和万邦，黎民于变时雍"。孔子则说："惟天下大，惟尧则之，帝王之德莫盛于尧。"可见，尧不仅是华夏文明的奠基者、杰出的圣明君主，而且是"合""和"文化的首创者。这样的君王，怎能不让有政治理想的儒家士大夫神往呢？唐代诗人秦系说："稷契今为相，明君复为尧。"陶潜说："进德修业，将以及时。如彼稷契，孰不愿之？嗟乎二贤，逢世多疑。候詹写志，感鹏献辞。"（《屈贾》）通过屈原和贾谊的遭遇来和稷契做对比，表达了明君难遇的感慨。南宋汪莘则发出了"尧舜去已远，稷契不重来"的感叹。

《三国志·魏书》卷十六载："昔弃勤其官而水死，稷勤百谷而山死。"相传后稷毕生辛劳教民稼穑，发展农业生产，直到生命的尽头。去世后安葬于他付出毕生心血教民稼穑的稷王山顶。因为对后稷的景仰，无数文人墨客在登上稷王山的时候都留下了纪念后稷的诗篇。如：

孙佰，明隆庆元年（1567 年）立石。碑体青石质，碑额与座皆佚失，碑身高 177 厘米、宽 67 厘米、厚 10 厘米。碑文分诗及跋两部分，皆草书。诗文 6 行，满行 24 字，计 103 字。跋为小字，4 行，满行 41 字。从碑左跋文可知，碑文草书两首五言律诗系孙佰登祀稷王山时所作，梁维题跋。梁维，字持夫，梁格拳子，稷山县人。聪慧博洽，天性孝友，尤工书法。领戊午乡荐，齐名伯仲。所著有《三桂堂集》《六子抄》《史编类抄》若干卷。该碑原立于稷王山顶后稷祠中，现保存于稷山县青龙寺文物保管所，系稷山县博物馆馆藏文物。《登祀稷王山》："盘盘曲径斜，望望峻岑赊。磴险几回马，崖危欲弃车。凝眸见日月，举足破云霞。览胜归来晚，飘然兴转加。膏血苦征求，来年喜到秋。金垂远近垄，玉朴低高畴。无计瘳民瘼，有资分国忧。省观南亩外，何以报天休。"

刘三锡，明代大兴县举人。万历四十四年（1616 年）至万历四十八年（1620 年）任稷山知县。上任刚一年，蝗虫大起，民众大饥，刘三锡发粮赈灾，又劝民设厂施粥，全活者甚众。平定土寇，民以安堵。《晚登稷山》："野寺鸡声月，随风荡客裾。垄云盦耕犊，山色入行舆。地势旋螺古，人家陶复余。我思还雅化，宁使愿成虚。"

杨文卿（1506—1558 年），字子质，号鸥海。明代北京盐山县（今河北省盐山县）人，嘉靖十年（1531 年）举人。嘉靖二十六年（1547 年）至嘉靖三十二年（1553 年）任稷山知县，清正廉洁，博学工诗。常与诸生研讨诗文，优秀者列为异等，稍次者加以教诲，因此和稷山诗人梁纲结为好友。后升任南京都察院经历，五年后病逝。著有《鸥海集》《秣陵吟》，惜散失不存。杨文卿无子，卒后贫困无法安葬。这时梁纲在天津为官，一面捐资，一面委托地方官帮忙，为杨文卿办理后事，后又托人立碑墓前。《登稷神山祭后稷》："后稷神功已配天，荒祠自合插云端。凭高雾气千岩隐，入洞阴云六月寒。石磴苔深人迹少，山田沙重马蹄干。遗民爱养无良术，潦倒频年愧素飧。"

凡到稷王山拜谒者，都想在此采集到"五谷石"。所谓"五谷石"，是一

稷山县稷王庙

种颜色、形状、大小酷似谷、黍、麦、豆、高粱等灿烂的小石子，粒粒晶莹光亮，闪闪诱人。这种小石子，只产于稷王山顶的莲花峰周围。这五谷石，传说是当年后稷在教民稼穑时，把大量优良的五谷种子储藏在稷王山上，以供子孙后代使用，后来由于年代久远，这些五谷种子都成为化石，潜藏在稷王山中，意在提醒后人莫忘后稷教稼之功。

在稷王山八景中"稷峰叠翠"是第一景，许多文人写下了《稷峰叠翠》的诗篇，表达对后稷的崇敬与纪念。如：

宋仪望（1514—1578年），字望之，明代江西省吉安府永丰县（今江西永丰）人。嘉靖二十六年（1547年）中进士，授吴县知县，惠政颇多。嘉靖三十三年（1554年）任巡按山西御史。著有《华阳馆集》和《河东集》，后合为一编，称为《华阳馆文集》，共十七卷，另有续集二卷。《稷峰叠翠》："孤城远见稷王山，怅望行云不可攀。今日吾侪怜饱食，忧时空有泪如潸。"

梁纲，字立夫，号承斋，明代山西省稷山县人。著名诗人、书法家，和兄梁纪、弟梁维合称为"河东三凤"。嘉靖四十一年（1562年）进士，曾在天津、湖广等地任职。其诗《稷峰叠翠》："几从陇上颂思文，濯彼溪毛拟报君。遥想精英何处所，芙蓉七级挂晴熏。"

郑命，字为命，明代稷山人。嘉靖四十年（1561年）举人，任宜君县知县时，减夫价五百多两，罢土官带兵征索之扰，禁县吏私交豪右，请赈救荒，邑人德之。为政清廉，归来时行李萧条，只有图书衣物而已。其诗《稷峰叠翠》："峰峦南望势嶙峋，祠庙千年荐藻蘋。谩咏思文追往事，幽怀还欲绘流民。"

崔乾，明代蓟州举人，嘉靖三十二年（1553年）至嘉靖三十四年（1555年）任稷山知县。其诗《稷峰叠翠》："遥望峰峦景最奇，傍岩古木绿参差。山前贸易多农器，犹似当年教稼时。"

薛一印《稷峰叠翠》："一峰耸翠插天奇，烟树平铺云影差。却恨荒原山失祀，何能复睹民育时。"

毕际有（1623—1693年），字载积，山东省淄川县恩贡人。顺治十四年（1657年）至康熙元年（1662年）任稷山知县。英敏果断，恤孤贫，御强暴，吏畏而民服之。后升任江南省通州（今江苏省南通市）知州。毕际有是著名学者蒲松龄的东家，对蒲松龄极为关照。蒲松龄在毕府前后担任西席（绰然堂主讲）长达三十多年。毕家按时付给蒲松龄薪资，不时还有馈赠，有力地保障了蒲松龄全家的生活，同时对蒲松龄的文学事业也给予大力支持，使他完成了《聊斋志异》《聊斋俚曲》等传世经典的创作。他的《稷峰叠翠》："教稼神功克配天，肇开姬篆颂绵绵。烝民嗣岁隆禋祀，翠巘峥嵘好共传。"

顾渶初，字西及，号盟鸥。清代浙江省湖州府归安县（今浙江湖州市南浔区）人，顺治六年（1649年）进士，曾任刑部主事。康熙十年（1671年）至康熙十四年（1675年）任稷山知县，任内编纂了康熙版《稷山县志》。著有《惠师遗稿》。其诗《稷峰叠翠》："翠锁烟凝别一天，峥嵘庙貌为谁传。只今粒食神功远，击鼓吹豳咏大田。"

王震龙，字霖九，清代稷山儒学廪生。中书舍人王之屏之子。好学工书，著有《绿筠轩诗集》。其诗《稷峰叠翠》："功开稼穑古农官，山以神名永不刊。乃知当年垂帝典，思文今尚寄烟峦。"

文调钧，字衡庵，清代江西省瑞昌县监生。嘉庆十五年（1810年）至嘉庆二十年（1815年）任稷山典史，是嘉庆版《稷山县志》的督印。其诗《稷峰叠翠》："古墓荒祠峙远空，一弯螺黛叠千重。地因人重名偏著，德并山高祀应隆。畎亩勤劳资粒食，黍禾蓬勃想遗踪。年年社酒鸡豚会，为报当时教稼功。"

张应辰，字拱之，号嵩楼。清代河南省汝州（今汝州市）拔贡，嘉庆十六年（1811年）至道光元年（1821年）任稷山知县。任内主持编纂了嘉庆版《稷山县志》。著有《嵩楼诗草》八卷，嘉庆木刻本，现藏于山西大学图书馆。其诗《稷峰叠翠》："后稷躬耕地，平林绣岭端。桑麻千顷古，岚翠一岭寒。"

王墀，字对宸，号麓堂，河南省汝州举人。嘉庆年间任稷山思文书院山长（院长），参加编修嘉庆版《稷山县志》。其诗《稷峰叠翠》："稷陵踞峰顶，亘古成稷峰。阡陌莽回错，翠叠千万重。惆怅教稼处，隔林闻远春。"

第三节　稷山县对后稷的纪念

后稷是稷山一个重要的文化标志。稷山县有稷王山、稷王庙，为什么稷山人称后稷为"稷王"呢？根据有三：一是当年舜帝将姬弃封为后稷，专职司农，"后"即君主的意思，也就是推崇他为主管稷即农业的首长，所以也可理解为天下农王、粮王。二是后稷的后世孙周文王姬昌及其儿子周武王姬发，经数代人苦心经营封地周国，终于在公元前1046年一举会合八百诸侯，灭掉殷商，一统天下，建立了周朝。周朝统一后，在都城镐京建立太庙，奉

稷王山

祀周人列祖列宗，把后稷作为太祖，位尊祖庙之首，按照天子之礼祭祀。三是华夏民族传统历来是对有功德于天下黎民的人，生前视为圣，死后敬为神。后稷有功于社稷，嘉惠于民生，老百姓敬若神明，尊为帝王。尤其是稷山作为后稷出生和教稼的所在，当地人民更是对后稷怀有一种朴素、虔诚的特殊感情，尊称他为王，不仅如此，就连和后稷同时期为舜大臣、教民凿井的伯益，也被当地百姓尊称为"伯王"。

稷山一带对稷王的历代祭祀，主要有三个明显特点：第一，将后稷按照帝王礼制来崇祀。无论是稷王山上的后稷祠，还是县城后建的稷王庙，均依照皇室规制来布局。祭祀礼仪是以最高规格"郊祀"来进行。第二，历代朝廷对稷王祭祀活动高度重视，专门派官员主祭。旧县志记载："明初太常定甲，以夏四月十七日遣官致祭，后邑令代，今仍之。"也就是说，从明代开国之初，朝廷就年年派出代表，专程来稷山主持四月十七日的稷山祭祀大典，后来才由当地县令代为致祭。第三，祭祀稷王活动和民间庙会、赛社密切结合。如稷王山一带民众，过去上山祭祀稷王，由修善、丁庄、兴隆庄、东里、西里等五个村庄自发于修善村结社建庙，与山上那座后稷祠（俗称上庙）相对应，修善村那座稷王庙俗称下庙，每年从十月十五日开始进行庙会，到次年二月初五日结束。这四个月中，逢五为集市贸易日，"下庙古会"久而久之成为享誉晋南的祭祀稷王和集市贸易之重要场所。稷山县城建起稷王庙之后，每逢四月十七便为稷王大祭日，届时全县各种民间社火节目进城表演，耍狮子、舞龙灯、跑旱船、踩高跷、打花鼓、扭秧歌、跑鼓车、抬阁、八抬应有尽有，充分体现了民间传统习俗敬神娱人的欢愉气氛。同时，祭祀期间也是县城集市贸易最为繁华红火的日子。

清代道光二十年（1840年）至道光二十八年（1848年）连任三任稷山知县的云南省建水县进士出身的李景椿（字松阿）是稷山历史上任期最长的一位知县。李景椿在稷山的官场生涯，据同治四年（1865年）版《稷山县志》记载，这位李知县"遇事公断，略不徇私，所需薪米，绝不苦累民间"。所以得到了上下的一致好评，被称为"卓异"。李景椿在稷山所作所为的各项事业，一直保持到今天的就是国家重点文物保护单位稷王庙。

稷王庙于道光十六年（1836年）失火被毁，一直没有修复。李景椿任稷山知县后，修复稷王庙的事提上议事日程。当时测算修建费用要花掉白银一万两，要是按正常情况根本就修不起来。因为当时稷山全年的公粮征收，折合成白银才四万二千多两，要在四万多两的基数上再向百姓摊派一万两，这是无论如何办不到的。而且1840年至1842年正是第一次鸦片战争时期，从中央到地方军费开支吃紧，根本没有经费下拨。李景椿既没有向群众摊派，也没有向上级要钱。

李景椿率先捐出自己的廉银五百两，（清代实行低俸禄、高养廉银的制度。知县每年俸银只有五十两左右，而养廉银根据工作成绩大小可领到一千两至两千两。类似现在的工资低、奖金高的情况。）这在当时是很大一笔钱，占全部修建费用的二十分之一。全县乡亲有钱出钱、有力出力，经过半年努力，筹够了所需钱款和物资。根据稷王庙石碑上保存到现在的捐资人名单来看，捐献者有全县的工商业主、有各乡村的群众、有稷山籍的大小官员。所捐的有白银、铜钱、砖瓦、木料、石材。修建的材料和工艺采用了当时所能达到的最高水平：屋顶没用普通筒瓦，而用了琉璃瓦（解州关帝庙用的是普通筒瓦）；为了避雷，琉璃屋脊上镶嵌了铁艺（关帝庙和故宫都没有）；大殿四周石柱全由青石雕刻而成，特别是水、火两根蟠龙柱的工艺超过北京故宫，为全国古建之仅存。整个稷王庙建筑牢固，工艺精益求精，气势宏伟，流光溢彩。自光绪十六年（1890年）到2003年长达一百一十三年的时间连续使用，稷王庙不仅没有任何维修，而且其主体建筑依然牢固如初。屋顶不漏雨，地基不下沉，石刻不脱落，铁艺不锈、不坏、不倾斜。李景椿主持修建的稷王庙不仅硬件设施非常到位，而且文化内涵十分丰富。李景椿还特意为这次稷王庙重修写了碑文，文曰：

"盖闻有非常之功必享非常之报，故从古先圣哲王凡有功于天下后世者，类无不崇祠庙、隆豆祭以光祠典。然后是以求而功之大者，孰有大于开万世粒食之源，如帝尧所举农师粤后稷者乎？当是时，黎民阻饥，爰命后稷播时百谷，稷邑为古教稼地，即后稷发迹之所……"歌颂了后稷的事功。稷王庙献殿西山墙上石刻的李景椿《七古》一章，全诗明快流畅，思古喻今，情感深邃，足见诗人才华横溢、胸襟豁达。该诗追思后稷发展农耕、树艺五谷的丰功伟绩，深情表达了后稷儿女敬缅先祖、崇德报功、修复稷王庙的经过，是中国文学史上的一颗明珠。

李景椿是云南省建水人，他在稷山主持修建稷王庙，明确指出"为问稼穑何自起，立我烝民始稷邑"。说明中国农业的起源，是从后稷在稷山教民稼穑开始的。表明当时全国对后稷兴起于稷山、在稷山开创华夏农耕伟业是有着普遍共识的，他作《重建稷王庙告成赋七古一章》以纪其事：

古来农官粤稷弃，羊腓鸟覆诞育异。

天生神圣非偶然，有相之道明树艺。

当年帝尧忧阻饥，分命后稷详土宜。

播时五谷惟尔任，咨尔后稷其勉之。

从此教民辨种粒，秬秠穈芑诞降习。

为问稼穑何自起，立我烝民始稷邑。

稷邑乐利遍南东，实颖实栗连岁同。

于万斯年报功德，建立庙宇凌苍穹。

穹隆宝殿历年久，肇周新命寿山斗。

迄自道光丙申年，一番回禄化乌有。

我思此殿神式凭，思文遗泽宜兢兢。

况复德大配天帝，忍使殿宇倾频仍。

我莅斯土已三载，倡义建修始邑宰。

召彼绅耆同相商，庙貌重新不可待。

邑之绅耆佥曰然，功程浩大广输捐。

我亦分廉襄盛举，裘成集腋刚半年。

年来鸠工庀材速，鸟革翚飞起华屋。

日复一日功告成，翯翯皇皇体制肃。

而今宫殿光九闾，有邰受命临上苍。

翠叠稷峰获妥侑，频年定邀天降康。

康年穰穰咏乐岁，仁卜三登叠纪瑞。

我赋此诗祈神灵，愿民永永沐神惠。

惠遍士民春复秋，馨香俎豆隆报酬。

民人既育教化起，陈常时夏开薪樵。

君不见，奏庶艰食万世赖，禹皋都俞梦交泰。

君不见，稼事开基八百年，元公制礼垂诗篇。

宜乎屡代钦崇重禋祀，此庙直与天地相终始。

　　李景椿的《七古》诗在书法史上也是不可多得的佳作。其全部石刻于稷王庙的献殿山墙上，没有风吹雨淋的影响，保存十分完好。

　　根据黄建中在《后稷大传》中的记录，李景椿还为稷王庙献殿山墙和大殿大门两侧分别题写了"统肇王基，功崇平地；源开粒食，德大配天""思文配乎天，树八百年王业之本；率育命自帝，开亿万世粒食之源""稼穑劳，后躬播种，功勋垂百代；民人饱，圣德崇隆，祠宇耸千秋"三副楹联。这些楹联对仗工稳，意境深远，高度概括了后稷发展农业、培育五谷的不朽功绩，寄托着后稷儿女对后稷的无限敬仰之情。楹联遣词用字朴实无华，而且全部由李景椿以楷体书法书写。这些楹联字大如斗，笔力遒劲，铁画银钩，入木三分，宛如刀刻。

　　在李景椿重建稷王庙之后，光绪十三年（1887年）年稷王庙东廊再次失火被毁。光绪十六年（1890年），县里筹集白银一千多两进行重建，秋天动工，冬天竣工。光绪十七年（1891年）王炳坛撰写了碑记，曰"凡我桑梓，均有室家，崇俭黜奢，宜图补救，赋《蟋蟀》而咏《山枢》，当如何思患预防，以复家给人足之盛矣乎？"表达了体恤人民疾苦，倡导戒奢宁俭、思患预防，盼望家给人足、民富国强的人文精神。

　　王炳坛生于嘉庆二十四年（1819年），卒于光绪十九年（1893年），享年七十五岁。他世居县东原家庄，光绪十二年（1886年）始迁县城东门内。道光二十六年（1846年）考中丙午科举人，咸丰三年（1853年）考中癸丑科进士。诰授中宪大夫，先后任兵部员外郎、直隶省深州知州。任职期间清正廉洁，惩贪除恶，爱民如子，不阿附权贵。年届七十退休还乡，颐养天年，但仍致力于家乡建设，又以七十三岁的高龄担任重修稷王庙总督并题写碑记，体现了老人家对家乡的炽热深情。

黄建中在《后稷大传》中还讲述了稷王庙在王炳坛重建钟楼后，历经清末战乱、民国风雨飘摇、日寇侵略等劫难，一直到2003年才进行了新一轮大修。

稷王庙原来占地5.1亩，按照规划，将其扩大到15.1亩。于2003年8月18日正式奠基动工。经过周密部署，工匠们精心施工，用近一年的时间，新建山门一座、配殿四座二十间、廊房六十一间、励精图治院两座十四间、重檐圆亭两座、碑廊十四间、临街店面房五十三间、两座石质图腾柱、两座古石坊、两座砖雕门楼、一座古建垂花门楼，总建筑面积达到3000多平方米。2004年工程竣工之后以稷山县县长李润山的名义立了碑。文曰："稷峰叠翠，汾水悠长。稷山县地处黄河中游，乃中华发祥之地，炎黄根基所在，并为后稷故里，农耕圣地，历史悠久，文明古远。早在唐尧时，有名姬弃者，在其邑之南即稷王山一带，教民稼穑，创农耕之伟业，开粒食之先河。此举乃人类社会越野蛮而迈文明之本质进化，可谓维国民命数，膺社稷中坚，功昭日月，德配天地。故尧举弃为农官，舜封弃曰后稷，炎黄子孙奉为农祖谷神，尊称为稷王。稷山县则由此而冠名也，伟哉！圣哉！……"

稷山县还于2005年成立了后稷文化研究会，并且出版了《稷人说稷》一书，这本书的编辑出版发行，印证着后稷儿女对后稷的崇敬和钟爱，同时也证实着我们正在做着前人未竟的事业。《稷人说稷》一书汇集了《稷山报》从2002年5月复刊以来，《稷人说稷》栏目发表的诸多有关稷山的由来，后稷身世，历史功绩，稷山人文历史、风土人情以及后稷文化研究体系等内容，展现了稷山县近几年有关后稷文化研究的部分成果。《稷人说稷》的出版为稷山县后稷文化研究会的成立准备了充分的条件，并且为《后稷文化》杂志的创刊打了下坚实的基础。稷山县后稷文化研究会的成立和《稷人说稷》的出版发行，对后稷文化研究起到了抛砖引玉的作用。

《后稷文化》创刊于2005年5月，是稷山县后稷文化研究会的会刊，也是全国唯一的研究后稷的大型专业刊物。《后稷文化》由著名的国学大师姚奠中题写刊名，大十六开，内容丰富、印刷精美。共有《后稷研究》《领导论坛》《今日稷山》《后稷骄子》《稷乡名胜》《枣乡文苑》等数十个栏目，是弘扬后稷文化、宣传后稷故里的亮丽窗口和亮丽名片。《后稷文化》为季刊，自创刊以来，已出到二十多期，团结、培养和吸引了大量的专家学者和青年文学爱好者，引导他们投身于后稷研究，致力于弘扬后稷文化，为稷山的两个文明建设发挥了重要作用。《后稷文化》得到了县委和县政府的高度肯定与大力支持，他们经常过问刊物的具体情况，鼓励编辑人员竭尽全力办好刊物。

经过几年来的努力，《后稷文化》越办越好，取得很大成绩，已成为稷山县对外交往的重要宣传资料。《后稷文化》每期向县委、县人大、县政府、县政协各位领导，县直各局办和各乡镇负责人，各重点企事业单位赠阅，由县档案馆、党史办、县志办收藏。《后稷文化》还作为县领导外出活动和接待来宾的宣传资料进行赠阅，并特别寄赠给各地稷山籍在外人员联谊组织。《后稷文化》体现了时代风貌，彰显了地方特色，贯穿了人文精神，占据了理论前沿。《后稷文化》不仅是后稷文化研究者的同仁刊物，是稷山文化人的精神家园，也是稷山县各行各业展示形象、塑造品牌的一个平台，是传达信息、张扬时尚的一个选择。

此外运城市作家协会副主席张雅茜于2006年写了《稷播丰登》一书。《稷播丰登》由山西古籍出版社出版，讲解了人类的古代文明，是随着农业的发展而一步步走到今天的。书中介绍了四千多年前的黄河流域，游牧渔猎被刀耕火种所替代，精耕细作、选择优良品种、收获收藏这一完整的农业生产方式被后稷创造出来，发扬光大，成为一个社会主体的历史情况。

2009年稷山县诗联学会在会长张大魁的主持下，把稷山县城步行街建成了"后稷楹联文化一条街"。在步行街的四座门楼石柱上悬挂了十二副以歌颂后稷为主题的木制楹联牌匾，为稷山县成为"中国楹联文化县"打下了坚实的基础。

从二十世纪九十年代以来稷山县先后出了三部描写后稷的戏剧。1998年由张大魁执笔，杨山虎、裴永康、孙润生合作，写成蒲剧《后稷的传说》，荣获运城地区新创作剧目一等奖。2008年雷平良根据黄建中提供全部所需资料写成蒲剧《后稷传》，曾赴运城参加国庆六十周年会演，并获大奖。2010年任国成、张大魁、韩树荆合作编写了蒲剧《农祖后稷》，成为稷山蒲剧团经典剧目，久演不衰。这三个剧本，开创了全国后稷戏剧的先河。

2013年，后稷文化研究会会长黄建中创作了《后稷大传》一书，总结了后稷的丰功伟绩和后人的研究成果，是后稷家乡研究后稷的里程碑式作品。2020年黄建中还编著了《历代诗人咏稷山》一书，该书搜集了从上古到民国诗人对后稷的故乡稷山县的歌咏，其中有一部分是歌颂后稷和农耕文化的，是研究后稷的重要文献。

2021年9月18日，为弘扬农耕文化，促进乡村振兴，中共稷山县委、稷山县人民政府在北京国家会议中心成功举办了首届"中国·山西·稷山后稷论坛"，会后发布了《后稷论坛宣言》。根据《后稷论坛宣言》的宣示，县委县政府举办后稷论坛的宗旨是：一是搭建农耕文化研讨的平台，厘清后稷农耕文化的发展脉络，挖掘后稷农耕文化的内涵与外延，彰显后稷农耕文

后稷论坛

化的历史和现实价值。二是搭建各方人士合作、共促乡村振兴的平台，让古老而厚重的农耕文化与现代农业、文化旅游等紧密结合，让更多的有志之士在广阔农村投资兴业、共谋发展。三是搭建弘扬传统文化、增强文化自信的平台，交流研讨、广泛传播，让更多中华儿女了解后稷农耕文化，从中汲取营养，汇聚起为中华民族伟大复兴耕耘奋斗的磅礴力量。

论坛以弘扬农耕文化、促进乡村振兴为主题，举办了县情介绍、特优农产品区域公用品牌发布、招商引资项目签约、现代农业高质量发展高端咨询和后稷农耕文化研讨等系列活动。

论坛开幕式上，后稷鼓韵《庆丰收》、歌伴舞《五谷香自稷山来》、情景剧《打麦场》、高跷表演《国家级非遗阳城走兽》、稷山老调《敬稷王》等富有地方特色的文艺表演精彩纷呈，展现了后稷儿女辛勤耕耘、欢庆丰收的美好情景。

发布会现场，方圆标志认证集团为稷山县颁发了"稷山四宝"品牌认证证书。中国农业大学、北京工业大学等高校和一亩田集团、金禾佳农（北京）生物技术有限公司等国家级农业龙头企业与稷山县签订了县校合作及建设农产品交易市场、生产有机肥、板枣功能性饮品等十一个合作协议。这些投资项目以及深度合作将对该县在产业振兴、转型发展等方面起到积极的推动作用。

《后稷论坛宣言》还宣示，本届论坛形成了对"后稷教民稼穑于稷山"内涵与外延研究的新共识。来自中国社会科学院、清华大学、北京大学等科研院所和高校的专家学者从典籍、考古和推理等角度深入交流，形成了对后稷农耕文化研究的新共识：四千多年前，中国历史上第一位后稷——姬弃在稷山汾河岸畔、稷王山麓树艺五谷、教民稼穑。后稷农耕文化由一代代后稷历经千年、辗转多地积累形成，代表人物有姬弃、不窋、公刘、庆节、亶父等。上古时期后稷群体带领民众在汾河流域、渭河流域、黄河流域等广大区域谱写了推广农耕、辛勤耕耘的秀美画卷。后稷教民稼穑美在艰辛探索、美在坚定执着、美在天人合一、美在合作和谐、美在无私奉献、美在为民务实。"创新、合和、民本"是后稷精神的核心要义、精髓所在。

首届"中国·山西·稷山　后稷论坛"在北京的成功举办，成为稷山县纪念后稷的新的里程碑，必将在后稷故里继续弘扬后稷开创的农耕文化方面谱写新的篇章。

第四节　现当代对后稷的推崇与研究

政要与政府部门的重视

1894 年 6 月中国民主革命先驱孙中山先生在《上李鸿章书》中说"夫地利者，生民之命脉。自后稷教民稼穑，我中国之农政古有专官。乃后世之为民牧者，以为三代以上民间养生之事未备，故能生民能养民者为善政；三代以下民间养生之事已备，故听民自生自养而不再扰之，便为善政——此中国今日农政之所以日就废弛也。农民只知恒守古法，不思变通，垦荒不力，水利不修，遂致劳多而获少，民食日艰，水道河渠，昔之所以利农田者，今转而为农田之害矣。如北之黄河固无论矣，即如广东之东、西、北三江，于古未尝有患，今则为患年甚一年，推之他省，亦比比如是。此由于无专责之农官以理之，农民虽患之而无如何，欲修之而力不逮，不得不付之于茫茫之定数而已。年中失时伤稼，通国计之，其数不知几千亿兆，此其耗于水者固如此其多矣。其他荒地之不辟，山泽之不治，每年遗利又不知凡几。所谓地有遗利，民有余力，生谷之土未尽垦，山泽之利未尽出也，如此而欲致富不亦难乎！泰西国家深明致富之大源，在于无遗地利，无失农时，故特设专官经略必其事，凡有利于农田者无不兴，有害于农田者无不除。如印度之恒河、美国之密士，其昔泛滥之患亦不亚于黄河，而卒能平治之者，人事未始不可以补天工也。有国家者，可不急设农官以劝其民哉！"清楚地指明中国的农业生产是从后稷教民稼穑开始的，而且指出现代农业的发展需要政府设立农官，加强管理，为中国农业的发展指明了方向。所以中华人民共和国成立后，国家设立了农业部、省设立了农业厅、市和县设立了农业局，专门指导农业生产。

改革开放以后，国家对中华传统文化越来越重视了。2008年清明节前夕，山西省精神文明建设委员会指名要稷山县报送关于后稷的祭文。县里有关部门把任务交给了稷山县后稷文化研究会秘书长、稷山县作家协会主席宁水龙同志。宁水龙《祭后稷文》全文如下：

维公元二〇〇八年四月四日，岁次戊子清明，我等敬谒稷庙，恭行大典，致祭于后稷姬弃神像之前，思古追远，面肃心虔，谨以此文，遥怀先贤曰：

大哉后稷，功可配天：相地之宜率民稼穑，树艺五谷粒食开源，首启农耕顺天应时，佐禹治水河清海晏。放逐丹朱而尧舜禅让，教化黎民而人文始昌。王业开基，泽被蛮荒，屡锡丰年，华夏嘉祥。

伟哉后稷，德高如山：黄帝之后乃名不自显，帝喾之子乃教稼民间，唐尧之弟而力践王命，虞舜之臣而恭行慎言。授农师敬事勤业职传子裔，赐后稷受封邰国龙兴周原。业绩炎炎，品行谦谦，遗泽殷殷，瓜瓞绵绵！

民惟邦本，食乃民天。天下粮仓，源自稷山。后稷教稼于吾乡，神山灵水葬先贤。枣花香伴五谷石，瞻仰稷王思姜嫄。关注民生谋发展，兴稷富民任在肩。英灵久远播精神，稷人新纪谋鸿篇，海内赤子齐奋发，和谐中华春满园。岁崇洁祀，礼行清明；共感严庄，永矢弗忘；掬诚告奠，伏惟尚飨！谨告！

专家学者的研究

二十一世纪初，曹书杰先生撰写完成了博士论文《后稷传说与稷祀文化研究》。后以《后稷传说与稷祀文化》为书名，由社会科学文献出版社出版。这是学者第一次对后稷做了全面系统的考察和研究，文献资料丰富，学术含量较高，对研究中华文明起源、古代祭祀、神话传说、上古文学、先周历史、民俗等，都具有很高的参考价值。

周国屏编著的《五千年周氏家世》一书，详细阐述了自黄帝以来周氏家族的衍变过程，着重突出了后稷姬弃作为华夏农耕始祖、周人先祖的历史功绩和子孙繁衍情况，对研究中华史前文明史和姓氏渊源、农业发展、人口迁徙等方面，都有很高的历史价值。

王启儒，陕西礼泉县人，出版有散文集《悠闲絮语》，中、短篇小说集《残月如钩》《夜的迷茫》，长篇小说《风雨前程》等。2011年出版专著《遥远的文明——后稷与有邰》，梳理了后稷与有邰的关系。

王志清，辽宁阜新人，中央民族大学民俗学博士，东北师范大学中国语言文学博士后，重庆三峡学院文学院教授，硕士研究生导师，重庆市地方史研究会理事。主要从事民俗文化与民间文学、文献学的教学和研究。2020年出版专著《后稷传说的多元化叙事与选择性记忆》，对关中、晋南地区后稷文化进行了民俗学考察。

董绍鹏，毕业于吉林大学考古学系考古学专业，专门从事北京先农坛历史文化内涵研究、中国古代先农文化研究，以及北京四合院建筑类文物研究。2016年出版《先农崇拜研究》，部分章节涉及后稷的研究，是研究农耕文化和神农崇拜的重要著作。

第五节　与后稷有关的文化遗迹

有关后稷的传说和文化遗迹在山西留存很多。晋南的汾水流域是后稷教民稼穑的主要地区，是周族的发祥地。周人后裔为纪念他们的先祖后稷留下了大量的文化遗迹。这些文化遗迹主要分布在稷山县、万荣县、新绛县和闻喜县境内。

运城市稷山县得名于县南的山峰稷山，今称稷王山。晋代杜预在《左传注》中就提到"今闻喜县西五十里有稷山亭"，《汉书·地理志》也有同样记载。《水经注》云："汾水又经稷山北。在水南四十许里。山东西二十里，南北三十里，西去介山十五里，山上有稷祠，山下有稷亭。"可见"稷山"早在成为县名之前就已经在文献史料中频频出现了。《山西历史地名录》说："稷山，一名稷神山，俗称稷王山，跨闻喜、安邑、夏县界，其主峰在稷山县。相传远古时后稷教民稼穑于此，故名稷山。上有稷祠，下有稷亭。"稷王山上有后稷祠与姜嫄祠。稷王山上最明显的标志物就是稷王塔与姜嫄塔，前者在山顶，后者在山腰。

如今在稷山县城有一座专门为祭祀后稷而修建的庙宇稷王庙。此庙原建在县城以南 25 千米的稷王山上，同治《稷山县志》记载：每年夏历四月十七日，朝中派员与知县、四方人士上山举行隆重祭典，以求五谷丰登。但路途较远，山行不便。元时，遂将寺庙改建于稷山城内，坐北向南，是历史上保存下来的华夏朝拜后稷的一座最大最完整的宫殿式庙宇。

现存建筑有献殿、正殿、姜嫄殿，两侧配有钟楼、鼓楼、厢房和配殿，多为元、明、清遗物。献殿面阔三间，进深两间，耸立在两米高的台基上。悬山顶，琉璃彩瓦饰。前檐栏额浮雕有稷王教民稼穑图：耕耘、播种、收割、碾打，还有稷王手持谷穗、农夫耕耘播种、牛马默默劳作和碌碡碾滚不停与扇车扬谷等内容，形象活泼，栩栩如生。

正殿面阔三间，进深三间，亦建在两米高的台基上，重檐歇山顶，三踩单翘斗拱，四周回廊缠绕，有石雕花柱二十根，特别是明间前两根浮雕蟠龙柱，刀工精湛。回廊外围以五十二块石板花卉构成屏形围栏。拾级而上，楼上四周设木质栏杆。北行过泮池即为姜嫄殿。

姜嫄殿，悬山顶，斗拱硕大，做法粗犷，为元代技法。左右配殿各两间，为明代建筑。姜嫄殿前有一座献亭，十字歇山顶，斗拱形制亦为元代做法。

此外，稷山县东文村、修善村、下迪村、勋重村都有稷王庙，在翟店镇东小翟村有稷王庙鼓楼。

运城市万荣县。据说与后稷弃同时期还有过一位伯益。我国古代许多文

稷王庙姜嫄殿

献中都秉承了《尚书》的说法，认为伯益知鸟语，善驯鸟兽，但《吕氏春秋》和《淮南子》等又认为伯益不但善占卜，更会打井。历史上，稷王县及四周的人民，祖祖辈辈视伯益与后稷为同样的创物先祖，所以，许多村庄就把伯益与后稷同庙祭祀。此庙坐落于万荣县西北隅的南张乡太赵村。原庙宇宏伟壮观，抗日战争中被日本侵略军烧毁，保存下来的仅有正殿（即无梁殿）和1921年重修的戏台。该殿始建年代无考，元至正二十三年（1363年）曾重修。据学者考证，其斗拱结构和一部分石柱基上还保留着金代特点，"无梁殿"确属金代建筑物无疑，距今有八百余年的历史，为省级文物保护单位。1921年重修的戏台，则始建于元世祖至元八年（1271年）。它为了解和研究我国戏剧发展提供了实物资料，具有重要的文物价值。此外，万荣县西薛李村也有后稷庙。

运城市新绛县阳王镇有稷益庙，始建年代不详，明弘治十五年（1502年）重修并扩建。供奉后稷与伯益，故称稷益庙，俗称"阳王庙"，包括正殿与乐楼，正殿面阔六间，有壁画彩绘稷、伯益教导人民烧荒、狩猎、斩蛟、伐木、耕获的故事。在"烧荒"画上显出当年刀耕火种和狩猎的图像，在火舌逼迫下，长蛇、野鹿、狐、猴子等野兽惊恐姿态，栩栩如生；在"耕获"中画出了身着红衣的稷教民耕稼，农夫恭听和妇女晌午送饭的细节；还有担挑、推车运输田禾，场上上垛、碾打等形象，反映了古代农业生产的场面，显示出后稷教民稼穑的全过程，又与晋南农民生产活动息息相通。图像以连环画形式画出了《后稷降生》的"后稷出生""胎生如卵""禽鸟饲养""樵夫发现""亲母抱回""邻人探望"的全过程。还有伯益像，画有伯益的一些事迹。

运城市闻喜县有阳隅镇吴吕村后稷庙、冰池村的上古姜嫄墓、后稷被丢弃的冰池村等与后稷有关的古迹。阳隅镇吴吕村后稷庙创建年代至晚在元代，明嘉靖年间（1522—1566 年），清乾隆二十九年（1764 年）、乾隆五十三年（1788 年）均有修葺，占地 1600 平方米，坐北朝南，一进院落布局。轴线上尚存戏台、水陆殿，均为元代遗构。戏台砖砌台基，石条压沿，高达 1.5 米，面阔三间，进深四椽，单檐悬山顶，殿内梁架为四椽栿通檐用三柱，前檐施圆形通长额枋，平柱向两侧外移，尚存元代遗制。水陆殿单檐悬山顶，殿内施天花板。庙内尚存明嘉靖年间重修庙记碑两通。

随着时间推移，后稷的影响也超出了中原地区。

在江西省石城县有一座古老肃穆的后稷庙，是石城县客家先辈为尊祀后稷而建，以祈求"五谷丰登"和"幸福吉祥"。虽经千年风雨沧桑，后稷庙仍然庄重辉煌。后稷庙始建于宋朝大中祥符年间（1008—1016 年），后经多次修缮，此庙也留下了各个历史时期的文化遗迹。初建时只供奉后稷神像，后来又供奉了作为陪衬的道教神像。此庙为砖木结构，内设有正殿、庭院及东西厢房、古戏台。大殿结构为穿斗式木作梁架，梁倒板上绘有栩栩如生的龙、麒麟等动物彩画。木柱础石为双层八角形，各面均雕刻有动物、花草。庙内充满了龙文化及道教文化的气息，是研究中原文化与客家文化渊源关系不可多得的历史古迹。

该庙坐落于客家古驿道"闽粤通衢"的入口处，是通往闽粤的咽喉要道之地，直至今日每年都要在此庙举办隆重的庙会，庙会期间都会邀请多家戏班子在古戏台上演出数日，热闹非凡。如今庙内还存有五块古代的碑刻，两块为明

陕西武功县稼穑台

碑，三块为清碑，详尽记载了后稷庙的历史沿革，也记载着客家先辈的文化意念、创业历程和客家文化的深厚内涵。

陕西省武功县地处八百里秦川腹地，当地人把后稷视为中国的农业神，辛勤耕作的象征，这里也被说成中国农业发源地。为了缅怀后稷的功业而建"后稷教稼台"以为纪念。后稷教稼台在武功旧县城东门外，是一个砖砌的长方形平台，建造年代无考。据说每年农历十一月人们在这里进行纪念活动。

另外就是京师社稷坛。历代封建王朝，都在京师建有规模宏大的社稷坛。由于长安、洛阳、开封等地的社稷坛都和宫殿一起被焚毁，故现在只有北京明朝修建的社稷坛留存，这也是历代社稷坛中的代表作。北京天安门城楼右（西）侧的中山公园、左（东）侧的劳动人民文化宫几乎无人不晓，而明清时代，劳动人民文化宫是皇家的太庙，中山公园就是皇帝每年春、秋仲月上戊日祭太社、太稷的场所——社稷坛。皇帝把"社稷"作为国家的象征，每年仲春、仲秋上戊日清晨来此祭祀，以祈祷丰年。凡遇出征、打仗班师、献俘、旱涝灾害等也来祭祀祈祷。

社稷坛始建于明永乐十九年（1421年），其旧址是辽、金时的兴国寺，元代改名万寿兴国寺。明成祖朱棣兴建北京宫殿时，按照"左祖右社"的古制改建为社稷坛，后迭经修缮、扩建，整体占地面积为24万平方米。社稷

坛在明代先后有三处：南京、中都（安徽凤阳）、北京，而北京的社稷坛建造得最晚。南京社稷坛落成于明太祖朱元璋称帝的前一年——1367年，原是太社坛、太稷坛东西对峙，两坛相去五丈，洪武十年（1377年），朱元璋认为太社、太稷分坛不合典制，遂合坛于午门之右。

北京社稷坛的格局就是遵照洪武十年（1377年）改建后的制式。辛亥革命后，社稷坛、太庙仍为清皇室所有。1913年朱启钤出任北洋政府内务总长，建议将社稷坛改为公园，获准，1914年春开始改建，10月10日正式开放，称中央公园。1928年为纪念孙中山先生改名中山公园。中华人民共和国成立后，该园被大规模改造，但是其主体格局基本未变。

北京社稷坛

五色土祭坛是社稷坛的核心，位于中轴线中心，坛呈正方形，为汉白玉砌成的三层平台，层高三尺。上层坛方五丈，上铺表示"溥天之下，莫非王土"的五色土：中黄、东青、南红、西白、北黑，象征土、木、火、金、水五行，古人认为，五行乃是万物之本。五色土厚二十四寸，明弘治五年

（1492年）改为一寸。

拜殿（中山堂）在坛北，又名"享殿"或"祭殿"，是一座宏大的木构建筑，面阔五间，进深三间，黄琉璃瓦，单檐庑殿顶，白石台基，无天花板，明露着梁架和半拱。1928年改名中山堂。

戟门（戟殿）在拜殿北，宽五间，原为社稷坛的正门。戟门原有三个门洞，每个门洞两侧各放置镀金、银大铁戟（戟头镀金，戟墩镀银）十二把，共七十二把，故称戟门。光绪二十六年（1900年），八国联军入侵北京时将七十二把大铁戟全部掠走。民国时社稷坛改为公园，正门设在长安街上，戟门被改为殿堂，故又称"戟殿"。中华人民共和国成立后，这里成了北京市人民政协的会议室。

第九章　品读河东农耕文化的"细节"

第一节　民俗文化

河东农耕文化的细节藏在河东的每一寸土地上，隐含在河东的民间生活当中。每一处文化遗存、纪念馆，每一个家族的家风家训，每一种民俗都显示了以后稷为代表的农耕文明的深刻内涵。

我们从现在的耕作习惯中，从人们传统的耕作方式中，从人们仍然保持多年不变的程序里，从那些流传了多少代的农谚中，从后稷留给我们的蛛丝马迹里，仍可感受到农耕文化的不朽魅力。

稷王山上的稷王塔下，有一种叫五谷石的石子，曾经有人把能找到的一扫而光，装在麻袋里背下山研究，并做了自己的收藏。这种叫作五谷石的石头，其颜色、形状、大小如谷子、黍、小麦、大豆、高粱等，粒粒晶莹光亮，颗颗形态各异。有人说，稷王山上产五谷石，就和南京的雨花台产七彩雨花石一样，有后稷在此教民稼穑，非但人民不会忘记他，就连大自然也造化出纪念稷王的石头，所以象征着五种谷物的五谷石只有稷王山上才会有。

有人说，稷王山下还有五谷路也叫五股路，第一股路通冰池，是后稷日出而作、日入而息的回家路；第二股路通稷王山，相传为商相伊尹学播五谷之路；第三股为拜祖路，自稷王山经阳王镇至汾河川东邰神、西邰神拜先祖有邰氏之路；第四股路为万荣"三文路"，相传为周文王、晋文公、魏文侯先后学农之路；第五股为子谏路，是后稷至舜都蒲坂进谏之路。仁者见仁，智者见智，但人们对稷王的崇敬之情可见一斑。

距稷山数十里之外曾发现了半个蚕壳的新石器时代仰韶文化遗址——夏县西阴村，是男耕女织这一农耕社会家族的最原始状态，从母系氏族社会的结束到父系氏族社会的建立，"男主外、女主内"的家庭生活模式延续存在了几千年。

在这方土地上，传统的农业生产方式并没有被完全丢弃，无论往外地输送了多少劳动力，无论有多少人迁移到城市谋生，田野上却不见荒芜和废弃，春种秋收，庄稼茂盛，仍然是农村最美丽的风景。

在传统社会，检验男人是否优秀是看你能否扶得犁、驾得耙、摇得耧、掌得耩。女孩则以纺织为未来的生活练就本领。从棉花的采摘到把弹好的棉花捻条、纺线、浆线、接棉、搭机、织布，然后到裁剪缝制成衣，是每家闺女未嫁之前的必修功课。那些由粉白、粉红、桃红、大红、紫红的经线和纬线织出的石榴籽，是她们内心深处多子多福观念的体现；那些由淡青、雪石青、浅蓝、海蓝、深蓝交织而成的床单被面，象征着她们对未来美好生活的祈求，体现着她们的创造才能和智慧。聪慧和心灵手巧的女儿家，往往会亲手做嫁妆，人们从那些陪嫁的刺绣和家织布里，去看一个闺女的相貌以及品性。昔日女子的嫁妆，首先体现出女人的手艺，然后才是财富。

存在于晋南民间的刺绣作品，工艺拙朴中不失精美，色彩搭配更是体现出大红

晋南刺绣

大绿的中国北方的用色传统，与针法繁复、构图雅致的苏绣以及色彩含蓄、造型大气的湘绣，有着迥然不同的风格。那些已有几百年历史的绣品，大到巨幅贺幛、围屏、被面、嫁衣，小至孩子的肚兜、青年男女定情的腰包腰带、老人的帽子、妇女的绣鞋，以及寿枕、鸳鸯枕、和枕、陪葬枕等，无不特色鲜明，代表着中国北方民间的刺绣工艺水平。

河东民间的面塑远近闻名，主要包括两类：花馍和礼馍。花馍是配合岁时节令祭礼或上供的馍。如"枣山馍"，在民间祭祀神灵之中，寓意"早生贵子"；"飞燕花馍"用于清明节扫墓祭祖的用品，也表示春燕飞来、阳光明媚；礼馍则是伴随诞生、婚嫁、寿筵、丧葬等人生仪礼而制作的馈赠物品。如婴儿满月（或者周岁、三岁、十二岁）时，孩子姥姥家都要蒸一种又圆又大、中间空心的花馍馍，俗称"项圈馍"，亲朋好友把它用红包袱裹起来，一手提着礼馍，一手拉着小孩，来往于大街小巷，赠予乡里乡亲、街坊邻居，传递着浓厚的乡里乡情，让大家分享添人加丁的喜悦，寓意"人丁兴旺"。

项圈馍也称"套项馍""囫囵馍"，意为囫囫囵囵套住。它呈圆圈形，直径约一尺五寸左右，上面满是面捏的花，有的染上各种鲜艳的颜色，精巧稚朴，形象生动。农家妇女都会捏自己喜爱的花样，风格各不相同，大致可分

晋南花馍

为三种：龙、虎和各种花朵枝叶。龙和虎分别预示着"龙凤呈祥"和"虎虎生威"，祝愿孩子健康成长，成龙成凤。花朵枝叶中又以牡丹花、百叶花居多，并各有寓意。例如：牡丹是"花中之王"，民间以它为富贵和美丽的象征，装饰礼馍时把它和芙蓉结合在一起，意为"荣华富贵"；把它和海棠结合在一起，有"光耀门庭"之意；把它和桃结合在一起，有"富贵长寿"之意。在河东农村姑娘出嫁之

前，一定会把这套手艺从母亲那里学过来。开始时是给母亲当助手，并留心观看和模仿制作，待出嫁时，心灵手巧的姑娘就会得心应手，通过继承、发展、创新，技艺甚至可以超过母亲。

各种节日都有特别的风俗，腊月初八是河东民间的传统节日，俗称为"腊八节"，并有吃"腊八粥"的习俗。腊八是新年的序幕，人常说："吃了腊八饭，就把年货办。""吃了腊八饭，鸡儿就下蛋。"从这天就开始有年味了。

关于"腊八粥"在河东民间有这样的传说：从前，有个叫王恩的人，家有妻子、儿女，还有个年过八旬的老母。有一年闹粮荒，王恩思来想去想了个"增粮不如减口"的瞎主意。这年冬天，寒风呼啸，天寒地冻，狠心的王恩竟把老母背到山坡上放下，扬长而去。幸亏被一个打柴的小伙发现，这个小伙计名叫有义，他问清情由后对老人说，自己双亲早已过世，今后你就是我的亲娘。有义把老人背到家，有义媳妇高兴得不得了，赶紧去给婆婆做饭，她一心想让老人家热乎乎地吃顿好饭，又想让她吃这，又想让她吃那，于是就把各种粮、菜、米、面、豆……都往锅里放上一些，熬了一锅杂八粥。粥熟了，一揭锅，香味扑鼻，只见满锅都是金豆儿，金灿灿、光闪闪。这一天正好是腊月初八。人们为了教育后人，孝敬老人，每逢腊月初八，家家都要煮这杂七杂八的"腊八粥"。关于腊八节吃腊八粥的来历，河东民间还有种种传说，谁是谁非难以考证。

再如冬至节，冬至节常在农历十一月间，在公历12月21日到22日。它是农历二十四节气的第二十二个节气，又是河东民间的传统节日。从冬至开始，气候进入全年最寒冷的"数九寒天"时节。冬至，至是极，是日影短到终极的意思。古人对冬至的解释是："阴阳之至，阳气始生，日南至，日短至，日影长之至，故曰冬至。"冬至是农历二十四节气中最早测出的节气之一，大约在尧帝时代。节气转变为节日，且传承至今。

从冬至起，黄河中游地区气候进入全年最寒冷的"数九"寒天阶段，河东民间俗称"交九"。从此算起，天气以九天为一期而转换，即九天为"一九"，共有九个"九"，河东民谚说"冷在三九，热在三伏"。从冬至算起九九八十一天，到惊蛰后六天，也就是阴历十二月二十二日至次年三月十二日"数九"才算结束。"九尽桃花开",这时天气就暖和了。在没有气象预报的古代,河东人根据长期的生产、生活实践经验,创造了许多记述数九期寒暖变化规律的方法。例如,当地人们编有"九九歌",巧妙地用自然界中某些生物及各种生态反映,形象而又生动地表明"九"里各个时段的气候变化。河东民间流行的九九歌是这样的:"一九二九,不出手;三九四九,冰上走;五九六九,沿河插柳;七九河开,八九雁来;九九加一九,耕牛遍地走。"还有"九里有伏,伏里有九""春打六九头、五九尾""九尽再数九,麦儿就到口"等谚语。

冬至节是个隆重的节日,冬至古有"亚岁"之称,其热闹程度与"岁除"相仿,直至现在河东有些地方仍有"冬至大如年"之说。家家要在这一天包饺子。

晋南的传统农家院落大都坐北朝南,东西宽南北短,正房五间,门开东南,进门是照壁,壁上设有土地爷的神龛,院中少不了花草树木,高墙围出一个小康之家,是自古流传的防卫遗风——城墙的缩影,也是自闭自封的精神传统。门楼是这家人的面子衣裳,最能看出这家的经济状况。宽裕的,青砖砌墙,青石铺阶,檐角高挑,屋脊高耸,门前左右两个石磴,前后院以一墙相隔,一门相连。家境一般的,也会用细椽撑起一坡青瓦,土坯泥墙,两扇木板门,虽简朴却也不失安全。村巷里随意走去,常有一些遒劲的字体被镶在门楣上,显示着这家人的精神追求与文化水平:"紫气东来""宁静致远""富贵康泰"等,最常见的却是"耕读传家",可见只耕不读或者只读不耕都不是最完美的生活追求。

第二节　耕读传家

说起耕读传家,古往今来,在河东大地上,文化世家层出不穷。文化的传承、积累与发展,人才的培养,往往离不开家庭的或家族的影响。在河东地区，从汉代出现的班婕妤家族到宋代司马光家族，可谓家族文化连绵不绝，人才辈出。如金代元好问家族、段克己段成己家族、陈赓家族等，这种状况一直延续到清代傅山家族、祁韵士家族、董文焕家族、常乃德家族。可见文化通过家族系统传承延续是古代河东重要的文化现象。

稷山有代表的文化家族就是段氏家族。段氏一族世世代代都居住在武威（今山西省稷山县境内），是绛州稷山县的望族。自汉代以降，名人辈出，如唐代的段文昌、段秀实，宋代的段应规等。段家子弟或出仕为官，或居家耕读，大都能恪尽职守，为善乡里，为时人称颂。传至金代，段氏子孙如段钧、段铎兄弟，段克己、段成己兄弟等，仍能继承祖上美德，为世人敬仰。段氏家族到了明朝，克己五世孙段密，仍能承继家学，性行端确，有诗文集传世。在古代，士人与农人是相互流通的，"耕读传家""半耕半读""朝为田舍郎，暮登天子堂"是人人熟知的口语；而退休的士大夫，往往选择回到故乡，作为乡绅继续在地方、在本乡本土发挥自己的作用。每一个耕读家庭里，都有默默无闻的女人，相夫教子，勤俭持家，培育下一代。梁漱溟先生说过："在中国耕与读之两事，士与农之二种人，其间气脉浑然，相通而不隔。"①

在当代，稷山县也出了一位儒者，受到故乡人们的景仰，他就是姚奠中先生。"姚奠中艺术馆"就在稷王庙一角新修的小院里。走进馆中，四壁挂满这位老先生的墨宝，以及记录他生平的文字与图片。一一看去，一种崇敬之情骤然生起。刘毓庆先生在王东满所著的《姚奠中》传记序言中写道：姚先生是当代当之无愧的大儒，这"儒"字不是"儒家"的"儒"，而是朱彝尊所说的"多文之谓儒，特立之谓儒，以道得民之谓儒，区别古今之谓儒，通天地人之谓儒"的"儒"。凡是与姚先生接触过的人，都会感到其学问如浩浩大海，不知其深几何、广几何，遂而有"高山仰止"之感。他的书法是寓学问于书道之中，一横一竖皆藏万卷智慧，一撇一钩皆有千钧之力，苍劲、沉雄、大气，书苑新进叹其笔墨功力，翰墨老将服其学问功底。就是他

---

① 梁漱溟：《中国文化要义》，上海人民出版社 2011 年。

王东满著《姚奠中》书影

的篆刻诗画中，也无不渗透着他深厚的学识。他是将学者、诗人、书法家、画家、篆刻家、教育家集于一身的。他在诸多方面的成就，所体现出的乃是中国传统学者追求的人生境界与人格境界。姚先生是一位仁者，在任何时候，他对生活都充满着信心、热情，即使在困境中，他也能用乐观的态度、宽容的胸怀面对一切，因为他把这一切都看作是人生的历练，是人格提升的阶梯。只有这样的一方水土，才会养育出这样的一位大家。

姚先生出生于稷山南阳村，书香门第，家境殷实，自小在私塾就接受了良好的文化启蒙和传统教育。毕业于山西教育学院国文系，后又考入无锡国学专修学校。因仰慕章太炎先生的学行，遂转入苏州章氏国学讲习会，并考取了章太炎先生招收的唯一的一届研究生。

姚先生一生从教，曾担任山西大学中文系主任、古代文学研究所所长，创建山西省古典文学学会并担任会长。他先后担任全国政协第六、七届委员，山西省政协第五、六届副主席，山西省第七届人大代表，九三学社中央委员，九三学社山西省主委、名誉主委。他热爱国家，关注民生，坚持正义，在他身上体现出知识分子的先进意识，又表现出强烈的社会使命感。

姚先生一生著作等身，出版了《元好问全集》《通鉴纪事本末全译》《唐宋绝句选注析》《山西历代诗人诗选》等十几部著作，获得两项国务院古籍整理成果三等奖，一项山西省社会科学成果一等奖，以及其他多种奖项。他的书法艺术集各家之长而融会贯通，熔铸出自己的独特风格，自成一家。曾被选为山西省书法家协会副主席，作品多次参加国内外大展，并被收入多种书法集、选，名播海内外。2009年，荣获第三届中国书法兰亭奖终身成就奖。

姚奠中先生如同稷山厚土上天地造化的一件得意之作，以他深厚的学养与等身的著作，以他高洁的品格与在教育、科研等领域的卓越贡献，成为后辈永远的楷模。

第三节　三善文化

稷山县城西去，顺金龙大道走4千米到马村，这里有马村段氏金墓群。七百多年前的一个家族墓葬群以仿木结构的砖雕艺术，为人们展示出那个久远年代的民居建筑样式，展示出那个曾只存在于文字中的宋金时代的平民生活场景。更让人们瞠目的是，墓墓皆有戏楼、戏俑与戏剧表演！这一发现，把我国古典戏剧的历史又往前推了两百多年，为研究中国戏曲发展史提供了一个最有说服力的物证。

1973、1978、1979年，山西省考古研究所在此进行勘察与发掘，共发现了十四座仿木构砖雕墓，发掘了九座。1990年前后，山西省考古研究所在就地保护的基础上，修建地道、展厅。于1996年成立山西金墓博物馆，正式对外开放，引来无数专家学者。2001年6月25日，马村砖雕墓被国务院公布为全国重点文物保护单位，稷山县因此而名满天下。

十四世纪，中国北方民族以他们新兴的军事优势，占据了中原汉民族的领域，契丹族建立了辽，党项族建立了西夏，女真族建立了金，这些进入中原的北方民族，在陵寝制度上，吸收了汉族传统文化的同时，还部分地保留了本民族的特色与习俗，其中汉族文化与北方民族文化的交流，是中国陵寝制度史上重要的一页。而在稷山发现的这组宋金墓群正好让我们感受到这一特色。

不同于历代帝王陵墓，段氏金墓群为我们提供的是一个民间墓葬的样本，是一组宋金民居的建筑实例，是一幅民间世俗生活的画卷。这些宋金墓不但再现了那个时代的真实生活，而且里面有着它们丰富的想象力和创造力、有着它们精神与文化生活的追求，也有着不同于那些帝王陵寝的别样意义。

稷山金墓除已发现的马村、化峪、苗圃等地金墓外，县城附近的南阳村、下迪乡的东段、店头也都有发现，总计约三十座。其中最为集中且最重要者，首推马村段氏金墓。根据墓的结构形制与7号墓金大定二十一年（1181年）《段辑预修墓记》志文考察，这是一处金代前期（1115—1190年）具有代表性的墓地。

墓室四壁全部仿木结构，四面由四座房屋的外檐建筑构成前厅后堂、左右厢房式的四合院。让人们不由得想到当时的地上建筑——一组气魄雄伟、结构精美的晋南民居，既有富贵人家的雍容华贵，又不乏农耕人家的淳朴实用；既体现了一个家族的文化追求，又蕴含着浓厚的民族文化传统。那些回廊环绕重檐屋顶，那些平台勾栏斗拱交错，那些寓意深远的孝子图，那些憨态可掬的戏剧小丑，那些正襟端坐的墓主人，以及寄托了人们无限美好愿望的牡丹、莲花、仙鹿、天马、狮子等雕刻图案，无不精巧复杂、严谨细致、形象生动、技艺精湛，不愧为金代仿木构砖雕墓之精华。

2004年春天，稷山涧东村一位叫段登科的先生拿出他家世代珍藏的两块阴刻铭文方砖，这两块方砖立刻吸引了研究宋金墓群的专家学者。经过考证，这两块铭文砖与7号墓室中的砖刻墓碣有着密切的联系，由此揭开了宋金墓群墓主人家族的秘密。墓主人段氏家族原来是"宋太宗年间""救人济世康人益寿方圆数百里妇孺皆知"的药膳世家。

段氏1号刻铭砖的正面刻有："据父传曰上祖先嫡字讳先"，与段辑预修墓中"大耶（爷）讳先"，成为专家考证的依据，最后得出的结论是"此先"就是"彼先"，也就是说段先生的祖上就是段辑的大爷。药膳世家悬壶济世、救死扶伤，财富的来源与积累当然比纯粹的种田要可信，家族的文化修养、精神追求与文化的积淀，造出这样宏大的一个家族墓葬群当然就在情理之中了。

段氏1号刻铭砖的顶侧有《段祖善铭》："孝养家，食养生，戏养神。"

右侧面则是《段祖伦铭》："和家睦邻容人。"段氏 2 号刻铭砖则有《段祖医铭》："万物有吉也有凶，万物有凶亦有吉。万药养人亦伤人，万药救人亦毒人。人食五谷染百病，世间万物可疗疾。"《段祖善铭》中有"孝养家，食养生，戏养神"之语，被山西金墓博物馆的田建文、李永敏总结为"三善文化"，即以孝悌营造一个和睦的家庭，以膳食培养一个强健的身体，以娱乐成就一种饱满的精神。它们与刻铭上的《贯通食补汤方》《贯通宴锅汤方》《贯通妇疾汤方》以及八卦、洛书、《人体部位对应图》，一起构成段氏家族文化的精髓。《段祖伦铭》中的"和家、睦邻、容人"体现了段氏家族的做人准则和处世思想。《段祖医铭》中的"万物有吉也有凶，万物有凶也有吉。万药养人亦伤人，万物救人亦毒人。人食五谷染百病，世间万物可疗疾"，不但把我国中医的哲学观点与辩证思想阐述得明明白白，而且有着一种来自药膳世家的自信。金代医学是中国古代医学发展历史上的一个里程碑，所谓"儒之门户分于宋，医之门户分于金、元"[①]。金代医学取得了很高的成就并形成四大流派，对后代的医学发展产生了深远影响。此外，在医学史上有上古巫医、中古道医、金元儒医之说，金代虽然有全真道兴起，与中古不同的是，这个时期的中医已经和道教分开，所以全真道对中医影响并不大，反而是儒医结合得比较紧密。

"孝养家"是体现在墓葬砖雕中最为突出的一个主题。1 号墓室中有孝子故事两幅，2 号墓室有四幅，4 号墓室则出土一套完整的二十四孝陶塑，造型生动优美，人物传神达意，是一批形神兼备、情景交融而不可多得的雕塑艺术珍品，曾引起学术界极大的兴趣和特别的关注。四壁回廊下自东壁南角按逆时针方向，把"舜耕历山"等二十四个故事浓缩在一组有限的陶塑中，为人们展示出中国传统孝悌思想的源远流长和来自民间的创造精神，二十四孝故事里的尽孝人物更是成为教化民众的楷模。这些必然带着时代色彩的故事与人物，既有为人们崇尚与颂扬的孝道，也有某些不近情理的陈腐道德观

与价值观。地下世界往往是地上世界的翻版，在历史悠久、文化底蕴丰厚的河东大地，在稷山县马村这样一个药膳世家，以"孝养家"成为他们世代的治家之宝，也就在情理之中了。

关于"食养生"，段氏族墓的 2 号墓室中，厅堂对坐着的一对夫妻，两侧各一侍童侍女，中间摆一方桌，桌上有盖碗，有执壶，有瓜果点心四盘，桌下立一酒坛，这就是有名的"开芳宴"，并与"开华宴"一道成为宋、金、元墓葬中常见的宴乐图。墓主人正襟端坐堂前，一边饮酒吃茶，一边欣赏对面戏台上的歌舞杂剧表演。男主人头戴巾子，着长袍束腰带，颔下有胡须，分明是一老翁；女主人头挽发髻，身穿长衫，下系长裙。一对老夫妻面容安详，一派雍容富贵之相，他们儿孙满堂、家族旺盛、丰衣足食的日常生活与那些讲究的餐具和形式一览无余。昔日场景仿佛再现眼前，勾起人们无尽的遐思。

2 号墓室砖顶侧面刻有八卦、洛书。汉儒谓河图即八卦，洛书即《洪范》《九畴》。《周易·系辞上》："河出图，洛出书，圣人则之。"河图、洛书是《周易》产生的基础，中医是以《周易》为理论基础逐步发展的。段氏家族对食疗的重视可从他们的方剂中看出，《贯通宴锅汤方》跟今日的涮锅方大同小异，《贯通食补汤方》和《贯通妇疾汤方》则是两味药酒方。这是侯马文物站田建文先生的探索结论。

我国的酿酒历史可追溯到四千多年前的新石器时代晚期，《周礼·天官·冢宰》中就记载周代有专门管理酿酒的官吏。翻开《礼记·月令》，酿酒过程中应注意的事项都讲得清清楚楚。湖南长沙马王堆汉墓出土的帛书《五十二病方》，更是把酒用到了极致，各种药物经过酒的浸泡或者煮服，便有了疗病养生的作用。传说西晋葛洪著有《肘后备急方》，其中记载有苦参酒、桃仁酒等十四种药酒的制作方法，而段氏药酒则是以自身的实践体现了我国中医的博大精深。段氏家族的后人——段登科先生，继承了家族文化传统，并试图将其发扬光大。

张楫在《婆速道中书事》中写道："泉源疏地脉，田垄上山腰。"边元鼎的《新居》也说："远靳山田多种黍。"这些，都是对金代发展农业经济的真实描述。稷山地处汾河流域，金兵夺取此地之后随即转战中原，此地所受的战争创伤相对较轻，社会相对稳定。尤其这里地沃民勤，有着精耕细作的悠久传统，手工业发达，商旅辐辏，经济繁荣，文化昌盛，人才辈出，财富的聚集为饮食文化的发展打下了坚实的物质基础，富贾人家把世俗的奢华生活带入另一个世界，祈望天长日久地享受，也就不足为奇了。

说到食养生，不能不说说稷山板枣。在一出戏里，人们在问老中医的养生之道时，中医说，每日三枚枣子足矣！关于红枣的药用价值在许多文字里都有详细的介绍，这里只说养生。晋南人是把枣当零食吃的，晒干了放在家里，是孩子们一年四季的零嘴儿，这对于不产枣的地区简直是一种奢侈；用酒泡过的枣储存在瓷罐里，过年时打开，如同刚从树上摘下的鲜枣般，是待客的必备食品；女人坐月子，必喝小米红枣粥，一个月喝出来，女人恢复了元气，孩子奶水充足，养得白白胖胖；老人牙不好，红枣过开水再上笼蒸，每日吃两三个，比什么补药都不差；年节时蒸枣馍馍、枣糕，点缀着农家饭桌上的色彩，并有着祝福的寓意；在各种润肤油还没有面市前，晋南人是用煮过的熟枣揭了皮擦手的，这可是真正的自然护肤佳品；至于枣的深加工，什么蜜枣、枣脯、枣茶、枣冲剂等，更是令人目不暇接。俗话说靠山吃山，稷山栽植板枣，有着上千年的历史。据同治四年（1865 年）《稷山县志》记载："明万历四十七年（1619 年），枣税银二千八百三十一株，赋米一百一十三担六升。"到了 1931 年，全县的板枣产量已达 150 万公斤，约 30 万株。稷山板枣素以皮薄、核小、肉厚、味甘著称，含糖量高达 76.2%，是其他红枣的一倍。明崇祯十年（1637 年），在稷山当知县的薛一印，应该是目睹了稷山板枣的丰收景象，又每日三枚地享受过这佳品，才会写出如此的诗句吧？"江南橘绿日，塞北枣红天。色岂经霜老，味从戴露鲜。"

稷山与养生是有着渊源的，这是对生活质量的一种追求，唯独稷山才能吃到的"酿菜"，也证明了这一点。对于民众来说，一日三餐的幸福是最踏实的幸福，食养生，是否也包含了这样的一层意义呢？由运城市段氏三善鹿制食品有限公司研制出的"三善·贯通"养生酒，就是以段氏祖传《贯通食补汤方》中的"贯通汤酒"为基础，由贯通粉、鹿茸、人参、稷山板枣、黄芪等四十多味中药材配以优质高粱酒精制而成的，有着贯通经络、滋补养生、促进血液循环的保健功效。

总之，三善文化通俗易懂地为人们展示出一个中医世家的治家方略与精神追求，提供了晋南家族文化的优秀样板。善孝养家是三善文化的主导思想，严教子孙，尊老携幼，和家睦邻，旨在提高家庭凝聚力，达到家和万事兴之目的，这是中华民族传统美德的重要组成部分。善食养生，是三善文化的核心内容和人文载体。段氏祖传《贯通食补汤方》，就是利用河图、洛书及阴阳八卦的原理，确立贯通人体经络，保持阴阳平衡，是保障健康、延年益寿的根本理念。依照辨证施治祖训，将其运用到日常饮食中，寓药于食，亦食亦药，预防疾病，确保人寿。善戏养神，是把观赏戏剧作为一种文化娱乐、陶冶情操的方式，是人们生命过程中的心态向往。人们通过观赏，提高个人的道德修养，增强心理承受能力，从而更加热爱生活，珍惜生命。关于善戏养神，下一节再做详细专门的介绍。

第四节　戏曲文化

段氏族墓的每一座墓葬里几乎都有戏台、乐队演奏和演员表演的砖雕，传神生动，妙趣横生，构成一幕幕多彩多姿的戏曲画卷，展示出宋金时期的民间文化生活，使山西这个中国戏曲的摇篮，又添无数光彩，更为遗存于晋南大地诸多的金代戏剧舞台，增添了无尽的美丽与想象的空间。

山西南部是中国戏曲最早的发源地，已是定论。早在北宋年间（960—1126年），滑稽戏、歌舞戏、百戏技艺、傀儡戏、影戏等就已在晋南广泛流行。曾经有一位叫孔三传的泽州（今山西晋城）说唱艺人，首创了"诸宫调"。他是个读过几天书的艺人，熟谙唐宋大曲和鼓子词一类的单宫调，那些传奇灵怪故事，经过他的说唱与渲染，便名噪一时。当时的汴京（今河南开封）

勾栏瓦舍中不乏他的声音和作品，据专家考证，孔三传的诸宫调要比董解元的《西厢记诸宫调》至少早一百年。

金院本是北方的宋杂剧向元杂剧过渡的形式，金院本直接启示了元杂剧的萌生，为元杂剧的产生提供了框架和基础。古平阳府（今山西临汾）是当时的演出中心。稷山与平阳距离仅百十里路程，当时的文化繁荣可想而知。

山西有着一批元杂剧大家。关汉卿、郑光祖、石君宝、吴昌龄、白朴、孔文卿等等，他们的著作成为戏曲史中的不朽之作，也使元杂剧很快走出山西，走进大都——现在的北京。可以说，元杂剧是中国戏曲艺术的第一个黄金时代。而这个黄金时代，正是由有如段氏金墓中如此之多的热爱戏曲的农夫村妇们逐渐酝酿成熟的。

走在晋南的村落里，昔日的舞亭、舞楼会为你展现出那个遥远年代文化生活的蛛丝马迹，那遗存于临汾等地的多处元代戏台，那些碑记，那些留在戏台墙壁上的题记，都和马村段氏墓室里雕刻的戏曲舞台一样，证明着金院本在此形成的过程。万荣县孤山风伯雨师庙的元代舞台石柱上，刻有"元大德五年三月清明，尧都大行散乐人张德好在此作场"的字样；洪洞广胜寺旁边明应王殿元泰定元年（1324年）的戏剧壁画，横额为"尧都见爱，大行散乐忠都秀在此作场"。散乐是走向杂剧的一个重要的演变过程，元杂剧的成熟，正是得益于散乐。出土于侯马金墓、稷山马村、化峪、苗圃的十八座金墓里的大量戏剧砖雕，可为这一演变过程提供研究的实证。

据史料记载，晋南几乎村村有庙宇，有庙宇便有戏台。至今在万荣县的后土祠，可以看到"品"字形的三连台；在新绛县城，可以看到钟、鼓、戏三楼鼎立的奇迹，而在金元时期，这是晋南农村极普遍的现象。解州关帝庙、芮城永乐宫，殿宇后面的台阶搭上木板就成了一座精美的戏台，每逢庙会时，连演数天不歇，与物资交流一起成为庙会的主要内容。芮城的古镇陌南，曾经有南北两座过街戏楼，楼上演戏，楼下走人，年节时两楼同时请两个戏班子演对台戏的情景屡见不鲜，观众完全根据自己的喜好选择演出戏台，人流往往会在台下形成拉锯的形式，是真正的民间擂台赛，实力悬殊的戏班子绝不敢上这样的场面。

晋南的农村戏台能够存在的原因，与唱家戏的历史有很大关系，由家戏成员而发展成"娃娃班"的屡见不鲜，以至许多县级剧团都起源于最早的"娃娃班"，稷山西社镇三界庄村就是有名的戏窝子，光绪年间（1875—1908年）办起的"娃娃班"唱红了周围村县，还曾出过一大批优秀演员和剧目。每逢麦下种、谷进仓、棉收完的腊月里，村里便会自发地起社组班排戏，选择一个窑洞或者空房子，夜夜丝弦声声、锣鼓铿锵，吸引来一村的人观看。一个腊月出去，过了正月初五开始演出，一直演到元宵节，才算过完年。这种戏班子往往以家族发起，所以回家是翁媳、父子，戏台上或许就成了夫妻或冤家对头，但这丝毫不会影响他们各自的形象，人们对他们的评价往往只停留在演技的高低。这样的演出是不要报酬的，只是爱好兴趣所致。如果出村演出，当地村里主事人会摆丰盛的宴席款待，还会在戏演到半截儿时把果盘点心和酒端上后台，一一献给演职员，以示尊敬。这种习俗一直延续到二十世纪八十年代初，后来由于电视的普及和影视业的发达，这种演出形式才逐渐衰落，成为老人们生命中的一段珍贵记忆。现在的晋南乡村，每逢婚丧大事，仍有人家要请一班戏团来演出，在自家门前搭台，全村人都来观看。一是表达心意，二是体现家族实力。最经济的也要请几位演员以清唱的形式上宴席，也就是"唱堂会"。更有企业家们，干脆请最好的戏团在戏台上演出，方圆十里八乡的群众都可以一饱眼福，欣赏到平时看不到的经典戏剧。在影视发达、戏曲衰落的当今，晋南农村仍保持着对戏曲的喜爱与热情。

其实，戏曲不仅仅是当时乃至很长一个时期人们主要的文化娱乐生活，更是精神引导、教化民众的一种方式。比如《华容道》《千里走单骑》《古城会》等，就是对关羽忠、义、勇的尊崇与弘扬，民间最早最广泛的传播途径就是书场和戏台。《杨家将》系列剧除了对杨家一门爱国保国、勇武献身精神的宣扬，更体现了一种忠君思想；《窦娥冤》里不仅鞭挞了当朝司法腐败，同时蕴含着女子从一而终的贞烈观念，始终是男权社会宣扬的主题；《杀狗劝夫》《芦花》等宣传了孝悌思想以及道德伦理，更多地体现出教化意义；《三娘教子》，人们常常会拿来给那些不爱读书的孩子们现身说法，以示激励；《西厢记》《天仙配》《牡丹亭》《梁山伯与祝英台》等，以不同的结局演绎出一幕幕爱情悲喜剧，留下"愿天下有情人终成眷属"这样的经典祝愿。至于包公的戏更是不胜枚举，《铡美案》演到今天仍有着广大的观众群体。在电视媒体还没有进入普通人家时，戏曲产生的影响远远超出现代人的想象。即便今天，走在晋南的农村里，人们挂在口头上的一些乡间俚语还带有来自戏曲的痕迹，如"你坏得像张驴儿"（《窦娥冤》剧中人）、"你莽撞得像张飞"等，可见戏曲教化功能之深刻之久远。

马村的戏剧砖雕中，由四五个演员与伴奏乐队以及舞台构成一个整体，出现在墓主人对面的位置，生、旦、净、末、丑于一个小小的戏台上演绎出大千世界，丝竹声声，唱得一方素色砖雕墓室熠熠生辉，那死气沉沉、没有了生命的黯然里便呈现出勃勃生机。一朵朵荷花怒放绽蕊，一只只麋鹿奔跑跳跃，骑着竹马的小童游玩嬉戏，桌上的菜肴香气扑鼻，仿佛墓主人并未死去，仍然过着夫妇相随、使婢唤奴、一日三餐、饮茶喝酒观戏的悠闲生活。

再看墓室内戏台上的演员们，副净裹着软巾，一袭斜领或圆领的衣衫，紧束所扮的角色情绪尽现其中。据专家考证，其所着的"袜裤"是所谓的契丹服，是曾受到宋代法律限制的奇装异服。这种服饰出现在金墓中，令人回味无穷。末泥的服饰是大袖长袍，长脚幞头，松束腰带。这些人物，有的坐在椅子上，一手执笏，一手做指点状，搭足了官员的架子和派头；有的戴东坡巾，裹交脚幞头，短衫窄裤，腰带后面褶一块布，前襟下双腿之间褶布护缝，一看就知是仆吏和侍从一类的角色。剧中的旦角更是令人叫绝，发髻高耸，手帕系腰，花边旋袄，长裙曳地，双膝微屈，双手放在右腹的位置，似在为观众道一个万福，其面部则姿容娇艳，忸怩作态，旦角的性格活灵活现于面前，让人忍俊不禁，让人不免会对正在演出的戏曲内容产生一系列联想。而那些扮演奴婢的旦角，则姿态端庄，形容恭顺，表情虽温柔却无喜色，双手捧着物品当是她们明显的角色标志。可以看出，当时的表演已经有了一定的故事内容，这从他们之间互相交流的手势以及神态中可见一斑。

据专家考证，其实在最早的参军戏中已经有了乐队伴奏，唐代薛能在《吴姬》一诗中写道："楼台重叠满天云，殷殷鸣鼍世上闻。此日杨花初似雪，女儿弦管弄参军。"这说明当时的参军戏已经有鼓及弦管乐器伴奏。金院本砖雕中伴奏乐器的出现，证明了金院本的音乐源流与宋杂剧的关系及发展变化。

稷山金墓的1、4、5号墓室里三组砖雕中皆有伴奏乐队，人们可以清楚地看到演奏者手中的大鼓、腰鼓、拍板、笛子、笙篥等乐器。5号墓室的舞亭里竟然出现了乐床，四个乐手依次坐在上面，吹拉弹奏，与前面的表演者浑然一体，让人们看出真实的演出情景。当时的砖雕工匠恐怕没有掌握绘画的透视技术，所以呈现给人们的是一种平面的画面，但也别有一种拙朴的气韵扑面而来。也有专家根据元杂剧《蓝采和》里的戏文，说乐床是女乐人休息的地方；还有人认为是放乐器的地方。稷山马村金墓这组金院本演出场景与乐床同台出现，清楚地表明乐床就是演奏者进行演奏的地方，而演奏乐器就叫作排场。

晋南是戏曲之乡，宋金墓群中的院本演出砖雕图，表现的是当时普通人日常生活的一幕，没有宫廷艺术的贵族气，也少了文人墨客的纤弱与酸腐，

1965 年山西稷山县出土的金代杂剧砖雕

有的只是质朴率真与诙谐，折射出民间艺术的永恒魅力，创造了有别于历史上以贵族为主体的宫廷艺术和以文人墨客为主体的文人艺术的民间俗文化，成为中国戏曲发展史上厚重的一页。

第五节　砖雕艺术

砖雕这种民间工艺品，是我国古建筑中重要的装饰手法之一，它很少用色彩渲染，不借金玉贵重材质的身价，只用工匠们的一双巧手和浮雕、镂雕、圆雕等雕刻形式，把民间传说中的人物故事，把乐舞百戏，把象征祥瑞、吉利、美好、幸福的各种鸟兽花卉图案，把自己对人生对生活的祈盼、渴求、希冀，一一刻在灰青色的素砖上，使地下这个本该充满死亡之气的地方在繁花似锦的装饰中变得生机盎然，变得人情味十足。

在稷山马村的 1、4、5、8 号墓室里，均为双层须弥座式的结构，这就使其比其他单层须弥座仿木构建筑更加高大，更加复杂，并给束腰部分和壶门内的装饰雕刻留下了足够的空间，显示出建筑师高超的构思能力和想象才

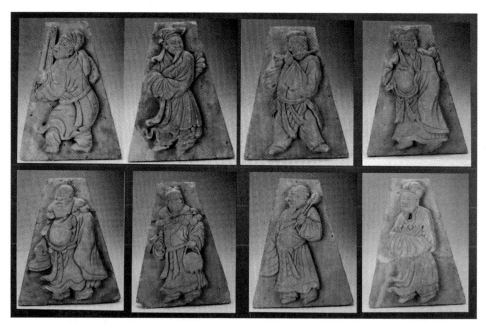

1965 年山西侯马市出土的金代八仙人物砖雕

华，这种形式与《营造法式》"须弥座之制"基本相同。当那些象征着祥瑞的莲花、牡丹、石榴、海棠、秋葵、牵牛花等花卉，那些寓意富、禄、寿的麋鹿、玉兔、仙鹤、孔雀、山羊、鸽子、锦鸡、狮子等动物，那些蕴含着祝福的双鱼、灯球、富贵不断头、字图等图案，于须弥座的束腰上或者格子门的障水板、腰华板上，以及门楣下、基座上、栏杆间、窗扇中、屋檐斗栱里，各自以不同的形态姿容表现着同一个主题时，真如同万花筒般带给人美不胜收的艺术享受。每一笔的精雕细刻，每一处的精心设置，每一个细节所赋予的意义，都不是单纯的建筑构件几个字所能涵盖了的。也许，墓主人在世的生活就是如此豪华，如此精致，如此充满了艺术性，所以才把这种生活完完整整地带入另一个空间，营造出了一个包罗万象的地下人间。

不了解中国文化的外国人，看到麋鹿和凶猛的狮子在一起会感到不解，"鹿""禄"同音，体现出权贵和官本位思想的源远流长；狮子乃百兽之王，又有"事事如意"之意，其中的含义不解而释；看到石榴的频频出现会感到纳闷，没有对中国农民根深蒂固的"多子多福"观念的理解，怎么能猜透石

1965 年山西侯马市出土的金代社火表演砖雕

榴所代表的民间生育意识？5 号墓室中须弥座上出现的一对鹿，前雌后雄，均口衔折枝，雌鹿回首张望，雄鹿昂首期盼，前呼后应，可谓情深意长。马也是墓室中常见的。中国历史文化中对马是神化了的，《周礼》中就有对马的祭祀，千里马、神马、天马都是马神话后的形象。"龙马精神"是对奋斗不止、自强不息的精神赞誉；"天马行空"是对孑然傲立、豪放洒脱个性欣赏。周穆王的八骏、唐太宗的六骏、项羽的乌骓、关羽的赤兔、岳飞的白龙驹历来为人们津津乐道，出现在各种版本的故事中，神话与人性化程度更胜一筹。马村 1 号墓室南壁须弥座束腰处的奔马，是金墓中马的形象的代表作品——前蹄交叉盘曲，后蹄剪状伸展，长尾上扬，前蹄肋间出云形饰物向后飘舞，犹如天马行空，精彩至极。这样别致的构思，优美的造型，可惜不知出自谁手，让人欣赏之余顿生遗憾之情。

再看双鱼图案。作为一种挂饰品出现在厅前的卷帘下，两两并排相对，片片鱼鳞闪烁，"鱼"与"余"同音，"帘"取"连"意，二者组合成"连连有余"的吉语，形成金墓中固定的吉祥表征。在农耕文化中，还有什么比这更能代表广大民众心愿的象征呢？

孔雀也是砖雕中惯见的一种飞禽形象，其名又有孔爵与孔鸟之称。孔雀的漂亮，自不待说，又有着娴雅安详的姿态。唐、宋以来，以孔雀为题材的艺术作品层出不穷，最多的用以屏风。明、清时，孔雀成为官服补子的等级标志纹样，翎毛成为官阶、权势的象征。历史上有人将人应具有的品德总结为"九德"：一曰颜貌端正，二曰声音清澈，三曰行步翔序，四曰知时而行，五曰饮食知节，六曰常念知足，七曰不分散，八曰不淫，九曰知反复。如此高尚的品德也就是孔雀才具备，在芸芸众生中是万万找不出的。侯马董海墓里两侧屏风上的孔雀，鸡首长啄，曲颈龟背，收翮伫立，尾羽下偃，足踏太湖石，身后牡丹花繁叶茂，画面恬静和谐，是金墓砖雕里的精品。墓中后室西壁上还雕有巨幅出行图，墓主人董海父子皆头戴软巾，身穿长袍，腰束带，足蹬靴，神采奕奕，各骑一高头大马，从容不迫，漫步而行，轻松自然的神态表达出悠然自得的闲情意趣。两个仆人跟随在鞍前马后，衣着打扮截然不同，旧时岁月的状态尽现其中。在襄汾曲里村金墓中，还可看到"二女弈棋""教子读书"等砖雕，反映出当时家长对子女的启蒙教育与闺阁中游艺活动的情景。

不难想象，当年马村段氏家族这样阶层的人们，生活在怎样的一座座建筑群中，生活得又是多么精致和艺术。如果没有坚实的经济做基础，没有高层次的文化修养和追求，这一切都无从做起。与中国那些规模宏大的皇家陵墓相比，这些具有代表性的民间墓葬群对于中国历史文化的贡献，该别有一番意义吧？

宋金墓群的砖雕艺术，形象地为我们再现了几百年前人们的生活和精神追求。与绘画、石刻等其他墓室常见的艺术形式相比，砖雕艺术的立体与朴实，本质颜色的沉着与大气，造型的复杂与逼真，豪华中不失俭朴，精致中洋溢着平民意识，似乎更能与墓室浑然一体，更适合表现民居，更能把仿木构建筑的特点表现得淋漓尽致，更有着自己的艺术魅力。经过细节的刻画，日出日落里有了色彩的烂漫和声音的韵味，文化的深邃在漫长的历史长河里就多了些绵密的质感。也许，是因为中国儒家传统文化深深地渗透和浸染，还有这方土地上的人们一代又一代地追求和延续，地下世界中那些一丝不苟的细节让人惊讶、折服。

山西的砖雕工艺，具有悠久的历史传统和深厚的艺术与技术基础，与北京、安徽、江苏、浙江等地的砖雕艺术一样享有盛誉，驰名全国。晋南一带大量宋金墓群的不断发现，一再做出了证明。

而在晋南这块土地上，农耕文化所呈现出来的内涵太丰富、太复杂，令人眼花缭乱，应接不暇。这种内涵在一些细节上表现得尤其突出和明显。从民间观念、习俗、孝文化、养生文化、戏曲文化、砖雕文化的细节中，我们都可以感受到农耕文化内涵的深度和广度。①

第六节　节气与农事

二十四节气是我国古代劳动人民在长期生产活动中总结出来的经验，是把天文、气候与农业生产紧密结合在一起的一部简明扼要的农事年历。二十四节气是古人在农牧业生产实践中，通过长期对天象、物象观察，不断积累有关生产知识，不断总结而创造出来的。它又反过来指导农牧业生产，服务于生产，服务于生活。因此，二十四节气，一直是农历的一项不可缺少的重要内容，也是运城地区农村安排农事活动的一个重要依据。每一个节气都和本地农业有密切关系：

立春，在阳历2月4日到5日前后，是二十四节气中的第一节。立，是开始的意思；立春，表示春季开始了。从立春起，气温微升，但立春后的冷天气，还有五十多天。由于气温回升，土地开始解冻，需要整地、防旱了。这时，万物苏醒，春播临近了。俗话说："春打六九头。"一般在六九的头一天立春。民间在立春时有吃春饼的习俗。

雨水，在阳历2月19日到20日前后，是二十四节气中的第二个节气。此节气表示少雨季节已经过去，大部分地方雨量逐渐增加。因春天温度回升、气压降低，东南海面上的热气团向大陆逐渐移来。当含水量高的气团遇大陆的冷气，就会降雨。若湿热气团遇到更低的气温，则有可能降雪。此时农事活动正处在关键时期，运城是"十年九春旱"，所以要顶凌耙地，继续采取保墒措施。正是"到了雨水天，生产全开展"，因此"立春雨水到，早起晚睡觉"。

---

① 本章节内容参考了张雅茜《稷播丰登》的内容，在此对张老师表示感谢。——笔者按

惊蛰，在阳历 3 月 5 日到 6 日前后，是二十四节气中的第三个节气。惊蛰表示逐渐要有惊雷四起，蛰伏在土地里的一些冬眠生物（如蛇、蜈蚣等）要苏醒，出土活动。周朝的《礼记·月令》中载："东风解冻，蛰虫始振。"惊蛰之后，不少害虫也开始活动，杂草也滋生了，因此需及早春耕，既可保墒防旱，也可除虫、除杂草。这正是"过了惊蛰节，耕地不停歇""惊蛰一犁土，春分地气通"。

春分，在阳历 3 月 20 日到 21 日前后，是二十四节气中的第四个节气。古时还将这个节气称为"日夜分"，说明春分是昼夜平分的一个节气。《春秋繁露》中说："春分者，阴阳相半也，故昼夜均而寒暑平。"大部分越冬作物生长速度增快。所谓"春分麦起身，一刻值千金"，即指此时越冬的小麦等作物已经结束返青，进入生长阶段。这个季节，风多，蒸发也快，所以有"春分天变又多风，抗旱保墒要加劲"之说。

清明，在阳历 4 月 5 日到 6 日前后，是二十四节气中的第五个节气。《帝京岁时纪胜》载："万物生长此时，皆清净明洁，故谓之清明。"这个时节，正是春耕、春种的大好时光。"清明前后，种瓜点豆""清明早，立夏迟，谷雨种棉正当时""惊蛰早，谷雨迟，清明春播正适时"。这个季节也是植树造林的好季节。

谷雨，在阳历 4 月 20 日到 21 日前后，是二十四节气中的第六个节气。谷雨节气，表示雨量增加，雨水充分，更适于谷物生长了。古有"雨生百谷"之说。大地回春，但仍有晚霜，需防霜冻。谚曰："谷雨不冻，抓住就种。"要抓时机，按时下种，对早播作物要防止晚霜为害。

立夏，在阳历 5 月 5 日到 6 日前后，是二十四节气中的第七个节气。立夏后气候转暖，严霜停止了。所以有农谚说："立夏杏花开，严霜不再来。"由于气温上升，炎暑将临，因运城进入夏忙季节，大田作物的播种或进入高潮，或临近结尾。田间管理工作也日益繁忙。

小满，在阳历 5 月 21 日到 22 日前后，是二十四节气中的第八个节气。这个时期田野里的昆虫活跃起来了，候鸟也应时逐虫而来，"小满雀全来"，应做好防虫、灭虫、保庄稼的工作。

芒种，在阳历6月5日到6日前后，是二十四节气中的第九个节气。"芒"，是指谷物尖端的细毛，有的像细针，如麦芒、稻芒等。农谚有"芒种忙种，过了芒种要落空"之说。这时农活的重点是以夏锄为中心的田间管理，适当间苗、追肥、灌水，是农田的大忙季节。

夏至，在阳历的6月21日到22日前后，是二十四节气中的第十个节气。在这个季节里，进入雨季，作物生长茂盛，杂草及病虫害也迅速增长。更需要加强田间管理，谚云："进入夏至六月天，黄金季节要抢先""到了夏至节，锄头不能歇"。

小暑，在阳历7月7日到8日前后，是二十四节气中的第十一个节气。此时小麦成熟了，夏收到来了，要做好"龙口夺粮"的充分准备，以便能适时早收，做到丰产丰收。

大暑，在阳历7月23日到24日前后，是二十四节气中的第十二个节气。这个时节，气温高，雨水多，正是农作物生长的大好季节，各种谷类作物进入抽穗成熟期，而大部分地区小麦已进入收获的高潮。这个季节还有大暴雨，因此必须加强防汛工作。

立秋，在阳历8月7日到8日前后，是二十四节气中的第十三个节气。在这个季节里，大秋作物的田间后期管理亦需加强，以确保大秋作物丰收。

处暑，在阳历8月23日到24日前后，是二十四节气中的第十四个节气。在这个季节，大秋作物已经成熟了，人们需做好三秋的各项收获准备。谚曰："处暑庄稼一片金。"此时，还需做好秋耕秋种的准备工作，为下一年的收获打好基础。

白露，在阳历9月7日到8日前后，是二十四节气中的第十五个节气。白露是指地面上的水汽遇冷气凝结为露，天气开始转凉。这个季节，气温猛降，有冷空气所致，即发生霜冻。正是"大秋作物相继熟，秋收秋耕秋种忙"的时节，所以需要加深耕作层，使土壤保持一定的温度。

秋分，在阳历9月23日到24日前后，是二十四节气中的第十六个节气。秋分时节，正是"三秋"大忙的季节，秋田的抢收工作普遍展开。谚曰："秋分没生田，准备动刀镰。""秋分前后无人闲，打场种麦干在前。""八月秋忙，人人下场。"这些谚语告诉人们，农业生产绝对不能违背农时，才能保证丰产丰收。

寒露，在阳历10月8日到9日前后，是二十四节气中的第十七个节气。这时需抓紧时间，尽早结束秋收工作，尽力做到颗粒归仓。

霜降，在阳历10月23日到24日前后，是二十四节气中的第十八个节气。由于寒潮的出现，土地开始封冻了，所以需要抓紧时机，多翻耕一些土地。农谚曰："霜降抢秋，不收就丢。""霜降不割禾，一天少一箩。""十月寒霜降临，大豆白薯收不停。"都说明在霜降时须抢时间，抓紧秋收。

立冬，在阳历11月7日到8日前后，是二十四节气中的第十九个节气。立冬，表明冬季开始，天气转寒，偶见雪飘。农谚说："立了冬，把地耕，能叫土里养分增。"这是为明年的生产做好充分准备。

小雪，在阳历11月22日到23日前后，是二十四节气中的第二十个节气。小雪意味着进入冬季，开始降雪了。对农业来说是好事。古人已有"瑞雪兆丰年"一说。因为雪可保地温，还可肥田、润地，还能减少病虫害的发生。农民要抓积肥和兴修水利的工作，以便为明年的农业丰收创造有利的条件。

大雪，在阳历12月7日到8日前后，是二十四节气中的第二十一个节气。意味着降雪将由小而大。谚曰："小雪封地，大雪封河。"从农民、农事角度说，还是因为雪对农业大有好处。

冬至，在阳历12月22日到23日前后，是二十四节气中的第二十二个节气。日渐长，夜渐短。因白天日照最少，所以严寒。从冬至始为"数九"，即以每九天为一个段落，在农事活动上，要加紧防冻、积肥、深耕等工作。

小寒，在阳历1月5日到6日前后，是二十四节气中的第二十三个节气。小寒表明一年中最寒冷的时候到来了。这个时期是"数九寒天"，土壤冻结，江河封冻，农事活动仍在积肥、蓄雪、保畜，以利来年。

大寒，在阳历1月20日到21日前后，是二十四节气中的最后一个节气。这个时节，朔风凛冽，天寒地冻，寒潮不断袭来，冷到极点。这期间的农事活动主要是农田基本建设。趁地冻土松，进行压地碎土。要大力积肥，广开肥源，如谚所云："冬天比粪堆，来年比粮堆。"利用这相对农闲时，做些备耕工作是必要的。

三伏根据农历，从夏至以后的第三个庚日起进入初伏（头伏），第四个庚日起进入中伏（二伏），从立秋后的第一个庚日起进入末伏（三伏），总称之为三伏。三伏天是一年之中最热的时候，大约相当于阳历 7 月中旬到 8 月下旬。本市有"秋后一伏，热死老牛"之说。古代，每到伏日便有祭祀活动，今不流行，但伏日仍是当地百姓最为关注的节令之一。

"九九"又称"数九"，是民间流传的计日法。从冬至那天算起，第一个九天为"一九"，第二个九天为"二九"……依此类推，数到第九个九天，为"九九"，共八十一日。八十一天就意味着"九"尽，表明冬天结束，可以下地春耕了。

运城作为传统农业经济区，广大农民把夏历二十四个节气奉为圭臬。农民首先要学会的就是关于二十四节气的知识："白露早，寒露迟，秋分种麦正合适""清明前后，种瓜点豆""立夏种棉花，有柴没疙瘩"。这些富有诗意的农谚便是他们从事农业生产的教科书。

结　语

当时光列车穿越时空的隧道，返回到我们生活的二十一世纪的时候，我陷入久久的沉思中。在现代社会高速发展的当下，我们探讨后稷文化的意义是什么呢？钱穆先生说过："我们研究历史，更重要的是应该懂历史里边的人。没有人，不会有历史。"因为"一段历史背后，必有一番精神，这一番精神，可以表现在一个人或某几个人身上，由此一人或几人提出而发皇，而又直传到下代后世"。从时间上讲，后稷离我们已经十分遥远了，而我们研究后稷文化的意义却丝毫不会减少。

从世界范围来看，一个民族的英雄史诗往往塑造了一个民族的精神，这样的史诗，在西方有希腊的《伊利亚特》和《奥德赛》，英国的《贝奥武夫》，德国的《尼伯龙根之歌》，法国的《罗兰之歌》，俄罗斯的《伊戈尔王》，在东方有蒙古族的《江格尔》，藏族《格萨尔王》，而《诗经·大雅》的六首诗《生民》《公刘》《緜》《皇矣》《文王》《大明》，它们是比《格萨尔王》《江格尔》还早的中国的史诗性作品，六首诗里有大量关于后稷、文王、武王的神话和英雄传说，从其农业始祖后稷诞生至武王伐纣，形成一部轮廓清晰、脉络分明的周部族发展史。如果说《尚书·西周书》只是保存了西周时期的几批档案文件，那么《诗经·大雅》则是把西周开国前后的历史，原原本本详细诉说。作为最早的经典，这组诗歌的重要性是不言而喻的，蕴含着中华民族的精神源头与基因密码。

周朝的建立的确是中华文明史上一个划时代的历史事件。周以前的历史是族群代兴的历史，文明在族群的兴衰中闪烁明灭，这种代兴，是一个极其广阔的地域上多起源、多种生存习惯的人群，在寻找适宜生存的空间的迁徙中遭遇、碰撞、互相影响、相互竞争以至最终融合的过程。这个时期，只有部族的兴替，没有部族的历史，只有部分的发展，没有总体的方向，相对于后来的文明整体而言，一切都处于"量变"之中。周代的建立结束了这种历史的逡巡与徘徊，一个部族的崛起，带动了整体化的历史运动。[①] 在这个意义上，纪念后稷意义是十分重大的。

后稷是中华民族传统文化中一个重要的文化符号。对后稷的纪念蕴含着多样的文化观念，可以说，后稷的文化身份是多元的。作为文化英雄，对后稷的纪念体现了人们英雄崇拜的观念，上古时期，各地往往有其崇拜的英雄，即所谓聪明正直及有功德于人的人物。《礼记·祭法》所举，有古代部落首领，有能够序列星辰、编排历法的人，有有功于农业发展的人，有勤劳至死的人。单以平息水患的人物，即有鲧、禹与冥三人，发展农业的人物，即有弃与柱二人，从这个意义上讲，对后稷的纪念与对黄帝、嫘祖、仓颉的纪念是一样的。

后稷是尧舜时代的贤臣能人，古人特别是士大夫大多有后稷情结，中国古典诗词中不乏提到"后稷"的诗篇，杜甫在他的划时代杰作《自京赴奉先县咏怀五百字》中提到"杜陵有布衣，老大意转拙。许身一何愚，窃比稷与契。"唐代诗人秦系《会稽山居寄薛播侍郎袁高给事高参舍人》曰："稷契今为相，明君复为尧。"北宋王安石有《忆昨诗示诸外弟》曰："材疏命贱不自揣，欲与稷契遐相希。"南宋汪莘《水调歌头》有感叹"尧舜去已远，稷契不重来"的诗。这种情结体现了对盛世和明君的向往，也体现了士大夫建功立业的愿望。后稷所处的时代就是他们向往的时代，后稷的事功，也是令他们景仰的。

此外，周部族奉其为始祖，是与周部族崇尚农业有关，发明稼穑在远

---

① 李山:《诗经的文化精神》,东方出版社1997年。

古是有里程碑意义的事件。"人类在茹毛饮血的时候，没有固定的食物来源，生活不安定，也不能组织聚落，因此不能用'文化'两个字来形容人类的活动，人类活动第一次被称为'文化'，是在人类有能力生产食物之际——不论是农耕还是畜牧，有了固定的食物来源，人类聚集在一起，逐渐构成小区和社群，这才是人类从合作中迈出超越一般动物生活的一大步。"[1]后稷在上古农业发展中的作用，在此后数千年重农主义的中国必定被尊奉到至高的地位。

农业文明是后稷文化的灵魂。唐代诗人周昙《后稷》诗赞曰："人惟邦本本由农，旷古谁高后稷功。百谷且繁三曜在，牲牢郊祀信无穷。"农业文明，它是古代人类进步的主要标志。种植农业把人类社会推上了快速发展的历史列车。倘若没有谷物种植的发明，人类社会可能还处在蛮荒时代。伟大的农业文明，缔造了我们这个屹立于世界东方的古老优秀的民族。发达的农耕经济，带来了我们中华民族令世界仰慕的无比辉煌的历史。丰硕的农田收获，滋养了我们世世代代为世界生辉的悠悠华夏的子孙。多彩的农稼生活，生成了我们绵绵不绝让世界神往的辉煌灿烂的文化。这就是后稷之所以在姬周政权灭亡后，继续得以渗入社会生活的诸多方面，而且仍然表现得极为活跃的根本原因。与其说是人们对后稷的崇拜，不如说是人们对所依赖的农业生产活动、农业经济价值的认同。这才是后稷传说、"稷祀"文化、后稷文化生成、发展、延续的深厚土壤，才是后稷研究的根本价值所在。

在民间或日常生活领域则逐渐产生了中国独特的饮食文化观念，所谓"民以食为天"，对食物的重视及其相关的风俗与对后稷的崇拜是相契合的。在民间各种仪式或风俗中可能更容易发现有关的现象。可见，后稷不仅是一位周人情感记忆中的历史传说人物，他已经衍生为一种特殊的历史文化现象，对中华民族农业文明、封建国家的政治生活、底层社会的民俗生活、文学艺术的审美心理，乃至中华民族性格的形成，都具有重大的影响。

后稷不但是农耕技术的开创者，也是举行天帝祭礼的创始人，农业与

---

[1]　许倬云：《万古江河》，上海文艺出版社 2009 年。

196

祭祀都是周族生活中的大事。后稷又被奉为稷神，也就是中国民间信仰中的谷神，至今仍在中国北方地区流传。"稷祀"是对稷—自然神、后稷—祖先神祭祀的统称。在古代泛神论的信仰中，社稷是土神和谷神的总称，是在以农为本的中华民族最重要的原始崇拜物，也是古代中国的立国之本、立政之基。因而"社稷"后来常常被用来代指国家或朝廷。

现代人如何理解对后稷的崇拜？生活在当代的人们，当面对着自己的人文先祖时，当面对着他仅凭一双勤劳的手创造出的种种恩泽后代的成就时，我们该做何感想呢？是顶礼膜拜，是求得保佑，是崇敬，是自愧不如，还是领略其精神的要义汲取力量发奋进取呢？我想黄建中老师的话说得最中肯："我们不是把稷王当成神灵来祭祀，而是要在一种肃穆的气氛中，追思后稷为代表的先民们，如何首肇农耕文明，如何造福子孙，如何光前裕后，继承和发扬稷王文化精神，努力实现传统农业与现代农业的有机接轨，为发展地域经济、构建和谐社会作出应有的贡献。"

而后稷精神的本质在于，从我们的生活中提炼经过观察思考的对大自然的认知，改造我们的生存环境，使我们的生活富裕舒适，通过物质文明的进步、通过不断掌握科学技术以提高人们的生活品质，保障人类的演进和发展。学习光大后稷精神，就要像后稷那样脚踏实地地生活，善于发现问题并善于解决问题，不被任何困难所阻挡，不断地为社会进步进行科技创新，以科技的不断进步带动社会生产力的大发展。历史证明，只有这样国家才能跻身世界强国之林，民族才能兴旺发达，社会才能和谐安定。中华民族的未来离不开后稷精神，也离不开千千万万勤劳实干的人民，离不开科学技术的不断进步。一个民族、一个国家的尊严，依靠的是扎扎实实的真才实学，依靠的是坚如磐石一样的整体实力，依靠的是一个能够而且善于进行文化自我更新的人文环境。

从文化的角度来看，我们都是周人的后裔。自从周公制定并实行了一套礼乐制度之后，整个华夏文明就被重新塑造了。孔子述而不作，一心向往西周的礼乐文化并且试图恢复其早年的辉煌。可见，西周繁盛的礼乐文明和农业文化是中华民族文化的直接来源。而先周历史文化是其基础和雏形，其先祖后稷更是对先周历史影响最大的一个传说人物。关注后稷文化和先周农业历史有助于我们对早期中国文化的理解。后稷是中国上古史研究中的一个关键人物，也是中国农业文化中的一个关键人物。研究后稷文化，有助于中国上古史研究的发展，有助于中国农业文化研究的定位。从现代文化建设的角度讲，研究后稷和先周农业文化有利于发现中国农业文化中的优点，使之得以继承和发扬，符合大力弘扬优秀传统文化的方针。所以，关注后稷文化，也是关注中华文化的古老的起源以及这种文化怎样塑造了我们这个族群的大问题。后稷传说、"稷祀"文化有着丰富多彩的历史文化内涵，它不仅是中国古史研究的对象，也为当代诸多社会学科如考古学、文化人类学、民俗学、社会学、神话学、神话考古学、原始宗教学、民族历史学、古代文学、美学等所关注，已经构成了一种特定的文化现象——后稷文化。后稷文化如同炎黄文化、关公文化等一样，它的很多内容是否属于真实的历史已经无关紧要，它对民族精神、民族文化、社会生活等的巨大影响作用才是最有价值的。

后稷文化是中华传统文化的一部分。特别是现代化和城市化改变了我们的生活的当代，生活的节奏在不断加快，身处这样一个日新月异的时代，我们尤其要问，传统是什么？我们还需要传统吗？传统文化的价值何在呢？

我想传统是一种途径，通过它，过去在现在中生活着，并且塑造着未来。传统不只是风俗，也不是任何信仰与实践的特定制度，而是使信仰和实践能够被组织起来的一种惯例。它内在地充满了意义，因为它含有规范的、道德的或情感的内容，因而具有约束性和控制性的特征。它所体现的，不仅是一个社会做了什么，而且体现了这个社会"应当"做什么。传统的这种道德性，为坚持它的人提供了一种安全感和方向性。传统同时也可以区别彼此，知礼守礼的人是"自己人"，不知礼的是异文化的"他者"。对于内部人而言，传统是维系个人身份并与更广泛社会身份相联系的基本要素。这样一种古典传统，完全可以用"礼"这个字来概括，这是因为典章制度乃至仪式，是传统中强制性的内容，它所注入的是一套庄严的神圣性实践，其功能不仅在于维系过去、现在与未来的连续性，而且也为个体生存提供了安慰机制、为区域内的人际关系提供了信任机制。所以我们也用夏礼、殷礼、周礼来代指夏文化、殷文化、周文化。

透过种种现象可以发现，许多当代人陷入蔑视历史、忽略历史甚至割断历史的思维当中，而要想获得真知，就必须尽最大可能地记住过去。因为我们心中持续存在的记忆决定着我们的当前行为。即认识过去，才能了解现在。

不言而喻，人类的经验有一部分被文献和有意识的教导正式化，而更多地被珍藏在古老的惯例和习俗之中，传统与习俗都源自健全古老的人性精华，当今传统文化研究日益为学界所重视，正说明处于现代社会的人们已经有所警觉，有识之士发出了对现代人因脚步太快而迷失自我的担忧。

虽然过去是根本不能改变的事实，但我们对过去的认识却是一个发展的事物，它处在不断地改变和完善之中。回顾历史，周朝之所以能延续近八百年，华夏文明之所以没有中断，而是成功转型为中华文明，可以说，对某些持久的秩序原则的坚守厥功至伟。那些古代的英雄和圣者真的死了吗？这不是一个无意义的问题。当我们面对这样深厚的历史传统的时候，虔敬的态度油然而生。承认历史的重要性，就是承认我们是从那里走过来的。通过想象，我们有能力去理解先辈们的生活，我们认识到他们曾经生活在与我们现在同样真实的环境中。我们心怀虔敬地接受他们，了解他们，在任何对经验的总结中都不能有所遗漏。在某种意义上，他们作为一种影响力仍继续活着，帮助构建我们对世界的梦想。

这大概就是今天我们关注传统文化的意义所在吧。

参考文献

1. 李慧玲、吕友仁注译：《礼记》，中州古籍出版社 2010 年。

2. 华锋、边家珍、乘舟译注：《诗经诠译》，大象出版社 2019 年。

3.〔汉〕刘歆编、知书译注：《山海经》，台海出版社 2021 年。

4.〔南朝梁〕宗懔：《荆楚岁时记》，中华书局 2018 年。

5. 梁漱溟：《中国文化要义》，商务印书馆 2021 年。

6. 钱穆：《黄帝》，生活·读书·新知三联书店 2012 年。

7. 钱穆：《周公》，九州出版社 2018 年。

8. 钱穆：《中国史学名著》，九州出版社 2019 年。

9. 傅斯年：《民族与古代中国史》，上海古籍出版社 2012 年。

10. 吕思勉：《先秦史》，江苏人民出版社 2020 年。

11. 许倬云：《西周史》，生活·读书·新知三联书店 2012 年。

12. 杨宽：《西周史》，上海人民出版社 2021 年。

13.〔美〕张光直：《艺术、神话与祭祀》，北京出版社 2017 年。

14.〔美〕张光直：《中国青铜时代》，生活·读书·新知三联书店 1983 年。

15. 徐旭生：《中国古史的传说时代》，文物出版社 1985 年。

16. 钱穆：《民族与文化》，九州出版社 2019 年。

17.〔英〕弗雷泽：《金枝》，新世界出版社 2006 年。

18. 闻一多：《神话与诗》，湖南人民出版社 2010 年。

19. 萧璠:《先秦史》,九州出版社 2009 年。

20. 许倬云:《万古江河——中国历史文化的转折与开展》,上海文艺出版社 2006 年。

21. 许倬云:《许倬云观世变》,广西师范大学出版社 2008 年。

22. 许倬云:《中国古代文化的特质》,新星出版社 2006 年。

23. 苏秉琦:《华人·龙的传人·中国人——考古寻根记》,辽宁大学出版社 1994 年。

24. 苏秉琦:《中国文明起源新探》,辽宁人民出版社 2011 年。

25. 袁珂:《中国古代神话》,华夏出版社 2013 年。

26. 丁山:《古代神话与民族》,商务印书馆 2013 年。

27. 黄仁宇:《中国大历史》,生活·读书·新知三联书店 1997 年。

28. 李学勤:《走出疑古时代》,长春出版社 2007 年。

29. 李学勤著,张耀南编:《李学勤讲中国文明》,东方出版社 2008 年。

30. 袁行霈等主编:《中国地域文化通览·山西卷》,中华书局 2013 年。

31. 王克林:《华夏文明起河东》,三晋出版社 2012 年。

32. 刘毓庆:《上党神农氏传说与华夏文明起源》,人民出版社 2008 年。

33. 刘毓庆:《神话与历史论稿》,商务印书馆 2017 年。

34. 刘毓庆主编:《华夏文明之根探源》,学苑出版社 2008 年。

35. 杜学文主编:《山西历史文化读本》,山西教育出版社 2013 年。

36. 杜学文:《我们的文明》,广西师范大学出版社 2015 年。

37. 侯文宜:《炎帝文化田野考察与阐释》,山西人民出版社 2020 年。

38. 杨茂林:《山西文明史》,商务印书馆 2015 年。

39. 李泽厚:《中国古代思想史论》,人民出版社 1986 年。

40. 李泽厚:《说巫史传统》,上海译文出版社 2012 年。

41. 李泽厚:《由巫到礼 释礼归仁》,生活·读书·新知三联书店 2015 年。

42. 蒲慕州:《追寻一己之福——中国古代的信仰世界》,上海古籍出版社 2007 年。

43.吴天明:《中国神话研究》,中央编译出版社 2003 年。

44.姚大力:《追寻"我们"的根源》,生活·读书·新知三联书店 2018 年。

45.徐复观:《徐复观文集》,湖北人民出版社 2002 年。

46.金耀基:《从传统到现代》,法律出版社 2010 年。

47.〔法〕费尔南·布罗代尔:《文明史纲》,广西师范大学出版社 2003 年。

48.古军喜、古小彬编著:《古姓史话》,江西人民出版社 2002 年。

49.黄勋会、杨焕育:《在河东觅寻尧舜禹圣迹》,运城市文化和旅游局
2019 年。

50.崔凡芝:《一得集》,北京图书馆出版社 2007 年。

51.刘毓庆、杨文娟:《诗经讲读》,华东师范大学出版社 2021 年。

52.李山:《诗经应该这样读》,中华书局 2019 年。

53.刘源:《商周祭祖礼研究》,商务印书馆 2004 年。

54.王启儒:《遥远的文明——后稷与有邰》,中国文史出版社 2011 年。

55.曹书杰:《后稷传说与稷祀文化》,社会科学文献出版社 2006 年。

56.王志清:《后稷传说的多元化叙事与选择性记忆》,四川大学出版社
2020 年。

57.叶舒宪:《诗经的文化阐释》,陕西人民出版社 2020 年。

58.陈来:《古代宗教与伦理》,北京大学出版社 2017 年。

59.李零:《中国方术考》,中华书局 2019 年。

60.徐旺生等编著:《中国农业发展简史》,人民出版社 2020 年。

61.董绍鹏:《先农崇拜研究》,学苑出版社 2016 年。

62.陈文华:《中国农业通史·夏商西周春秋卷》,中国农业出版社
2020 年。

63.杨秋海:《山西历史与文化》,三晋出版社 2008 年。

64.牛贵琥:《蚩尤与涿鹿之战》,《民族文学研究》2006 年第 3 期。

65.牛贵琥:《从〈诗经·唐风〉看晋国文化特色》,《中北大学学报》2018
年第 6 期。

66.牛贵琥:《蚩尤、炎帝、神农关系考》,《晋城职业技术学院学报》2009

年第 2 期。

67. 黄崇岳:《从出土文物看我国的原始农业》,《我国农业科学》1979 年第 2 期。

68. 段友文、刘彦:《山陕后稷神话的多元化民间叙事》,《中原文化研究》2017 年第 2 期。

图书在版编目（CIP）数据

农神后稷 / 顾文若著 . -- 北京：作家出版社，2022. 9
（2023.4重印）

　（典藏古河东丛书）

　ISBN 978-7-5212-1951-7

　Ⅰ . ①农… 　Ⅱ . ①顾… 　Ⅲ . ①散文集—中国—当代
Ⅳ . ① I267

中国版本图书馆 CIP 数据核字（2022）第 121124 号

农神后稷

作　　　者：顾文若
责任编辑：丁文梅　朱莲莲
装帧设计：鲁麟锋
出版发行：作家出版社有限公司
社　　　址：北京农展馆南里 10 号　　　邮　　编：100125
电话传真：86-10-65067186（发行中心及邮购部）
　　　　　　86-10-65004079（总编室）
E-mail:zuojia @ zuojia.net.cn
http://www.zuojiachubanshe.com
印　　　刷：唐山嘉德印刷有限公司
成品尺寸：170×240
字　　　数：207 千
印　　　张：14.25
版　　　次：2022 年 9 月第 1 版
印　　　次：2023 年 4 月第 2 次印刷
ISBN 978-7-5212-1951-7
定　　　价：50.00 元